경리단길의원

경리단길의원

초판 1쇄 인쇄일 2025년 8월 21일
초판 1쇄 발행일 2025년 8월 28일

지은이 이인철
펴낸이 양옥매
디자인 표지혜 송다희
마케팅 송용호
교　정 이원희

펴낸곳 도서출판 책과나무
출판등록 제2012-000376
주소 서울특별시 마포구 방울내로 79 이노빌딩 302호
대표전화 02.372.1537　**팩스** 02.372.1538
이메일 booknamu2007@naver.com
홈페이지 www.booknamu.com
ISBN 979-11-6752-659-5 (03800)

경리단길의원

이인철 소설집

책과나무

머리말

소설엔 원래 특별한 목적이 없습니다. 뭘 주장하려고 쓰는 게 아니지요. 굳이 말하자면, 인간에 깊이 낙심하고도 아직 손에 꼭 쥔 희망의 끈을 놓지 않으려는 사람들이 함께 볼 수 있도록 우리 삶의 여러 단면을 보여주는 거울 같은 건지도 모르겠습니다. 그럼으로써 하루하루 힘든 삶에 작으나마 따뜻한 위로로 다가갈 수 있다면 더할 나위 없겠지요.

이 소설집에는 동네의원 창구를 통해 보는 다양한 삶의 이야기들을 담습니다. 끔찍했던 코로나 사태를 온몸으로 겪어낸 사람들과 경리단길이라는 아주 매력적인 동네에서 살아가는 여러 모습을 위주로 우리 사회 곳곳을 차분히 비춰봅니다. 나아가 생명에 대해 함께 생각해 보고, 의료의 본질이 무엇일지 짚어보고자 합니다.

여기 수록된 소설들은 물론 허구입니다. 그러나 모두 실제 삶에서 우러나온 이야기들입니다. 요즘처럼 AI가 글까지 써주는 세상일수록, 진솔하고 재미있는 삶의 이야기는 더욱 소중하지 않을까요? 그런 이야기라면 처음 마주할 때부터 신선하고, 책장을 덮어도 곧 다시 열어보고 싶은 마음이 들지 않을까 하고 나름대로 생각해 봅니다.

감사합니다.

2025년 성로 이인철

차례

2장 • 두 번째 호흡

3장 • 세 번째 호흡

1장 • 첫 번째 호흡

원장님 얼굴색

오늘따라 허리가 뻑뻑하다. 어깨도 결린다. 시야를 가리는 아지랑이도 눈앞에 피어오른다. 종일 앉아 있는 것도 정말이지 쉬운 일이 아니다. 내원 환자가 뜸한 날은 더더욱 그렇다.

"이것도 다 늙어가는 증세인가?"

우원장은 스스로 묻는다. 나이 먹어가며 겪는 안 좋은 점들을 들어보자면 한이 없을 것 같다. 잘 모르는 끝으로 다가가고 있다는 막연한 불안감이나 내 삶에서 스스로 뒷전으로 밀려나는 듯한 정처 없는 공허감 같은 감성적 문제는 미뤄두고라도 나날이 떨어지는 기력, 당장 시력과 청력이 떨어지며 일상에서 맞닥뜨리는 끝없는 불편함, 코앞에 두고 냄새를 못 맡아서 상한 음식 한입 물고 느끼는 당혹감, 아물거리는 기억력에서 비롯하는 민망함, 밤새 화장실 들락거리느라고 잠을 잔 건지 만 건지 모르는 비몽사몽 등등 일일이 들자면 정말이지 끝이 없겠다. 전엔 할 수 있었는데 이제는 못 하는 것들의 리스트는 끝없이 늘어만 간다. 따져보자면 자연히 의기소침하고 우울해진다.

"혹시 늙어가며 좋은 점은 없을까?"

가슴이 답답해진 우원장은 스스로 물어본다. 그러나 딱히 떠오르는 게 없다.

경제적 여유? 글쎄, 사람마다 사정이 다르겠지만, 주변에서 늙어가면 부유해진다는 비례관계는 그다지 눈에 띄지 않는데, 그 반대되는 예는 참 많다. 혹시 부유해지더라도 그건 늙어가는 것과는 딱히 상관없어 보인다. 그러면 자녀들 책임에서 해방? 원래 그래야 하겠지만, 성장한 자녀를 두고 말 못 할 사정들이 쌓이고 쌓인 집들이 얼마나 많을까.

그럼, 늙어가면 모난 성격이라도 좀 부드러워질까? 기력이 빠져서라도? 글쎄, 우원장 자신의 경우를 보자면 전혀 그럴 것 같지 않다. 사소한 일에도 발끈하는 건 여전한 데다가, 무엇이건 같은 말 두세 번만 반복되면 도무지 견디질 못한다. 게다가 갈수록 열받을 일은 왜 그리도 많아지는지! 특히나 국내 정치 굴러가는 꼴을 보고 있자면 나잇값 못 하게 참을 수 없는 분노가 끓어오르곤 한다.

그렇다면 거창한 건 다 그만두고, 뭐, 아주 사소한 개인적인 거라도 늙어가며 좋은 건 없을까? 글쎄, 그런 거라면 혹시 한 가지 있을지도 모르겠다. 우원장은 어려서부터 얼굴색이 검은 게 질색이었다. 속살은 분명히 하얀데, 얼굴이나 손처럼 햇볕에 노출되는 부분은 문제가 심각했다. 일단 노출만 되면 거의 즉각적으로 검어지고, 그 후 그게 다시 벗겨지려면 몇 달 동안 동굴 속에 처박혀 있어야 할 지경이었다. 당연히 해변 같은 데는 마음 놓고 갈 수 없었다. 건강한 피부색을 위해 선탠을 하는 사람들은 이해할 수 없는, 말하자면 일종의 콤플렉스였다.

그런데 나이 먹어가면서 사정이 조금씩 달라져 갔다. 얼굴에 신경 쓸 일이 별반 없어지게 된 것도 사실이지만, 그보다는 분명히 짙은 피부 그 자체가 유리한 경우가 있다.

첫째, 짙은 얼굴색은 확실히 덜 늙어 보인다. 짙은 색 피부라고 주름이 안 생기는 건 아니지만, 오랜만에 학교 동창들 최근 사진을 보며 '아니, 저 친구가 맞나?' 할 정도로 폭삭 늙어버린 경우는 거의 틀림없이 하얀 피부색으로 우원장이 부러워하고 동경했던 친구들이다. 어려선 그가 근접하지 못할 어떤 깨끗한 청순함의 상징 같았던 얼굴들. 그러고 보니 백인 친구 중 우리보다 훨씬 더 잔주름도 많고 빨리 늙는다는 느낌이 드는 사람들도 많다.

둘째, 검버섯이 생겨도 잘 드러나지 않는다. 흰 피부 노인들에 솟아나는 검버섯은 마치 독버섯처럼 피부를 좀먹어 들어가는 듯하다. 실은 별것 아니지만, 꼭 그렇게 보인다. 우원장도 양측 광대뼈 위로 검버섯들이 빽빽이 들어차 있다.

그런데 짙은 피부에 생긴 검버섯은 실상 색깔만 살짝 더 검을 뿐인 거니까, 가까이서 자세히 봐야 확실히 알 수 있고, 멀리서는 그냥 살짝 지저분하게 보일 뿐이다.

셋째, 다양한 사람들을 대면하는 우원장 같은 직업을 가진 사람들로선 짙은 색 얼굴이 오히려 대중에게 '우리 같은 사람'이라는 정서적 친근감으로 다가갈 수도 있다. 실제로 얼마나 그런 효과가 있을지는 몰라도, 아무래도 홀로 백옥 같은 피부로 위화감을 주는 것보다는 조금 낫지 않을까?

사실이건 아니건, 아무리 사소한 걸지라도 늙어가며 좋은 게 하나라도 있다면 나름대로 큰 위안이 아닐 수 없다. 그런 건 단 하나라도 놓칠 수 없는 소중한 보물이다. 그래서 늙어간다는 게 실은 바닥 모를 심연으로 떨어지는 한없는 곤두박질일지라도, 그 와중에 잠시 숨도 돌리고 뒤돌아 파란 하늘도 한번 쳐다볼 수 있는 마음의 여유를 만들어 줄 게 있다면 얼마나 고마울까? 아주 실낱같은 거 하나라도?

진료실 컴퓨터 화면에 대기 환자가 올라온다. 69세 김영숙. 차트를 언뜻 보니 감기 걸려서 두어 번 온 적이 있다. 곧 약간 꾸부정한 중키의 할머니가 진료실로 들어온다. 땅바닥에 뭘 떨어뜨렸는지, 시선을 계속 아래로 향하고 있다.

"어떻게 오셨어요? 어디 불편하세요?"

우원장이 묻자, 김영숙이 머뭇머뭇 대답한다.

"소화가 좀 안 좋아요."

"속이 불편하세요?"

"아니 그게 아니라, 대변이…."

"설사하셨어요?"

"아니 그게 아니라, 대변이 아주 시커매서…."

그 말을 듣고, 우원장은 혹시 장내 출혈이 있는 건 아닌지 우려스러웠다.

"그래요? 무른 변인가요? 혹시 짜장 색깔 같진 않아요?"

"아니 그게 아니라, 단단한데 그런 깔끔한 색깔이 아니고…."

얘길 들어선, 일단 급한 일은 아닌 듯했다. 우원장이 계속 물었다.

"그럼요?"

"그게 아니라, 좀 거칠고, 색깔은, 아휴, 이걸 뭐라고 해야 하나?"

김영숙은 답답한 듯 고개를 들어 주위를 돌아본다.

"그럼 이런 색깔?"

우원장이 진료실 책상을 가리키며 묻는다.

"아니 그게 아니라, 더 짙은 색…."

"그럼 저런 색깔?"

우원장이 구석 장식장 한 면을 가리키며 묻는다.

"아니 그게 아니라, 아주 그냥 지저분하기 짝이 없는 색깔인데….”

김영숙이 계속 망설이며 사방으로 진료실을 둘러본다.

“그럼 무슨 색깔이요, 예?”

계속되는 ‘아니 그게 아니라’에 나름 잘 견뎌온 우원장의 인내심이 마침내 바닥을 드러내며, 목소리가 다소 높아진다. 순간적으로 후회되지만, 이미 일은 벌어진걸. 그러자 김영숙이 흠칫 놀란 듯 그를 바라본다. 그러곤 양손을 마주치며 외친다.

“아, 그래! 원장님 얼굴색이요!”

원숭이 꼬리 선인장

오전 내내 조용하던 진료 대기실이 갑자기 시끌벅적해졌다. 웬 외국인 남성이 흥분한 듯 큰 소리로 계속 떠들고 있었다. 박원장은 접수 간호사와 다툼이라도 있는 건지 걱정되었다. 간호사가 그 눈치를 챈 건지, 환자가 전화 중이라 아직 접수를 못 마쳤다는 메신저 연락을 보내왔다. 그런 채로 5분, 10분, 15분… 전혀 줄어들 기미가 없는 그 목소리는 얇은 문을 통해 여과 없이 진료실까지 밀려 들어오고 있었다. 간간이 고함치는 소리도 들렸다.

"You don't understand! (잘 알지도 못하면서!)"

박원장의 이마가 찌푸려졌다. 조용한 의원에 큰 소리가 나는 것도 그런데, 개인적 문제로 창피한 줄 모르고 떠들어대는 건 문제였다. 더구나 지금은 코로나가 창궐하여, 모두 조심하고 근신하는 때가 아닌가? 정말이지 이렇게 무례한 외국인은 처음이었다. 남의 나라 살다 보면 아무래도 더 조심하게 마련 아닌가?

"교양 없는 사람이로군."

자기도 모르게 입가에 혼잣말이 새어 나왔다. 나가서 무슨 조치를 해야 하나 생각하다가, 스스로 진정시킬 겸 2층 화장실에 올라갔다가 일부러 천천히 내려왔다. 진료실에 다시 앉으며 컴퓨터 화면을 보니 마침내 접수된 환자가 올라와 있었다.

「홍문표, 남, 35세, 일반진료」

"응? 이게 뭐지?"

아마 그 외국인이 준비가 안 되어서 우선 다른 환자부터 들여보내는 모양이었다. 그러고도 몇 분간 더 계속되던 통화 소리가 조용해지더니, 누군가 문을 열고 들어왔다. 야구 모자를 삐딱하게 눌러쓴 건장한 체구의 청년이었다. 허름한 티셔츠에 운동복 바지를 입은 그는 늘씬한 키에 상하체 근육이 조화를 이루며 잘 발달해 있었다. 오른쪽 팔에는 무슨 넝쿨 같은 모양의 문신이 흘러내리고 있었다. 긴장한 듯 잔뜩 굳은 얼굴엔 다듬지 않은 수염이 삐죽삐죽 나 있었다. 미처 다 자라지 못한 선인장 가시 같다고나 할까? 그렇다고 딱히 험상궂다고는 할 수 없는 묘한 느낌이었다. 그는 박원장과 눈을 마주치지 않으려는 듯 작은 진료실 안을 이리저리 둘러보고 서 있었다.

"어디가 불편해서 오셨어요?"

박원장이 그 청년에게 앉으라고 손짓하며 물었다. 저 시끄러운 대기실에 조용히 앉아 기다렸으니, 대신 사과라도 해주고 싶은 심정이었다. 그러자 그는 순간 당황하며 중얼거리듯 말했다.

"I heard I may communicate in English here. I don't speak Korean at all. (여기선 영어로 소통할 수 있다고 들었는데요. 저는 한국어 한마디도 못 하거든요.)"

톤이 한결 낮아지긴 했지만, 분명히 밖에서 들리던 바로 그 목소리였다. 박원장은 순간 가슴 저 밑바닥에서 역겨움이 몰아쳐 올라오는 것을 느꼈다. 가관이로군! 미국에서 자라거나 공부하는 한국 아이들이 철없이 영어로 떠드는 경우는 많았지만, 이런 황당한 경우는 거의 없었다. 얼굴이 화끈거릴 정도였다.

"Certainly. But, your name is registered in Korean somehow. (그럼요. 그런데 어쩐 일인지 당신이 한국 이름으로 올라와 있네요.)"

박원장은 대답했다. 진정하려 애쓰면서도 약간 비꼬듯 말이 나오는 건 어쩔 수 없었다. 그러자 홍문표가 아무렇지 않다는 듯 대답했다.

"That's my name, I am an ex-adoptee Korean-American. (그게 내 이름인걸요. 입양아 출신 한국계 미국인이에요.)"

그 말을 듣고, 박원장은 그제야 사태가 파악되었다. 외국인들은 보통 한두 마디라도 한국어를 섞어 말하려 애쓰곤 했지만, 이 젊은이는 한국어를 그야말로 한마디도 하지 못했고, 그럴 생각조차 없는 듯했다. 어려서부터 영어만 하는 가정에서 자랐다면 당연한 귀결 아닌가? 공연히 짠한 느낌과 방금 불쾌했던 감정이 잠시 격렬하게 엇갈렸다. 그렇다면 쓸데없는 감정은 자제하고, 따질 것 없이 그냥 영어로 소통하면 그만이었다.

우리도 이제부턴 그들의 대화를 한국어로 옮겨 적는다.

"알았어요. 그런데 한국 의료보험이 없는데, 본인 부담 일반진료라도 괜찮겠어요?"

박원장이 담담한 목소리로 물었다.

"상관없어요. 오른쪽 어깨가 아프니까, 그냥 치료해 주세요."

마치 남의 말 하듯 하곤, 티셔츠를 훌렁 벗고 오른쪽 어깨를 내밀었다. 아마 여기서 통증 치료 잘 받았다는 말을 누군가에게서 전해 듣고 찾아온 모양이었다. 근육조직의 결까지 하나하나 드러나는 우람한 어깨였다. 삼각근 위엔 끝이 말려 올라가는 곡선형 견장처럼 생긴 테두리 안에 서툰 솜씨의 한글로 '홍문표'라고 새겨진 꽤 큰 문신이 있었다. 견장 양 끝은 마치 군대 깃발처럼 펄럭이며 휘날렸다. 아까 언뜻 봤던 넝쿨 같은 문신이 견장 밑에서 비롯하여 팔을 감싸며 아래로 내려가며 상완부 안쪽으로 이어졌는데, 거기엔 테두리 없이 '홍경희'라는 그다지 크지 않은 글자 문신이 살짝 숨겨져 있었다. 말 한마디도 못 하면서 웬 한글 문신인지, 또 '홍경희'는 누군지 의아했지만, 남의 일에 상관할 건 없었다. 여긴 젊은 사람치고 전신 어디에건 문신 하나 없다면 오히려 그게 얘깃거리가 될 동네 아닌가? 진료만 잘하면 그만이었다. 박원장은 홍문표의 어깨를 세밀히 진찰하고, 관절 활동 범위를 측정하고자 했다. 박원장이 시키는 대로 어깨를 돌리던 홍문표가 순간 비명을 질렀다. 박원장이 그를 보고 물었다.

"어디가 아파요?"

홍문표가 왼손으로 '홍문표' 글자의 '홍' 위쪽을 가리켰다.

"언제부터 여기 아팠지요?"

"일주일 전부터요."

"그때 어깨 다쳤어요?"

"딱히 그런 건 아니지만, 아파도 계속 운동하니까요."

박원장이 마치 남의 말 하듯 하는 홍문표를 보았다.

"응? 그럼 안 되지요! 통증이란 건 몸이 우리에게 주는 경고에요. 뭘 하건 아프면 일단 중지하란 뜻이거든요."

그러자 홍문표가 고개를 살짝 가로저으며 말했다.

"전 헬스클럽 코치라서 그럴 수가 없어요."

"그래요? 그럼, 전문가니까 더군다나 그러면 안 되지요."

"글쎄, 회원들이 원하는 걸 안 해줄 수가 없다니까요.

네?"

홍문표가 짜증 섞인 목소리로 대답했다. 뭔가에 잔뜩 화가 나 있는 듯한 말투였다. 박원장이 스스로 감정을 억제하며 말했다.

"어깨 관절엔 빙 돌아가며 인대가 있는데, 이쪽에 손상이 있는 것 같아요. 얼마나 심각한 건지는 아직 불분명하지만…."

홍문표가 설명하는 박원장의 말을 끊으며 말했다.

"알겠어요. 그냥 빨리 낫도록 치료해 주세요."

"오케이. 그럼 주사 치료를 해 줄 텐데, 다 나으려면 얼마나 걸릴진 해봐야 알아요."

홍문표가 대답 없이 고개만 끄덕였다. 박원장이 치료를 마치고 말했다.

"오늘 치료는 끝났는데, 회복되려면 시간이 다소 걸릴 수 있으니까, 당분간은 무리하면 안 돼요. 처방전 밖에서 받고, 다음 주에 또 오세요."

홍문표가 고개를 짧게 끄덕이고 나갔다. 곧이어 밖에서 간호사 목소리가 들렸다.

"진료비 3만 4천 원 나왔어요."

그러곤 프린트 소리가 들리고, 의원은 다시 조용해졌다.

한 시간 남짓 지났을까? 홍문표가 다시 진료실로 불쑥 들어왔다.

“응? 무슨 일로 다시 오셨나요? 치료받고 어디 불편하기라도?”

박원장이 그를 보고 놀라서 물었다. 접수 목록에도 없이 갑자기 나타난 걸 보면 간호사를 그냥 지나쳐 밀고 들어온 것이었다.

“아까 그 자리는 벌써 괜찮아졌는데, 이젠 그 옆이 아파요.”

그는 다짜고짜 오른쪽 어깨를 다시 내밀고, 이번에는 ‘홍문표’ 문신의 ‘문’자 위쪽을 가리켰다.

“여기도 치료해 주세요.”

박원장은 어이가 없었다. 다시 울화가 치밀어 올라오는 걸 억제하려고 일부러 천천히 대답했다.

“가장 아픈 자리 통증이 풀리니까, 이제 주변도 아프다고 느껴지는 거예요. 치료 효과가 충분히 나타나려면 더 기다려야 하니까, 내일쯤이면 훨씬 더 편하게 될 거예요. 그 자리까지 포함해서 전반적으로.”

박원장의 말허리를 끊기라도 하려는 듯 홍문표가 잘라 말했다.

“아니요, 여기는 아까 치료받지 않은 곳인데, 여기도 아프니까 치료해 주세요.”

이 청년은 다른 건 몰라도 남의 속을 뒤집는 데는 일가견

이 있는 모양이었다.

“허허, 이 사람 보게! 금방 치료받고 돌아와서 또 치료해 달라는 사람이 어디 있어요?”

“치료비 더 드리면 되잖아요?”

박원장은 홍문표가 마치 당신의 급소가 어딘지 잘 알고 있다는 듯이 집요하게 그곳을 비집고 들어와 붙들고 늘어지는 것처럼 느껴졌다. 자기도 모르게 인내의 둑이 일시 무너지며 언성이 높아졌다.

“치료비 얘기가 아니잖소!”

그러자 홍문표가 눈을 동그랗게 뜨고 박원장을 쳐다보며 물었다.

“그럼, 뭐예요? 이해가 안 되네요. 치료가 불충분했으니까, 더 해달라는 것뿐인데요. 치료비 더 드린다니까요.”

정말이지 하루에 치료비 두 번 내겠다며 달려드는 환자는 처음이었다. 박원장은 감정을 다스리게끔 숨을 한번 크게 쉬고는 차분히 말을 이었다.

“잘 들어요. 주사 치료는 적정량을 맞춰야 하는데, 오늘치는 이미 다 해준 거니까 더 해줄 순 없어요. 만일 못 견디게 계속 아프면 사흘 후에 다시 오세요. 그 전엔 절대 안 돼요. 이건 원칙의 문제니까, 누가 뭐래도, 아무리 이해가 안 돼도 할 수 없어요.”

박원장이 분명히 선을 그으니까, 홍문표가 씩씩거리며 고개를 가로저었다. 그러곤 돌아서 나가며 마치 들으라는 듯 꽤 큰소리로 혼잣말을 내뱉었다.

"대체 뭐가 문제야? 나 말고 다른 환자 한 명도 없으면서…."

그가 나가는 문소리가 들리고, 눈이 휘둥그레진 간호사가 진료실 문을 빠끔 열고 원장을 보았다. 박원장이 얼른 괜찮다는 표시로 손을 들자, 문이 살며시 닫혔다. 그 후에도 한동안 찾아오는 환자는 없었다. 박원장은 착잡했다. 홍문표가 내뱉은 말이 계속 귓가를 맴돌았다. 그의 말은 엄연한 사실이었다. 그리고 정곡을 정확히 짚었다. 제아무리 거창한 뜻으로 시작했다 하더라도, 의원이란 원래가 자영업이었다. 경영이란 현실을 넘어서 존재할 순 없었다. 특히나 박원장처럼 개원하고 얼마 안 되는 경우에는 초기에 넘어야 할 절박한 깔딱고개가 있기 마련이었다. 그야말로 환자 한 명 한 명이 아쉬울 때였다. 아무리 열심히 잘해도 '경영정상화'가 되려면 2, 3년은 걸려야 한다는 게 그 말인데, 그것도 얼마나 활기찬 동네인가에 달려있었다.

그런데 한때 반짝했던 인기가 신기루처럼 사라진 요즘의 경리단길은 사실 활기와는 거리가 먼 상태였다. 공연히 부동산값만 올라서, 나름대로 특색 있게 번창하던 가게들은 오르는 임대료를 감당하지 못해 인근 해방촌 같은 곳으로 밀려나가고, 지역 전체가 침체의 내리막길을 걸었다. 수십 년 살아온 토박이들이 집을 팔고 나가며 거주 인구는 계속 줄어들었다. 게다가 코로나 사태까지 터지며, 외지에서 구경하러 찾아오는 사람들 발길도 뚝 끊겼다. 미군 부대가 평택으로 이전한 후, 군인과 군무원 위주 외국인 거주자들도 썰물처럼 빠져나갔다. 엎친 데 덮친 격이었다.

그래도 이미 세계적으로 뿌리내린 한국문화의 저력 덕분인지, 외국인 지역사회가 일방적으로 쇠락하지는 않고, 오히려 새로운 방향으로 발전해 가는 느낌도 들었다. 영어 교사, 게임 개발자 같은 젊은 외국인들이 속속 모여들고 있었다. 그런데 그들은 동네의원과는 별 상관이 없었다. 젊은이들이 어디 다치거나 어쩌다가 심한 감기라도 걸리는 경우 아니면 의료에 별 관심이 없는 건 당연할지도 몰랐다.

자기도 모르게 박원장의 입에서 한숨이 새어 나왔다. 오늘 저 괴상한 젊은이에게 정말로 급소를 한 방 제대로 걷어차인 느낌이었다.

'그냥 더 치료해 줄 걸 그랬나?'

박원장은 흘러나오는 혼잣말을 털어내기라도 하듯 고개를 가로저었다. 아무리 상황이 그렇다 한들, 이 젊은이 한 명을 두고 감정이 하늘과 땅 사이에서 널뛰는 자기가 한심했다.

다음 날 아침 병원 문을 열자마자 홍문표가 나타났다. 똑같은 옥신각신 승강이가 다시 벌어졌다.

"어제 하루 지나면 좋아질 거라고 하셨지 않아요? 그런데 아직도 아픈걸요. 곧 회원들 레슨 시작하는데 아프면 안 되니까, 빨리 치료해 주세요. 이번엔 요기요."

홍문표가 오른쪽 어깨 '문'과 '표' 사이를 꼭 집어 가리키며 말했다.

"안 된다니까요."

박원장이 단호하게 말했다. 그러자 즉각 홍문표가 대들었다.

"어제 주사 맞은 자리는 이제 안 아파요. 치료 효과가 분명히 있다고요. 그런데 지금은 그 옆이 아파서, 결국 운동 못 하기는 마찬가지란 말이에요, 아시겠어요?"

박원장은 말없이 고개를 가로저었다. 그러자 홍문표가 계속 따져 물었다.

"이게 그렇게 위험한 치료예요? 그래서 그러세요?"

"그런 건 아니지만, 이건 치료 원칙의 문제예요."

박원장은 양손을 들어 다시 반박하려 드는 홍문표를 가로막으며 말을 이었다.

"그리고 내가 관여할 건 아니지만, 그렇게 아프면 당분간 직접 시범은 삼가면 될 것 아닌가요? 그래도 충분히 지도할 수 있지 않나요?"

그러자 홍문표가 펄쩍 뛰듯이 놀라며 소리쳤다.

"안 돼요! 그러면 사장님이 화내요. 늘 뒤에서 지켜보고 있거든요."

박원장은 그를 보며 어이가 없어서 두 눈이 휘둥그레졌다. 이게 무슨 귀신 씻나락 까먹는 소린가? 그러면서 이 젊은이에게 어깨 치료에 더해 또 다른 도움이 필요할지 모르겠다는 생각이 들었다. 그렇다고 오지랖 넓게 나서서 상세한 내막을 물어볼 수는 없었다. 박원장은 계속 보채는 홍문표에게 더 강력한 소염진통제를 처방해 주겠다고 달래서 겨우 돌려보냈다. 원하는 치료를 안 해주면서 진찰비를 받겠다고 하기도 그렇고, 따로 청구할 데도 없어서 그냥 무료 진료로 해주었다. 그래도 불만에 가득 차서 돌아가는 그의 뒷모습을 보며, 이제 그가 더 이상 안 올지 모르겠다는 생각이 들었다. 이 마당에 제 발로 찾아오는 환자를 쫓아내다니! 어제 멍들었던 급소를 정확하게 다시 걷어차인 느낌이었다. 아침부터… 하, 참!

이틀이 지나 홍문표는 아침 그 시간에 다시 왔다. 하루건너 나타난 것이었다. 그를 본 박원장은 한편으론 반가우면서도 동시에 또 무슨 일을 당할지 몰라 걱정스럽기도 한 야릇한 심정이 들었다. 홍문표는 아무 일 없었다는 듯한 표정이었지만, 어딘가 모르게 다소 풀이 죽은 듯한 모습이었다. 아니면 스스로 반성하고 내면으로 침잠한 걸까? 그럴 리는 없겠지. 그는 앉자마자 단도직입적으로 물었다.

"이젠 치료해 주실 수 있지요?"

박원장이 고개를 끄덕이자, 홍문표도 말없이 '홍', '문', '표' 3곳 위쪽을 모두 가리켰다. 치료가 끝나자, 홍문표가 나지막한 목소리로 말했다.

"사실 손도 저려요."

박원장이 놀라며 물었다.

"응? 어느 쪽이요? 언제부터?"

그러자 홍문표가 무덤덤하게 대답했다.

"오른손 2, 3번째 손가락이요. 그런지 한참 되었어요."

그러자 박원장이 언성이 다소 높아졌다.

"그런 건 진작 얘기했어야지요!"

박원장이 다시 면밀하게 목과 어깨를 진찰해 보고 말했다.

"어깨 관절통에 더해서 목 디스크도 있는 것으로 보이네요. 그게 뭔지 알아요?"

홍문표가 고개를 까딱하며 말했다.

"네. 아무래도 그런 것 같았어요."

마치 지나가는 말투로 남의 말 하는 듯했다. 목 디스크 얘길 듣고도 별로 놀라는 눈치가 아니었다. 마치 당연한 귀결이 찾아왔다는 듯이. 박원장은 의아한 눈초리로 그를 보았다. 그런 말을 들으면 소스라치게 놀라며 허겁지겁 무슨 시술을 받겠다고 여기저기 달려가는 경우가 보통일 텐데, 그의 반응은 전혀 예상 밖이었다. 마치 엄청난 극기 훈련을 받고 감정이란 불필요한 사치품을 말끔히 덜어내 버린 무사 같은 느낌도 들었다.

"심한 건 아닌 듯한데, 그래도 일단 자리 잡게 되면 난치병이 될 수도 있으니까, 처음부터 잘 관리해야 해요."

홍문표가 말귀 못 알아듣는 사람에게 한 번만 더 설명해 준다는 듯이 담담하면서도 단호하게 말했다.

"어깨 아프면 운동을 못하지만, 손 저린 건 별 지장 없거든요. 그냥 참으면 되니까요."

"그건 아직 초기라서 그렇지!"

박원장은 다시 언성을 높인 자신을 속으로 책망하며 차분히 말을 이었다.

"아무튼 이건 수술 같은 게 필요한 상태는 아니에요. 사실 그런 경우는 별로 없고, 대부분 관리만 잘하면 돼요. 인체엔 엄청난 자기 치유 능력이 있으니까요."

말없이 고개를 끄덕이는 홍문표를 보고 박원장이 말을 이었다.

"다음부터 어깨와 목을 동시에 치료해야 하겠어요. 당분간 계속해야 할 텐데, 혹시 미국보험 청구할 때 필요한 서류 있으면 간호사에게 알려주세요."

"전 보험이라곤 없어요."

담담히 이어지는 그의 말을 듣고 박원장의 눈이 둥그레졌다.

"응?"

"그냥 현금으로 낼 거예요. 다 말씀드렸잖아요?"

홍문표의 목소리가 다소 높아졌다.

"알았어요. 하기야 우리 치료비라는 게 미국에 비하면 그야말로 헐값이긴 하지만…."

박원장은 말끝을 흐리면서 맘이 개운치 않았다. 이 젊은이는 직장에서 많은 스트레스를 받으며 일하고 있지 않은가? 모르긴 몰라도 코치 급여라 해봐야 별로 시원치도 않을 텐데….

홍문표는 사흘마다 한 번씩 빠짐없이 나타났다. 오는 시간도 거의 똑같았다. 상태가 조금씩 완화되고 있으니, 이제부턴 일주일마다 와도 되겠다고 박원장이 말해줘도, 그는 여전히 사흘 후 나타나서 별말 없이 치료받고 여전히 현금으로 꼬박꼬박 치료비를 내고 갔다. 그러면서 홍문표는 갈수록 말수가 줄어들고 있었다. 처음과는 전혀 다른 사람이 되어가는 것 같았다. 박원장도 그를 보는 눈이 조금씩 바뀌어 가고 있었다. 아무튼 여기서 혈혈단신 도움이 필요한 젊은이가 아닌가?

그러던 어느 날이었다. 치료가 끝나고 홍문표가 조용히 말했다.

"처음 왔을 땐 죄송했어요."

뜻하지 않은 말을 들은 박원장은 어떻게 반응할지 모르고 그를 물끄러미 쳐다보기만 했다. 그러자 홍문표가 말을 이었다.

"그때 신경이 곤두서 있었어요."

"아, 몹시 아프면 누구나 그런 거예요. 이제는 상당히 좋아졌지요?"

"예, 덕분에요. 실은 그땐 잔뜩 화가 나 있었거든요."

"헬스클럽 일로?"

"그것도 그렇고…."

그러자 박원장이 그 말을 끊고 나섰다. 홍문표 직장 이야기를 듣고 그도 마음이 편치 않던 상태였다. 혹시 한국말 못하는 입양아 출신이라고 마구 대하는 것 아닌가?

"내가 참견할 일은 아니네만, 정 그렇다면 직장을 바꾸면 될 일 아니겠나?"

그러자 홍문표가 얼른 대답했다.

"그건 안 돼요. 계약기간이 두 달 더 남았거든요."

"여기선 그런 거 별로 상관하지 않을 텐데?"

"약속은 약속이니까요. 원장님도 원칙은 지켜야 하는 거라고 하셨잖아요?"

박원장은 뒤통수를 한 방 맞은 듯했다. 그래도 전에 얻어맞았던 아픈 급소는 분명 아니었다. 홍문표가 말을 이었다.

"사실은 저 자신에게 화가 났었어요. 지금도 그렇고요."

그는 돌아서서 진료실 문을 열었다.

"잠깐!"

박원장이 그를 불러 세웠다. 뭔가가 이 젊은이를 이대로 그냥 보낸 순 없다고 말해 주고 있었다.

"자네 점심시간이 언제지?"

"한 시부터요."

"그럼, 그때 다시 올 수 있겠나? 우리 점심 식사 간단히 할까?"

홍문표가 눈이 둥그레지며 박원장을 보았다.

"내가 모시겠다니까."

그는 놀란 듯 잠시 서 있다가 이윽고 고개를 끄덕이며 나갔다.

홍문표는 한 시 정각에 나타났다. 박원장은 대기실에 말없이 서 있는 그를 근처 국밥집으로 데리고 갔다. 그가 일하는 헬스클럽과 병원 중간 정도 위치였다.

"이 집에 와 보셨나?"

"아니요."

"평소에 점심 식사는 어떻게 하시지?"

"점심은 별로 안 먹어요. 가끔 샌드위치 하나 싸 오기도 하고요."

"그럼 많이 드시게. 여기 깍두기도 괜찮던데."

주변에 끼어 앉은 사람들이 시종 영어로만 대화하는 두 한국인을 힐끗 쳐다보곤 했다. 주문한 국밥이 나오자 두 사람은 말없이 식사하기 시작했다. 홍문표는 한동안 굶주렸던 사람처럼 삽시간에 국물까지 싹싹 훑어 깨끗이 뚝배기를 비웠다. 두 사람은 식당 사장과 인사하고 밖으로 나왔다.

"커피 마실까?"

박원장이 묻자, 홍문표가 말없이 고개를 끄덕였다. 박원장은 그냥 커피숍에 가기보다는 그에게 커피를 한잔 손수 내려주고 싶다는 생각이 들었다. 박원장은 홍문표를 데리고 다시 클리닉으로 돌아가 2층 원장실로 올라갔다. 박원장이 커피를 내리는 동안 홍문표는 창가 의자에 앉아서 거리를 내려다보곤 구석으로 시선을 돌려 거기 놓인 선인장을 유심히 보았다.

"그런 것 본 적 있나?"

박원장이 홍문표를 곁눈으로 보며 물었다.

"아니요. 선인장이 참 특이하게 생겼네요."

"이름하여 원숭이 꼬리 선인장. 축 늘어진 게 정말 그래 뵈지?"

홍문표가 선인장을 바라보며 고개를 크게 끄덕였다. 박원장이 말을 이었다.

"생긴 것만 그런 게 아닐세. 성격도 아주 독특해. 저렇게 온몸에 가시가 듬뿍 난 게 분명히 선인장 맞는데도, 직사광

선은 쬐면 안 되고 물도 아주 조금씩 줘야 한다네. 원래 그늘진 바위틈 척박한 곳에서 자란다더군."

"겉보기완 달리 수줍은 성격인가 보군요."

홍문표가 선인장을 보며 한마디 하고는 박원장을 쳐다보았다. 자기가 무심코 한 말에 스스로 놀라는 듯한 표정이었다.

"응? 수줍어?"

박원장이 선인장과 홍문표를 번갈아 보았다. 그리고 말을 이었다.

"듣고 보니 그렇군. 게다가 욕심도 별로 없나 보지?"

두 사람은 서로 마주 보고 웃었다. 온갖 긴장이 다 녹아내리는 듯했다. 홍문표가 물었다.

"오래 키우셨어요?"

"그건 아니고, 얼마 전 어떤 분이 한국소재 유엔 산하기관에 오랫동안 근무하고 귀국하면서 애지중지 기르던 걸 맡기고 간 걸세. 원래 대기실에 두었다가, 환자들이 자꾸 이상하단 듯 쳐다봐서 위로 올려 왔어."

홍문표의 입가가 오른쪽으로 살짝 돌아가는 것 같았다. 그리고 가만히 물었다.

"사람들이 쳐다봐요?"

"뭐, 처음 보는 거니까…."

그러자 홍문표가 다시 물었다.

"그분 미국인이었나요?"

"응. 어떻게 알았지?"

"그냥…."

박원장은 더 묻지 않고 방금 내린 커피잔을 건네주었다.

"자, 커피 드시게."

"고맙습니다. 점심도 잘 먹었고요."

그 말을 들으며 박원장은 왠지 이 청년이 사흘에 한 번씩 치료받으러 오던 날은 점심을 걸렀을지 모르겠다는 생각이 들었다.

"커피전문점보다는 못하겠지만, 그래도 시끄럽진 않으니까."

"예. 아늑하고 참 좋아요. 지나가는 사람들이 다 내려다보이네요."

홍문표는 커피를 한 모금 음미하듯 마시곤 잔을 내려놓았다. 그러곤 책상 위 가족사진으로 눈길을 돌렸다.

"아드님인가 봐요?"

"응. 어렸을 때 사진. 자네보다 조금 더 나이가 있고, 지금은 멀리 떨어져 살고 있지."

"외아들이세요?"

박원장은 홍문표의 얼굴을 보며 고개를 끄덕였다. 홍문표가 말을 이었다.

"우린 4형제예요. 동생들이 셋 있어요."

"응? 동생들?"

박원장이 의아한 표정을 지었다. 홍문표가 말을 이었다.

"부모님이 저 말고 차례로 3명을 더 입양하셨어요. 모두 한국에서 온 아이들이에요. 제가 외로울까 봐 그러셨대요."

박원장이 놀라서 눈이 휘둥그레지며 말했다.

"그래? 참 대단하신 분들이네!"

그러자 홍문표는 생각에 잠긴 듯 잠시 말이 없었다. 잠시 후 착 가라앉은 목소리로 말을 이었다.

"예. 사실 우리 가족 얘기는 처음 하는 거예요. 그 누구에게도 얘기해 본 적 없어요."

박원장이 뭐라 할 말을 못 찾고 머뭇거리자, 홍문표가 그럴 줄 알았다는 듯이 차분한 목소리로 말을 이었다.

"동생 둘은 올 때부터 발달장애예요. 막내가 이제 스무 살인데 아직도 식사할 때 누가 도와줘야 해요."

"응? 그럼?"

박원장의 눈이 더욱 휘둥그렇게 커졌다.

"아직도 부모님이 식사를 떠먹여 주세요."

이번엔 박원장의 입이 딱 벌어졌다.

"하아, 이런! 뭘 하시는 분들인데?"

"아빠는 공무원이세요. 신시내티 도시건설 담당 공학박사이세요. 엄마는 우릴 보살피시느라고 젊어서 일을 그만두셨어요. 당뇨병이 있어서 그다지 건강하신 편은 아니세요."

"그래? 어머니 몸도 불편하시고, 경제적으로 특별히 넉넉

한 형편도 아니었을 것 같은데, 참 지극정성으로 자네들 키워주셨네."

"그래요. 정말 정성껏 돌봐주셨어요. 아직도 매일 저한테 전화하세요."

"혹시 처음 여기 왔던 날도?"

박원장이 손가락으로 아래층을 가리키며 다른 손으로 전화하는 시늉을 했다. 그러자 홍문표가 고개를 끄덕이며 말했다.

"예. 아빠랑 통화했어요. 병원에 치료받으러 왔다고 말씀드렸더니, 깜짝 놀라시며 많이 다친 것 아니냐고 물으셨어요. 그래서 큰 문제는 아닌데, 헬스클럽 일 때문에 빨리 나으려고 왔다고 했더니, 뭐라고 하셨는지 아세요? 뭐든지 담담하게 받아들이고, 글쎄, 거기 사장님 입장도 잘 이해하라고 하시는 거예요. 그래서 그만 저도 모르게 짜증을…."

홍문표가 고개를 숙이고 두 손으로 머리를 감싸며 괴로워했다. 박원장은 하마터면 그의 어깨를 감싸줄 뻔했던 손길을 자제하고 그냥 조용히 지켜보았다. 잠시 후 홍문표가 고개를 들고 말을 이었다. 눈이 다소 충혈되어 있었다.

"저를 위해서라면 뭐든지 다 해 주셨어요. 오하이오 최고로 손꼽히는 사립고등학교에도 보내주셨고요. 그래도 전 고마운 줄도 모르고 계속 말썽만 부렸어요. 다른 아이들에게 지거나 약한 모습 보이는 게 싫었어요. 툭하면 싸움도 해서,

부모님이 학교에 불려 오시기도 했어요. 글쎄요, 왜 그랬는지 정말 모르겠어요. 너무 잘해주시는 게 부담스러웠나? 아무튼 부모님이 절 달래려고 그러셨는지, 한국에도 데려오셨어요."

"그래? 자네 자신을 찾아보라고?"

홍문표가 말없이 고개를 끄덕였다.

"그래서?"

홍문표가 천천히 고개를 가로저었다. 그러곤 잠시 입을 꼭 다물고 있다가 말을 이었다.

"한국에 와보니 거리에 저처럼 생긴 사람들이 가득하고, 모두 활기차게 잘 살고 행복해 보이는데, 제게는 모든 게 생소했어요. 혼자 외톨이가 된 듯한 아주 이상한 느낌이 들었어요. 돌아와서 정신을 차리기는커녕, 오히려 더 심란해지고 학업에도 흥미를 잃었어요. 그러다가 고등학교 졸업하고 동기들은 다들 동부 명문대학에 진학했는데, 저 혼자 동네 2년제 대학에 갔어요. 부모님이 곁에 있어 줘서 좋다고 하시는데, 그 말씀이 오히려 내겐 채찍처럼 다가왔어요."

홍문표는 고개를 천천히 끄덕이며 듣고 있는 박원장을 힐끗 보고 말을 이었다.

"대학 시절은 정말 괴로웠어요. 거기서 배우는 건 고등학교에서 이미 배운 것만도 못한 수준이었으니까요. 비뚤어진 성격에 짜증만 늘었지요. 그렇게 시간만 축내다가, 더 이상이러면 안 될 것 같아서 육군에 입대했어요. 처음으로 가족 곁을 떠났지요. 힘들었지만 좋은 시절이었던 것 같아요. 스스로 모든 걸 해결하면서, 명예 규율을 배웠으니까요."

지친 홍문표의 얼굴이 조금 밝아지며 양쪽 입꼬리가 살짝 위로 올라갔다.

"그 깃발?"

박원장이 고개를 끄덕이곤 그의 어깨를 가리키며 물었다. 그러자 홍문표도 고개를 끄덕이곤 말했다.

"원칙, 규율, 자존심의 상징이에요. 실은 처음 왔을 때부터 모든 치료는 원칙에 맞게 하신다는 원장님 말씀이 가슴에 와닿았어요. 그래서 이렇게 가족 이야기까지 죄다 털어놓고 있나 봐요."

박원장이 고개를 다시 끄덕이며 물었다.

"군대엔 얼마나 있었나?"

"6년간 근무했어요."

"그랬군. 그러곤?"

"아버지가 국가를 위해 봉사한 데 대한 선물이라며, 한국 여행을 권하셨어요. 고등학교 때 다녀온 게 제 안에 소화되지 않고 쌓여 있다는 걸 아셨던 거지요. 이번엔 혼자 가서 원하는 만큼 있어 보라고 하셨어요."

"아, 그랬던 거로군."

박원장이 고개를 끄덕이고, 조심스레 그를 보며 물었다.

"그런데 자네 이름은?"

"아, 이거요?"

홍문표가 오른쪽 어깨를 걷어 올리며 말했다.

"제가 입양될 때 서류에 적혀있던 이름이에요. 그리고 이건 어머니 이름이고요. 생모 말이에요."

홍문표가 '홍경희'를 가리키며 말했다.

"아, 그랬었군. 그럼 이건? 연결고리?"

박원장이 그사이의 넝쿨을 가리키며 물었다. 홍문표가 고개를 끄덕였다.

"이제라도 생모를 찾고 싶으신 건가?"

홍문표의 시선이 아래를 향했다. 순간 그의 얼굴에 그늘이 확 덮였다. 그러곤 다시 고개를 들며 힘차게 가로저었다.

"아니요. 그럴 생각 없어요. 해외 입양아 출신들이 한국에 돌아와 부모를 찾아다니며 아주 실망했다던 이야기 많이 들었어요. 못 찾아도 그렇고, 찾아도 그렇고."

박원장이 고개를 끄덕이며 입을 열었다.

"그렇군. 한마디만 하자면, 그때 한국은 지금과는 전혀 다른 상황이었어."

홍문표가 고개를 끄덕이며 말했다.

"말씀 안 하셔도 잘 알아요. 다 지난 일이지요. 그래도 솔직히 왠지 모르게 한국에 끌리는 건 사실이에요."

그는 잠시 멈추었다가 말을 이었다.

"아버지 말씀이 다 옳아요. 헬스클럽 사장님이 감시할 때면, 같은 한국인이 핍박한다는 생각이 절 더 괴롭혔나 봐요. 그래서 아픈 티 내지 않으려고 이를 악물고 버텨내려 했던 거예요."

고개 숙이며 두 손으로 머리를 쥐어짜듯 감싸는 홍문표의 눈가에 짙은 그늘이 드리웠다. 눈 깜짝할 사이에 십 년은 더 늙어버린 듯한 모습이었다.

"너무 오래 방황했어요. 엄청난 피로가 파도처럼 몰려와요. 이젠 기나긴 여행을 마치고 돌아가고 싶어요."

박원장은 가슴이 뭉클했다. 고개를 크게 끄덕이며 말했다.

"그럼! 자넨 돌아갈 곳이 있지 않아? 천사들이 기다리시는 집으로 돌아가게. 여긴 자네 집이 아니야."

홍문표가 다소 밝아진 얼굴로 다시 고개를 들었다.

"기운 내서 잘 마무리해야지요. 계약기간 끝날 때까지 잘 버티고, 그새 돈 더 모아서 떠나기 전에 한국 여행을 더 해보고 싶어요, 대전만 빼고."

"대전? 아기가 떠났던 곳인가?"

홍문표가 고개를 끄덕이곤 말했다.

"예. 가능한 한 샅샅이 전국을 둘러보고 싶어요. 그렇게 뭔가 매듭을 지어야 하겠다는 생각이 들어요."

그가 한숨을 크게 몰아쉬고는 말을 이었다.

"이제야 철이 드나 봐요. 지금 사는 방 전세금은 아버지가 마련해 주신 건데, 그건 한 푼도 손대지 않고 그대로 다 돌려 드릴 거예요."

박원장은 가슴이 먹먹하면서 한편으론 훈훈해지는 걸 느꼈다. 이 '돌아온 탕아'를 맞을 부모들의 심정은 과연 어떨까?

"좋은 생각이네. 돌아가면 어떻게 하실 생각인가?"

"대학에 돌아가서…."

그때 '딩동!' 소리가 들렸다. 아래층에 환자가 온 것이었다. 박원장은 시계를 보았다. 이미 점심시간보다 한참 지나 있었다.

"아, 오후 진료를 시작해야 하겠군."

홍문표가 벌떡 일어나며 말했다.

"예, 저도 일하러 가야 해요. 오늘 참 감사합니다."

일어서는 홍문표는 아까와는 사뭇 다른 사람 같았다. 박원장이 대답 대신, 원숭이 꼬리 선인장을 가리키며 물었다.

"자네, 이 친구 원산지가 어딘지 아나?"

홍문표가 의아한 표정으로 고개를 가로저었다.

"볼리비아라네."

"그래요?"

그러자 박원장이 잔잔한 미소를 띠고 그를 보며 말했다.

"뭐, 어디서 왔든지 무슨 상관이겠어? 여기서 이렇게 잘살고 있는데!"

박원장과 원숭이 꼬리 선인장을 번갈아 보고 돌아서는 홍문표의 얼굴에 미소 같기도 한 미묘한 표정이 번졌다.

홍문표는 다시 나타나지 않았다. 근근이 클리닉을 꾸려나가며 환자 한 사람 한 사람이 아쉬운 박원장에겐 사치스러운 생각일지 몰라도, 그가 또 어깨 아프다고 불쑥 나타나지 않아 줘서 고마웠다. 이제는 어디선가 뿌리내리고 꿋꿋이 자기 길을 가고 있겠지.

생긴 대로

"어머나!"

진료실 문밖에서 깜짝 놀라는 목소리가 들렸다. 방금 진료를 마치고 나가던 권호열의 목소리였다. 다음 환자와 부딪치기라도 한 걸까? 박원장이 놀라서 눈길을 문으로 돌리는데, 이내 문이 열리며 김주성이 들어섰다. 80대 후반인 그는 6 · 25 참전 용사였다. 나이치고는 훤칠한 큰 키의 그는 무궁화 장식에 '국가유공자'라고 새겨진 모자를 푹 눌러쓰고 머리를 조금 숙인 채 모자챙에 가려진 눈을 치켜떠 바라보았다. 그래선지 두 눈엔 언제나 그늘이 가득해 보였다. 진료실 바깥쪽을 손가락으로 가리키며 묻는 그의 입꼬리가 살짝 말려 올라가 있었다.

"저 사람 누군지 아세요?"

박원장이 의아해서 되물었다.

"권호열 님이요?"

그러자 김주성이 보일 듯 말 듯 고개를 살짝 끄덕이곤 다시 물었다. 마치 못 볼 걸 봤다는 듯 경멸에 가득 찬 말투였다.

"뭐 하는 사람인지 아시냐고요?"

마치 추궁하듯 그의 질문이 이어졌다. 박원장은 그가 무슨 말 하려는 건지 알 것 같았다. 순간 불쾌했으나 별다른 반응은 하지 않았다. 그러자 김주성이 의자에 주저앉으며 마치 무슨 선언을 하듯 말했다.

"저 사람, 박수무당이에요!"

박원장은 그 말에 냉담하게 대꾸했다.

"예, 들어서 알고 있습니다."

김주성은 박원장이 당연히 깜짝 놀라리라 예상한 모양이었다. 박원장을 빤히 쳐다보며 되묻는 그의 말꼬리가 위로 치솟았다.

"그래요?"

박원장이 조용히 다시 말했다.

"그런 건 진료와 상관없지 않습니까?"

"원장님도 조심하시라고요. '어머나!'가 뭐야, 사내놈이. 어머나!"

김주성이 어깨를 움칠하며 두 손으로 앞가슴을 감싸는 모습으로 권호열의 높은 톤 목소리를 흉내 냈다. 박원장은 방금 밖에서 무슨 일이 있었는지 눈앞에 보이는 것 같았다. 김주성이 자기를 제법 기다리게 하며 진료받고 나오는 사람이 권호열이란 걸 보고는 속이 뒤틀려서, 서둘러 들어가는 척하며 일부러 어깨로 권호열을 밀친 모양이었다.

"두 분 다 이 동네 토박이들이시잖아요? 연배도 비슷하실 텐데…."

그러자 김주성이 마치 송충이라도 몸에 붙은 것처럼 부르르 떨며 말했다.

"난 저런 사람들은 원래 상종을 안 해요! 허우대는 멀쩡해도 사내구실도 못 하고 군대도 못 가는 사람이잖아요. 못 가는지 안 가는지! 다른 사람들은 국가를 위해 전쟁터 나가 싸우다 쓰러져 죽는데!"

박원장은 김주성이 하고자 할 말을 대신했다.

"맞습니다. 그분들 희생 덕분에 이 나라가 있어요."

그러자 김주성이 놀랐는지 입이 조금 벌어졌다. 그걸 보며 박원장이 말을 이었다.

"그런데 여긴 과거를 되짚어 보는 곳이 아니라, 오늘 불편한 사람들 누구나 진료받으러 오는 곳이에요. 그 이상도, 이하도 아닙니다."

그러자 김주성이 모자챙 아래의 몹시 못마땅한 눈길로 박원장을 치켜보며 말했다. 눈가의 그늘이 더욱 짙어졌다.

"그냥 조심하란 얘기예요."

박원장은 '대체 뭘 조심하라고요?'라는 소리가 나오는 걸

속으로 억눌렀다. 그렇게 대꾸하기 시작하면 끝이 없을 게 뻔했다. 무시하고 그냥 진료를 시작했다.

"허리는 좀 어떠셨어요?"

"주사 맞으면 조금 나은 듯하다가 또 그러고 또 그러고. 도무지 차도가 없어!"

늘 그래왔지만, 오늘은 마음이 불편해서 그런지 김주성의 불평은 훨씬 더 심했다. 박원장은 가슴이 답답해졌다.

"처음부터 다 설명해 드렸지요? 주사는 일시적 통증 치료일 뿐이고, 척추협착증은 병이 진행되면 결국 수술받아야 낫는다고요."

"큰 병원에서 진찰하고 하는 말이 수술해도 효과를 볼 가능성이 반반이라던데, 그래도 수술받을 사람이 어디 있어요? 이 나이에?"

김주성의 언성이 높아졌다. 대체 어쩌라는 건지, 이게 떼부리는 건지 응석인지 알 수 없었다. 박원장은 시선을 컴퓨터 화면으로 돌리며 말했다.

"그러니까 더 진행되지 않도록 관리를 잘해야 한다고 말씀해 드렸잖아요? 척추 주변을 강화하도록, 우선 수영장 걷는 것부터 해보시라고요."

그러자 김주성이 역정을 버럭 냈다.

"수영은 하지도 못하는 사람한테, 왜 자꾸 수영장엔 가라는 거야?"

박원장은 인내심의 바닥이 드러나는 걸 느끼며, 숨을 한번 크게 쉬고는 천천히 말했다.

"그냥 물속에서 걸으시라니까요. 그래서 좋은 효과 본 분들 많다고요."

그러자 김주성이 잠시 조용히 있다가 다소 누그러진 말투로 말을 이었다.

"나도 알아요. 이건 쉽게 고칠 수 없는 병이란 걸. 그래도 마음 붙일 데 없으니까 찾아오는 건데, 병원이 어떻게든 아픈 사람들 도와줘야지, 저런 사람들이나 모여드니, 참!"

박원장은 어이가 없었다. 이 사람은 마음을 이런 식으로 붙이나?

"예, 최선을 다해 도와드리고자 합니다. 그리고 권호열 님도 아파서 오시는 거예요."

권호열 이름이 나오자 김주성이 마치 못 들을 걸 들었다는 듯 흠칫했다. 박원장이 처방을 내주며 말을 이었다.

"누구나 생긴 대로 사는 거잖아요? 서로 존중하며 살면 제일 좋고, 그게 영 안 되겠으면 그냥 못 본 척하면 되지 않겠어요?"

그러자 박원장의 말을 따라 천천히 되씹는 김주성의 말끝이 천천히 말려 올라갔다.

"생긴 대로?"

며칠 후 진료실 문을 열고 권호열이 들어왔다. 걸음을 뗄 때마다 마치 부인들 걸음걸이를 과장되게 흉내 내듯 엉덩이가 좌우로 한들한들 흔들렸다. 80대 초반인 그는 만면에 웃음을 띤 채 양손으로 작은 보따리를 하나 받쳐 들고 있었다. 중키에, 얼굴은 다소 갸름하고 여기저기 주름살이 파여있으면서도 이목구비는 또렷한 편이었다. 눈이 동그랗고 입술은 도톰했다. 권호열은 콧소리가 섞인 메조소프라노 피치의 밝은 음성으로 인사했다.

"안녕하세요, 원장님?"

"아, 오셨어요? 며칠 전 진료받고 잘 올라가셨지요?"

지난번 김주성의 일을 상기하며, 박원장이 혹시나 하여 물었다.

"그럼요! 덕분에 허리도 감쪽같이 나은걸요. 글쎄, 여기만 오면 모든 문제가 싹 다 해결된다니까요."

권호열은 콧소리를 더해가며 마치 아무 일도 없었던 것처럼 태연하게 대답했다. 시치미를 떼는 건지 그냥 그때 일을 기억조차 못 하는 건지 알 길이 없었다. 박원장이 계속 물었다.

"당뇨약도 잘 드시지요?"

"그럼요. 지시하신 대로 열심히 지키고 있어요. 그래서 얼마나 좋아졌는데요? 전에는 당화혈색소가 이렇게 낮았던 적이 한 번도 없었거든요. 정말 신기할 정도예요, 원장님. 기운도 이렇게 좋아졌고 말이에요."

그러면서 으스대는 시늉을 했다.

"다행이네요!"

활짝 웃는 박원장을 보며 권호열이 들고 온 보퉁이를 내밀었다.

"오늘은요, 제가 총각김치를 담가서 좀 드리려고 왔어요. 우린 평생 김치 사 먹는 법이 없잖아요."

"예? 총각김치요? 그걸 여기까지 가지고 오셨어요?"

박원장이 보퉁이를 보고 놀라며 물었다. 환자들이 가끔 음료수, 과일 같은 간식거리를 가져오기는 하지만 김치 선물은 처음이었다. 그것도 손수 담근 것을.

"제가 원래 손이 크잖아요. 많이 담가서 이웃에도 돌리고, 이건 원장님 댁에 보내드리는 거예요. 간호사 건 따로 챙겨 왔거든요."

"아이고, 이런! 감사합니다. 그런데 요즘 채소값도 만만치 않을 텐데, 이걸 어쩌지요?"

박원장은 어찌해야 할지 난감했다. 권호열은 국가가 저소득층 의료를 전액 지원하는 의료보호 환자였다. 살림살이가 안 봐도 뻔한 노릇이었지만, 김칫값을 드리겠다고 하면 펄펄 뛸 것 같아 조심스러웠다. 그렇다고 대신 선물할 것도 달리 마땅치 않았다.

"그냥 맛있게 드시면 돼요. 아마 맛이 괜찮을 거예요. 젊어서부터 늘 언니들이 절 보고 맛있게 담근다면서 방법 좀 가르쳐달라고 그랬거든요."

"그래요? 그럼, 잘 먹겠습니다. 아무튼 그 연세에 김치를 손수 담가 돌리시고, 참 대단하시네요."

박원장은 황송한 가운데 이렇게 대답할 수밖에 없었다.

"이렇게 나누며 사는 게 보람이잖아요. 지금은 빈털터리지만, 이런 건 아무것도 아니었어요. 정말이에요! 제가 늙어서 이 모양 이 꼴이라도, 젊어선 아주 잘 나갔거든요, 호호!"

권호열이 오른손으로 치맛단을 휘감는 시늉을 하며 말을 이었다.

"남산자락에 용한 이 났다고 소문이 장안에 쫙 퍼져서, 사방에서 연락이 오지 뭐예요. 그래서 굿판이 벌어지고 곧장 신이 내리면, 그때부터 못 해도 서너 시간 쉬지 않고 춤을 추는데, 처음엔 부채만 하나 펴들고 주인 주변에서 살랑살랑 맴돌다가 드디어 한껏 올라 양손에 바라를 척 들고 나서면 장구가 빨라지기 시작해요. 그러다가 최고조로 오르면 제상에 올라가 있던 통돼지 한 마리를 번쩍 든 채로 펄쩍펄쩍 뛰는 거예요. 어머나, 세상에, 그 고운 각시가! 그러면 다들 놀라 자빠지거든요. 주머니에 있던 돈 죄다 꺼내 상에 올리고, 온갖 악기들은 미쳐 날뛰며 소리가 하늘을 덮고."

권호열은 마치 눈앞에서 벌어지는 굿판에 모여든 사람들을 바라보는 듯 두리번거렸다. 두 눈에서 광채가 나기 시작했다. 박원장은 마치 굿판 앞줄 구경꾼처럼 그를 바라보았다.

"그땐 정말이지 돈을 그냥 갈퀴로 싹 긁다시피 했어요. 아마 번 돈 다 모았으면 지금쯤 재벌은 못 되어도 높은 빌딩 몇 채는 너끈했을 거예요. 그런데 전 뭘 움켜쥐질 못하잖아요. 조카들 사업자금도 참 많이 대 줬거든요. 아무튼 뭐든지 베풀고 함께 나눠야 행복한 걸 어떡해요. 굿판이 끝날 때마다 함께했던 장구재비, 징재비, 북재비, 피리꾼, 태평소 화랭이들은 물론이고, 사방에서 친구들이 몰려들어서 밤새도록 다시 한판 질펀하게 벌어졌어요. 그날 번 돈 그냥 다 써버리고 마는 거예요."

입을 반쯤 벌린 채 할 말을 잃고 듣고 있는 박원장을 보며 권호열이 말을 이었다.

"한번은 친구들이 모여 신나게 놀고 있는데, 형사가 들이닥쳤지 뭐예요? 늦은 밤에 남녀가 뒤섞여 노는 게 풍기문란이라고 신고가 들어왔다고, 조사할 게 있으니 전부 경찰서로 가자는 거예요. 그래서 제가 '이 사람들은 모두 내 친구들인데 뭐가 문제냐? 오늘 내가 한턱내겠다고 해서 모인 거니까, 조사할 게 있으면 날 조사하면 될 것 아니냐?'라고 따졌죠. 그랬더니 형사가 아래위로 훑어보고는 알았다고 따라오라는 거예요. 그래서 할 수 없이 따라가는데, 어머나, 글쎄, 날 경찰서가 아니라 이상한 데로 끌고 가잖아요. 내가 싫다고 버티니까 손을 꽉 움켜잡고 강제로 끌고 들어가는 거 있지요?"

박원장이 놀라서 물었다.

"왜요?"

그러자 권호열이 무심코 대답하듯 했다.

"뻔하지요, 뭐. 날 따먹으려고."

"예에?"

박원장의 입이 그만 딱 벌어지고 말았다.

"그래서 일단 알았다고 못 이기는 척하고 들어갔다가 잠시 예쁘게 화장 고치고 오겠다고 나와선 냅다 튀었어요. 다른 건 몰라도, 뛰는 덴 자신이 있잖아요. 그땐 글쎄, 제가 그렇게 고와서, 다들 침을 질질 흘렸다니깐요, 호호!"

박원장은 대체 무슨 말을 어떻게 해야 할지 몰랐다. 대체 요즘 세상 어딜 가면 이런 이야기를 또 들을 수 있을까? 그런데 혹시 김주성도 이런 이야기를 다 알고 있는 걸까? 순간이나마 '혹시 김주성이 바로 그 형사는 아니었겠지?' 하는 엉뚱한 생각마저 들었다. 권호열은 새삼 과거를 회상하는 듯 천천히 말을 이었다.

"세월 가는 줄 모르고 허구한 날 그렇게 노느라고 완전 빈털터리가 되고 말았어요. 아마 저처럼 친구 좋아하는 사람도 없을 거예요. 남녀노소 누구나 가리지 않고 친구가 되었으니까요. 뭐, 흠결 있는 사람들도 많지만, 그런 걸 내가 탓할 건 없잖아요? 누구나 다 생긴 대로 사는 거니까요. 그러다가 이제 나이 먹고 무일푼이 되니까 옛날처럼 친구 사귀기가 어려워서 참 아쉬워요. 그때 같이 놀던 친구들 지금은 다 죽거나 사라지고, 돌이켜보면 내 인생엔 뭐가 남았나 싶기도 해요."

권호열이 잠시 말을 멈추었다가 분위기를 바꾸려는 듯 다시 생기가 도는 목소리로 말을 이었다.

"참, 신기해요. 그땐 통돼지 한 마리 들고 그렇게 뛰고 나서 어떻게 밤새 또 놀았는지 모르겠어요. 그런 게 다 허리에 업으로 쌓여서 지금 이렇게 원장님한테 찾아와 신세 지는 것이겠지만요."

권호열이 허리를 한 손으로 짚으며 말했다. 그때 빠끔 진료실 문이 열리고 간호사가 살짝 들여다보았다. 곁눈으로 그걸 본 권호열이 얼른 일어서며 말했다.

"어머나, 내 정신 좀 봐! 여기만 오면 마치 집에 온 듯 이런 저런 얘기 다 털어놓게 된다니까요, 주책없이. 왜 그런지 나도 정말 모르겠어요, 원장니임."

그는 다시 엉덩이를 좌우로 흔들며 걸어 나갔다. 무슨 말을 해야 할지 알 길이 없던 박원장은 그 뒤로 그저 밍밍한 인사말만 한마디 멋없게 하고 말았다.

"고맙습니다…."

권호열의 입에서 나온 '생긴 대로'란 말이 새삼 귓가에 맴돌며, 같은 말을 되뇌던 김주성의 어둠침침한 눈길이 떠 올랐다.

모처럼 맑은 따사한 날씨, 어느 날 오후였다. 70대 초반의 엄수지가 진료실에 들어섰다. 초진인 그 여자도 의료보호 환자였다. 장바구니를 들고 있는 여자는 약간 꾸부정하긴 해도 키가 훤칠했다. 남자들 중키 이상은 되는 것 같았다. 곱상한 얼굴엔 잔잔한 미소를 띠고 있었다. 엄수지는 자리에 앉으며 말했다.

"권호열 오빠가 소개해서 왔어요. 아시지요?"

"아, 그러세요?"

그러곤 박원장이 미처 더 반응하기도 전에 엄수지가 말했다.

"저, 트랜스젠더예요."

"예?"

뜻하지 않은 말에 박원장은 깜짝 놀랐다. 그 말 자체에도 놀랐고, 처음 와서 그런 걸 서슴없이 말하는 데 더 놀랐다. 그러자 엄수지는 박원장이 잘 알아들었는지 분명히 확인하려는 듯 다시 한번 또렷하게 말했다.

"트랜스젠더라고요."

순간 박원장은 그 여자 얼굴에 권호열의 얼굴이 겹쳐 보이는 듯했지만, 곧 정신을 가다듬고 차분히 대답했다.

"알겠습니다. 어디가 불편해서 오셨는데요?"

"저 문제가 많아요. 여기 가슴 수술했던 곳 상처가 아프고요. 가슴에 뭔가 매달린 것처럼 소화가 안 돼요. 잠도 잘 안

오고요."

박원장은 엄수지를 천천히 진찰했다. 그 여자의 한쪽 가슴엔 수술 흉터가 깊고 길게 거의 허리춤까지 이어져 있었다. 별다른 염증은 없어 보이는데, 촉진하면 고통스러워했다.

"언제 수술받으셨지요?"

"오래됐어요."

박원장은 더 상세히 물으려다가 그만두었다. 어쩌다 이런 상처가 생겼는지 모르겠지만, 그는 그 분야 전문가도 아니고 상처 자체를 어떻게 할 수 있는 것도 아니었다. 무엇이 이 사람에게 제 살 도려내는 고통을 감수하며 전혀 새로운 삶을 추구하도록 했는지 알 수 없었지만, 그런 건 캐묻고 싶지 않았다. 다른 질문을 했다.

"소화가 잘 안되신다고요?"

"네. 늘 명치가 더부룩해요. 트림도 나고요."

"그래요? 위내시경 검사는 언제 하셨나요?"

"얼마 전 건강검진 때 했는데, 별 이상 없다고 했어요."

박원장은 우선 필요한 처방과 치료를 해주고 말했다.

"다음 주에 또 오세요. 차도가 있는지 확인하게요."

"네."

그 여자가 나가려고 일어섰다. 진료 내내 지난번 권호열과의 대화가 맴돌던 박원장은 끝내 아까부터 궁금했던 걸 묻고 말았다.

"실례지만, 권호열 님과 어떻게 되세요?"

박원장은 이내 후회했다. 특이한 사람들이었지만, 그가 끼어들 일이 아니었다. 아무튼 환자 사생활을 묻는 건 이번이 처음이었다. 그러나 엄수지는 아무 일 아니라는 듯 선선히 대답했다.

"그냥 한 동네 살아요. 오가며 만나는 얘기 동무예요."

"얘기 동무?"

"네. 그 오빠 참 불쌍한 사람이에요. 뭐, 실은 우리 다 그런 사람들이지만요. 찾아오는 사람 한 명 없고, 친척이라곤 조카들뿐인데 어디서 잘 산다면서 코빼기도 안 보이거든요. 그리고 동네에서는 완전 왕따잖아요. 그건 아시지요? 그래서 여기 내려오는 걸 아주 좋아해요. 치료도 잘 받고, 옛날 얘기도 마음껏 하고. 저한테도 병원 갈 일 있으면 꼭 여기로 가라고 했어요. 아무튼 원장님 빼면 아마 제가 유일한 얘기 상대일걸요?"

박원장은 말없이 고개만 끄덕였다. 그 정도면 충분했다. 더 물을 건 없었다. 그러면서 이 여자의 평온한 얼굴과 말투가 내심 의아했다. 무슨 일이 있어도 언성 한번 올릴 것 같지 않은 분위기였다. 만일 평생 조바심 내며 달리기하듯 살아온 박원장 본인이 그 입장이었다면, 도저히 그러기는 어려울 것 같았다.

가을이 완연해지며 독감 예방접종 철이 되었다. 코로나의 극성에 하도 혼이 나서 그랬는지, 65세 이상 노인들이 무료 예방접종 받으러 줄지어 왔다. 대기실에 대화 소리가 두런두런 들리고 진료실 컴퓨터 대기 환자 리스트에 4명이 있었다. 박원장이 살펴보니 거기엔 권호열과 엄수지도 포함되어 있었다. 그동안 둘 다 꾸준히 진료받으러 왔지만, 그러고 보니 두 사람이 동시에 온 건 처음인 듯했다. 그냥 우연이었을까? 박원장은 대기실이 붐비니까 조금 서둘러야 하겠다는 생각이 들었다. 진료 중인 감기 환자의 증상을 상세히 묻고 나서 인후를 살펴보려는데 밖에서 큰 소리가 들려왔다.

"왜 그러세요?"

엄수지 목소리 같았다. 왜 그런지 매우 흥분한 목소리였다. 곧이어 그 여자의 격한 목소리가 다시 들렸다.

"저기 앉으시면 될 것 아니에요?"

박원장은 전혀 평소답지 않은 여자 목소리에 내심 깜짝 놀랐다. 진찰을 마치는 동안 밖에선 몇 사람 목소리가 한꺼번에 들렸다. 진료를 마치고 나가는 환자를 따라 박원장도 대기실로 나섰다. 대기실 한쪽 벽 3인용 긴 의자에 잔뜩 굳은 표정의 권호열과 한 할머니가 앉아 있었고, 맞은 편 긴 의자에는 얼굴이 벌겋게 상기된 엄수지가 다른 할머니 옆에 앉아 있었다. 엄수지 앞에는 그 '국가유공자' 모자를 눌러쓴 김주성이 버티고 서서 서로를 노려보고 있었다. 박원장이 다 들리도록 간호사에게 물었다.

"무슨 일이지요?"

그러자 간호사가 다가와 귓속말했다.

"김주성 님이 들어와서 먼저 앉아 있는 엄수지 님에게 건너편 의자로 옮겨가 달라고 저러고 계세요."

박원장은 불쾌감이 다시 치밀어 올랐다. 순간적으로 '내가 이러면 안 되는데' 하는 생각이 들었지만, 이미 스스로 통제할 수 있는 단계를 넘어서고 있었다.

"김주성 님, 잠깐 좀 들어오세요."

말하곤 휙 돌아서서 진료실로 들어갔다. 등 뒤에 거친 숨소리를 느꼈다. 돌아보니 평소보다 더욱 어둠침침한 눈빛의 김주성이 서 있었다.

"예방접종 받으러 오셨나요?"

박원장은 최대한 자제하는 목소리로 김주성에게 물었다.

"그래요."

김주성이 퉁명스럽게 대답하자, 박원장은 스스로 놀랄 정도로 단호하게 말했다.

"여기서 이러시면 안 됩니다."

그러자 김주성이 눈을 치켜뜨고 박원장을 노려보며 험한 목소리로 말했다.

"뭐가 안 된다는 거예요? 자리가 협소하니까 자기들끼리 좀 같이 앉아달라는 건데. 원래 그런 건 병원에서 다 챙겨줘야 하는 것 아니에요?"

"뭘 챙겨드려야 하는 건진 모르겠지만, 자기들이라면 권호열 님 말씀하시는 겁니까?"

"둘이 뭐 그렇고 그런 관계라는 건 동네가 다 아는 일인데, 왜 같이 앉으면 안 돼요? 일부러 떨어져서 활개 치듯 저렇게 있지 말고요. 그래야 나도 좀 편히 앉을 것 아니요? 그래서 부탁한 건데, 저놈들은 나이 먹은 사람 존중할 줄도 몰라?"

김주성의 음성이 점점 더 빠르고 격해졌다. 박원장은 눈앞에 도저히 넘지 못할 커다란 벽을 마주하는 느낌이었다. 더 이상 김주성과의 말다툼이 무의미하다는 걸 느꼈다.

"다들 예방접종 받으러 오신 거라 금방 끝날 테니까, 나가서 잠시 기다려 주세요."

"그러면 나부터 빨리 놔 줘요. 이왕 들어왔으니."

"분명히 저분들이 먼저 오셨지요?"

김주성이 모자 아래로 박원장을 째려보았다.

"밖에 있을 데가 없잖아? 이렇게 입씨름하는 사이에 금방 놔줄 수 있는 것 아니요?"

"우린 원칙대로 진료하니까, 그렇겐 못 합니다."

박원장이 한마디로 잘라 말했다. 그러자 김주성이 분노에 이글거리는 눈으로 노려보며 소리쳤다. 삶의 경로마다 쌓였던 모든 증오가 한꺼번에 분출되는 듯했다.

"뭐, 이따위가 있어! 병원이 여기 하나뿐인 줄 알아?"

박원장이 차분히 대답했다.

"그러면 다른 데 가서 맞으세요."

박원장의 말을 듣고는 김주성의 고함이 더욱 커졌다.

"뭐야? 여기서 치료받고 허리 병 도진 것도 말없이 참고 있었는데!"

"그러면 그것도 큰 병원 가서 치료받으시면 되겠군요."

박원장이 잘라 말했다.

"에이, 씨…."

김주성은 두 주먹을 불끈 쥐고 부르르 떨더니 진료실 문을 박차고 나갔다. 뒤도 안 돌아보고 출입구로 가던 그는 멈칫하더니 돌아서며 음료수대로 다가가서 그 위에 놓여있던 커피믹스를 한 움큼 집어 들고 나가버렸다. 잠시 클리닉에 정적이 흐른 뒤, 할머니들이 한 명씩 놀란 얼굴로 들어와 예방접종을 받았다. 박원장은 일부러 미소를 띠고 시선을 피하며 잠자코 주사를 놔주었다. 그다음으로 권호열과 엄수지가 차례대로 들어와서 예방주사를 맞고, 말없이 박원장을 한 번씩 쳐다보고 나갔다.

그 후로 김주성은 다시 찾아오지 않았다. 박원장은 그런 사실은 별로 개의치 않았지만, 마음 한구석에 꼭 자기가 직접 나서서 그래야 했는지는 두고두고 찜찜했다. 자신은 누굴 판단하는 사람이 아니라, 그냥 잘 지켜보고 챙겨주는 입장

아닌가? 혹시 그 안에 갈등이 있다면 그걸 잘 해결하여 화해와 화합의 마당으로 인도하진 못할지언정, 드러나게 누굴 편들며 일을 키우지는 말아야 하지 않았을까? 아무튼 김주성도 우리 집에 찾아온 손님인데, 의도했든 아니든 그를 남들 앞에서 공개 망신시킨 게 과연 잘한 일이었나? 이게 다 박원장 스스로 자기감정을 다스리지 못해서 벌어진 일 아니었나? 온갖 상념이 떠 오르며, 자신의 무력함만 통감했다. 좁은 바닥에 김주성이 무슨 소리 하고 다닐지 알만했지만, 이 마당에 그를 탓할 건 없었다. 이미 벌어진 일을 어찌하랴? 그냥 잊어버리도록 애쓰는 것 말고는 달리 방법이 없었다.

권호열과 엄수지는 계속 진료받으러 왔지만, 두 번 다시 동시에 나타나지 않았다. 박원장은 변함없이 그들을 맞아 주었지만, 웬일인지 권호열의 너스레는 차츰 그 빈도와 강도가 사그라들어갔다. 그러면서 찾아오는 주기가 조금씩 불규칙해지더니, 심지어 투약 날짜를 넘기는 경우도 생겼다. 전에는 단 한 번도 없던 현상이었다.

"당뇨약은 하루도 빠짐없이 정확히 드셔야 해요. 식사와 운동요법도 철저히 하셔야 하고요."

검사 결과를 보며 박원장이 새삼 권호열에게 당부했다. 잘 관리되던 당뇨가 웬일인지 다시 악화하고 있었다. 권호열이 전과 달리 웃음기가 가신 얼굴로 대답했다.

"알았어요."

박원장이 그를 보며 다시 물었다.

"여태까지 잘해 오셨잖아요? 혹시 무슨 일 있었어요?"

권호열이 낮은 목소리로 대답했다.

"이 나이에 무슨 특별한 일이 있겠어요? 그냥…."

"그냥?"

박원장이 권호열을 보며 다시 묻자, 그도 박원장을 힐끗 보고 말했다.

"사는 게 그냥 그러네요."

박원장은 그 말을 듣고 뭐라 해야 할지 몰라서 머뭇거리다가 어렵사리 입을 열었다.

"꼭 진료 때 아니더라도 그냥 오다가다 들려서 차도 한잔 하시고, 간호사랑 대화도 나누시고 그러세요, 네?"

권호열이 고개를 끄덕이며 대답했다.

"네, 알았어요. 고맙습니다."

그의 대답을 들으면서, 박원장은 그가 어떤 다른 세계로 들어서고 있다는 느낌이 들었다. 왜 그랬을까? 혹시 지난번 김주성과의 공개적 충돌 때문에? 그건 알 수 없었다. 알 것도 없었다.

궂은비가 내리는 어느 날 오후였다. 권호열이 엎드려 허리에 주사를 맞으며 말했다. 콧소리는 여전했지만, 그 안엔 짜증이 하나 가득했다.

"날씨가 궂어서 그런지 허리가 너무 아파요. 지난주에도 와서 주사 맞았는데, 도무지 차도가 없잖아요. 전에는 주사 한 방이면 거뜬했는데, 대체 뭐가 문제지요?"

박원장이 대답했다.

"그러면 진료 의뢰를 해드릴 테니까, 큰 병원에 한번 가 보세요."

그러자 권호열이 잘라 말했다.

"그건 싫어요! 여태껏 여기서 치료받았는데, 갑자기 왜 이렇게 된 거냐고요?"

박원장이 그를 달래듯 천천히 다시 말했다.

"그러니까 혹시 안에서 무슨 변화가 생겼는지 모르니까 정밀검사를 해보면 좋겠어요."

"아휴! 이번까지 해보고 나서요."

권호열이 깊은 한숨을 내쉬며 말했다. 그러고 보니 그에게서 처음 듣는 한숨이었다.

"그러세요. 그리고 당뇨 처방도 새로 해드릴 테니까 열심히 관리하세요. 당 관리가 잘 안되면 허리도 더 아플 수 있거든요."

권호열은 찡그린 얼굴로 허리에 손을 얹고 나갔다. 박원장은 입맛이 씁쓸했다. 묻지도 않았는데 할 소리 안 할 소리 온갖 너스레를 떨던 그 권호열이 맞나 싶었다. 얼마 전부터 조금씩 달라지던 게, 이젠 완전히 다른 사람이 된 것만 같았다. 박원장은 늘 지니고 다니던 뭔가를 잃어버린 것처럼 허전했다. 그렇다고 달리 더 해줄 건 없었다.

그리고 십 분쯤 지나, 조용하던 대기실에서 누군가 냅다 지르는 소리가 들렸다. 권호열이었다.

"아이, 짜증 나! 도무지 차도가 없는데 말이야!"

곧이어 간호사가 난감한 얼굴로 꼬깃꼬깃 구겨진 처방전을 들고 들어왔다.

"당뇨약이 하나 빠졌다고 저 난리예요."

"응?"

박원장이 다시 살펴보니 한 가지 빠진 게 맞았다. 권호열이 아프다고 법석을 떠니까 더 강한 통증약을 추가하면서 혼선이 생긴 것이었다. 박원장이 추가 처방을 내는데 대기실에서 또 큰 소리가 들렸다.

"이따위로 하니까 그렇지, 응!"

그 말에 박원장이 더 참지 못하고 일어나서 문을 열었다.

"착오가 있으면 조용히 알려주시면 될 걸 갖고, 이게 무슨 짓입니까?"

그러자 얼굴이 벌겋게 달아오르며 권호열이 소리쳤다.

"짓이라고요? 환자를 이런 식으로 보면서?"

박원장은 더 대꾸하지 않고 그를 뚫어지게 바라보았다. 짧지 않은 기간 우여곡절 겪으며, 나름대로 심혈을 기울여 돌봐준 결과가 겨우 이런 건가! 한마디로 괘씸했다. 진료실 문을 그대로 닫아버렸다. 밖에서 처방전 인쇄되는 소리가 나더니 곧이어 출입문 열리는 소리가 들렸다.

그리고 권호열은 발길을 끊었다. 한번은 김주성이 억지웃음까지 지으며 허리가 아파서 못 견디겠다고 다시 찾아왔지만, 박원장은 큰 병원 가서 정밀검사 받아보는 게 좋겠다고 그냥 돌려보냈다. 언짢아서라기보다 도무지 감당해 낼 자신이 없었다. 엄수지는 띄엄띄엄 찾아와 진료받는 사이사이 박원장에게 어릴 적부터 힘들었던 자기 삶을 조금씩 풀어놓곤 했다. 그 시절 누구나 겪었을 법한 일도 많았지만, 어쩌면 그렇게 어려웠던 가정사를 저렇게 평온한 표정으로 남의 일처럼 말할 수 있는지 신기할 정도였다. 이제는 진정 원했던 정신적 평화를 구해서 그런 걸까? 그게 대체 뭘까?

그러면서도 엄수지는 권호열에 대해선 일절 아무 말도 하지 않았다. 박원장도 이제 그에게 서운했던 심정은 거의 가셨지만, 딱히 입에 올리고 싶지는 않았다. 시간이 지나도, 그의 돌연한 표변은 도무지 이해할 길이 없었다. 아무리 돌이켜봐도, 박원장 스스로 그럴 원인을 제공했던 것 같진 않았다. 그건 가슴 속 아물지 않은 상처로 그대로 남아있을 뿐이었다.

어느 날 오후 늦게 엄수지가 찾아왔다. 뭔가 심각한 표정이었다.

"원장님, 얘기 들으셨어요?"

"무슨 얘기요?"

"호열 오빠요."

"아니요. 여기 오신 지 한참 됐는데…."

"급성 치매로 요양원에 실려 가셨어요. 아예 아무도 못 알아보게 되었거든요."

"예?"

박원장은 가슴 한가운데 한 방 충격이 전해져 오는 걸 느꼈다. 엄수지가 입이 헤 벌어진 그를 쳐다보며 말을 이었다.

"왜, 여기도 한동안 안 왔지요? 그러면서 말도 어눌해지고, 사람이 아주 달라진 것 같았어요. 저도 슬슬 피하더니만, 얼마 전부턴 질 알아보지도 못하는지 엉뚱한 소리를 하더라고요. 그러곤 그냥 철저히 혼자로 지낸 거지요. 하긴 평생 그렇게 살아온 분이에요. 젊어서 잘 나갈 땐 돈 따라 부나방들이 꼬여 들었지만, 그런 게 얼마나 가겠어요?"

깔때기 보청기

날이 쌀쌀해지며 코로나, 독감, 온갖 감기가 기승을 부린다. 오늘은 휴진인데, 김원장은 출근해서 밀린 일들 정리하고 내일 진료를 준비하고 있다. 지난주 내내 감기로 골골하느라고 진료기록 점검이 부실하던 참이다. 원래 감기에 잘 걸리던 체질이지만, 요즘은 하나 걸려 나을 만하면 곧바로 다른 게 또 걸리는 이어달리기 식이다. 원래 면역기능이 약해서 그런지 몰라도, 환자들이 사방으로 기침과 재채기를 해대는 좁은 진료실 안에 종일 앉아서 자기만 안 걸린다면 오히려 그게 이상한 일 아닐까?

그럴 때 가장 힘든 게 바로 목이다. 꼼꼼히 진료하자면 결국 말을 많이 하는 걸 피할 수 없는데, 그러다 보면 출근할 땐 그럭저럭 견딜만하던 게 퇴근할 때 즈음하면 목이 아프고 열이 올라서 가까스로 지친 몸을 이끌고 터덜터덜 나서기 일쑤다.

가장 큰 문제는 난청 노인들이다. 워낙 노인들이 많은 동네인데, 보청기라도 하고 오는 노인은 거의 없다. 그러곤 '응? 뭐라고?' 하고 앉아 있으면, 결국 목청껏 소리를 질러야 끝나게 된다. 그렇지 않아도 아픈 목이 쉴 틈이 없다 보니, 더 쉽사리 감기에 걸리는 악순환 그 자체다.

나이 들어가면 누구나 청력이 떨어지게 마련이지만, 제대로 된 대화가 불가능한 난청이라면 문제는 심각하다. 대화란 마주 보고 하는 각자의 독백이 아니라, 그걸 통해 어떤 식으로든 소통이 이뤄져야 하는 것이다. 대화가 없으면 마치 움직이지 못하는 육체처럼 정신도 허물어지고, 그건 바로 치매로 가는 첩경이다. 그런데 보청기에 대한 정부 지원이 상당히 제한적이라 그런지, 넉넉지 못한 노인들은 엄두를 못 낸다.

김원장은 두 팔로 머리를 괴고 의자에 기대앉는다. 눈앞에 고대 그리스의 병원 유적지 에피다우로스가 떠오른다. 기원전 4세기 지어진 당시 최고의 종합병원 에피다우로스에는 우거진 소나무 숲속에 의술의 신 아스클레피오스를 모신 신전, 박물관, 목욕탕, 요양실, 음악당, 경기장 등이 가득 들어차 있다. 그중에서도 정말 경이로운 곳은 수천 석 좌석을 가진 거대한 극장이다. 그리스 극장들은 기본적으로 연극이나 연설을 위한 반원형의 문화공간이었다. 서로 싸우고 죽이는 검투사들을 보며 저마다 목청껏 소리 지르던 후세 로마 시대의 원형경기장과는 목적과 기능이 전혀 달랐다. 에피다우로스 극장에서는 환자들 심신의 힐링을 위해 여러 공연이 계속해서 벌어졌다. 그걸 통하여 영적 소통을 이루고, 그것은 바로 육체적 치유로 이어졌다. 요즘 어디에 인간을 위한 이런 원대한 이상을 품은 의료기관이 있던가?

에피다우로스 극장은 그 당당한 규모도 놀랍지만, 정작 놀라운 것은 음향이다. 극장의 구조 자체가 놀라운 소리 울림과 증폭을 이루어, 무대 정중앙에 선 배우들의 속삭임부터 심지어 바늘 떨어지는 소리까지 모든 관객에게 생생하게 전해준다. 그리고 거꾸로 그 반향도 그대로 출연자들의 귀에까지 전해져서, 관객들과 완벽한 소통을 이루도록 해준다. 환자들도 원한다면 무대에 서서 자기 얘기를 한껏 할 수도 있었을 것 같다. 처음엔 좀 어색할지 몰라도, 저 엄청난 음향효과를 누리며 한마디씩 얘기하다 보면 자기도 모르게 모든 걸 쏟아내 놓고 그 길로 심신은 물론 영적 치유의 길로 접어들지 않았을까? 지켜보는 사람들까지 모두 한꺼번에? 얼마든지 그랬을 것 같다. 음향효과는 빈 극장보다는 관객이 가득 찼을 때 가장 좋다고 하니 더욱 놀라울 따름이다. 당시 어떻게 이런 완벽한 구조물을 설계할 수 있었을까? 어떻게 신하고 동급이 되고자 하는 어떤 위대한 지도자를 모시려는 게 아니라, 함께 살아가는 우리 주변 사람들 한 명 한 명을 위해 이런 엄청난 기획을 할 수 있었을까? 아, 그 위대한 문명! 뉘라서 세상은 갈수록 발전해 왔다고 할까?

에피다우로스 박물관에는 각종 외과 수술 도구들을 포함, 당시 사용되었던 의료기구들이 많이 전시되어 있었다. 정말 저런 걸 사용했을지 눈이 휘둥그레지는 섬찟한 톱날들도 많이 있었다. 그중 김원장의 관심을 가장 많이 끌었던 건 어른 손바닥에 쏙 들어갈 만한 앙증스러운 크기의 청동 깔때기였다. 그 끝은 귀에 꽂을 수 있도록 가운데 구멍이 뚫린 작은 구슬 형태였다. 그건 바로 휴대용 보청기였다! 한번 성능을 시험해 보고 싶은 마음이 굴뚝같았지만, 안타깝게도 그 소중한 유산은 유리 전시관 안에 고이 간직되어 있어서 그럴 기회는 없었다. 그러나 극장의 엄청난 음향효과를 몸소 겪어본 후라 그랬던지, 그 보청기의 성능에 대한 믿음엔 전혀 의심의 여지가 없었다.

바로 그런 깔때기 보청기를 만들어서 이 동네 노인들에게 하나씩 드리면 얼마나 좋을까? 보청기가 굳이 값비싼 전자기기일 필요가 있을까? 서로의 깔때기에 대고 살아가는 이야기를 조곤조곤 주고받을 순 없을까? 생각이 여기 미치자, 김원장은 씁쓸히 웃음 지으며 고개를 가로저었다. 그건 될 일이 아니다. '나 난청이요.'하고 보여주며 다니는 꼴이 될 텐데. 경박한 요즘 세상에 그런 깔때기를 갖고 다닐 사람이 어디 있을까? 효과가 얼마나 좋은지는 아무 상관 없다. 요즘 사람들은 자기 삶을 자연스레 살아가기보다는, 억지로 남의 삶을 대신 살아 주려고 애가 탄 사람들 같기도 하다. 정말 그렇다면 진중한 대화 따위는 별로 중요한 게 아니다. 그냥 혼자 과시하고 목청껏 소리 지르다가 하루가 대충 지나가고, 잠자리에 들어선 속이 후련할까? 사방에서 자기 소리만 질러대는 요즘, 어디 가면 진실한 대화와 가슴 뭉클한 교류가 있을까? 우린 정말이지 훌륭한 자유민주주의 시대를 만끽하며 살고 있다.

그때 전화벨 소리가 들렸다. 김원장은 자기도 모르게 목으로 손이 가며 잠시 망설이다가 수화기를 들었다. 휴진일지라도 여기 나와 앉아 있는 이상, 도움을 구하는 전화라면 마다할 수는 없지 않은가? 수화기 너머로 웬 할머니가 소리를 질러댔다.

"여보세요! 거기 한의원이지요?"

대충 누군지 알만한 목소리였다.

"여기가 아니고요⋯."

김원장의 말이 끝나기도 전에 수화기에서 다시 고함이 들렸다.

"주문한 한약 아직 안 왔잖아! 돈만 받고!"

김원장은 멈칫했다. 모처럼 즐거웠던 꿈속에서 갑자기 멱살을 잡혀 모진 현실 속으로 질질 끌려 나오는 것만 같았다.

그래도 인내심을 발휘하며 말했다.

"한의원으로 전화하세요."

"벌써 며칠 지났어? 응?"

고함은 더욱 기세등등해졌다. 김원장은 온몸에 힘이 쫙 빠지는 걸 느끼며 천천히 다시 말했다.

"전화 잘못하셨다고요."

"뭐라고? 안 들려!"

김원장은 칼칼한 목으로 손이 가며, 자기도 모르게 고개를 연신 가로저었다. 내려놓는 수화기에서 고함이 울려 퍼졌다.

"크게 말해! 안 들린다고 그랬잖아!"

고함은 더욱 크게 이어졌다.

"대체 나더러 뭘 어쩌라는 거야, 응?"

1,700원

가을이 깊어 가는 정취가 느껴지는데도, 아직 본격적 추위가 오지 않아서 그런지 가로수 단풍은 예년만 못한 듯했다. 한원장은 점심시간에 전쟁기념관으로 산책하러 갔다가 돌아오고 있었다. 날씨도 좋은데, 그의 발걸음은 그다지 가볍지 못했다. 이제 개원 3년째로 접어드는데 경영은 그냥 제자리에서 맴도는 수준이었다. 내원 환자는 조금씩 늘어나지만, 수가가 원체 낮으니 실상 별다른 방법이 없었다. 운동 겸 살짝 기분 전환이라도 하려고 다녀오는 길이었다.

클리닉에 돌아왔다. 간호사는 아직 내려오지 않았다. 한원장이 막 진료실에 들어서는데, 뒤이어 현관문이 열렸다. 마치 누군가 그의 뒤를 바싹 따라온 것 같았다. 내다보니 처음 보는 몹시 허름한 행색의 노인이 꾸부정한 자세로 걸어들어왔다. 모습은 꼭 구걸하러 온 사람 같은데, 그래도 걸음걸이는 나름대로 당당해 보였다.

한원장이 뭐라 말할 틈도 없이, 그 노인은 막바로 진료실로 들어섰다.

"진료받으러 오셨어요?"

한원장의 질문과 거의 동시에 노인이 큰 소리로 말했다. 귀가 잘 안 들리는 모양이었다.

"뭣 좀 상담할 게 있어서."

"예, 여기 앉으세요. 아직 점심시간인데, 상관없어요."

한원장이 의자를 가리키자, 노인이 털썩 앉았다. 비릿한 악취가 났다. 아무래도 거리에서 노숙하는 사람 같았다.

"처음 오셨나요?"

한원장의 말을 들었는지 아닌지, 노인은 자기 목을 가리키며 말했디.

"위가 따갑고 아파."

접수부터 해야 한다고 말해봤자 잘 알아들을 것 같지 않았다. 상담을 원한다고 했으니 우선 다 듣기부터 해야 할 것 같았다.

"위요? 여기가 아프시다고요?"

한원장이 명치 부위를 가리키자, 노인이 버럭 역정을 내며, 다시 목을 가리켰다.

"위가 아프다니까! 배가 아니라!"

기가 막히긴 했지만, 목을 목이라 부르건 위라 부르건 상관할 바는 아니었다.

"아, 그러시군요. 언제부터 그러셨어요?"

"꽤 됐어."

그때 간호사가 들어섰다. 한원장이 간호사에게 말했다.

"이분 처음 오셨는데, 접수부터 해 드리세요."

그러자 간호사가 노인에게 물었다.

"주민등록번호 말씀해 주세요."

"뭐라고?"

간호사가 다시 목청을 돋워 노인 귀에 대고 말했다.

"주-민-등-록-번-호!"

"몰라."

"그럼, 생년월일이요."

노인이 용하게 알아듣고 대답했다. 86세였다.

"뒷자리는요?"

"뭐라고?"

"주-민-등-록-뒷-자-리요!"

"모른다니까!"

한원장이 난감한 표정으로 간호사를 보았다. 접수가 안 되면 아무것도 할 수 없기 때문이었다. 그러자 간호사가 눈썹을 한 번 올렸다 내리며 말했다.

"제가 어떻게든 챙겨볼게요."

그러곤 접수 컴퓨터 앞에 가서 앉았다. 한원장은 어찌해야 좋을지 난감했다. 아무튼 기다리는 사이에 우선 노인의 입안부터 진찰해 보았다. 인후에 염증이 있었다. 입에서 풍겨오는 심한 악취가 한원장의 마스크를 뚫고 엄습해 들어왔다.

"편도가 많이 부으셨네요."

노인이 한원장을 바로 보며 다소 누그러진 말투로 말했다.

"내가 원래 병원엘 잘 안 다녀. 요 바로 위에 사는데, 이 앞을 여러 번 지나치며 눈여겨보다가, 오늘 큰맘 먹고 들어왔어. 위 아픈 것 낫도록 잘 좀 도와주세요."

"예, 잘 알겠습니다."

한원장은 대답하며 살짝 가책이 들었다. 허름한 행색과 투박한 언행에 자기도 모르게 이 노인을 비하해 보았던 건 아닐까? 어떤 사람인진 모르겠지만, 도움을 원하는 사람이라면 누구나 가리지 말고 최선을 나해서 챙겨줘야 한다. 아무튼 환자접수가 돼야 뭘 해도 할 텐데… 그때였다. 진료 컴퓨터 화면에 환자 이름이 쏘옥 올라왔다. 어떻게 된 건진 모르겠지만, 그냥 기적이 행해진 것처럼 느껴졌다.

"김병수 님 맞으시지요?"

한원장이 컴퓨터와 노인의 얼굴을 번갈아 보며 묻자, 노인이 고개를 끄떡였다. 당연히 의료보호 환자이겠거니 했는데, 인적 사항을 훑어보니 이 근처 주소에 보험도 정상상태였다. 혼자만의 세계에 살고 있는 독거노인인 모양이었다.

한원장이 비로소 진찰 결과를 적어넣고 처방을 올리며 말했다.

"목, 아니, 위 염증 가라앉히도록 약 처방해 드릴게요. 입 안 깨끗이 할 가글도 포함되어 있으니까, 그건 마시지 마세요."

"뭐? 가굴?"

한원장이 대답 대신 양치질 모습을 보여주었다.

"아그르르, 퉤!"

노인이 그걸 보고 우렁찬 목소리로 말했다.

"우가이 말이야? 그럼 그렇게 말해야지, 가굴이 뭐야 가굴이!"

한원장이 한 귀로 흘려들으며 말했다.

"자, 이제 다 됐고요, 잘 안 나으면 며칠 후 다시 오세요."

그러자 노인은 뜻밖에 더 토 달지 않고 선선히 일어서서 나갔다. 한바탕 난리 후에, 한원장은 의외라는 생각이 들었다. 진료실 문이 닫히고 곧 간호사 고함이 들려왔다.

"여기 처방전 있어요. 진료비는 1,700원이요."

"뭐라고?"

"1,700원이요!"

간호사가 목청껏 지르는 소리가 들렸다. 순간 한원장은 가슴이 조마조마해졌다. 저러다가 한바탕 무슨 일이라도 날 것만 같은 팽팽한 긴장감이 느껴졌다. 물론 1,700원이라면 시내버스 한 번 타는 것 외엔 할 게 거의 없는 푼돈이었다. 그걸로 어디서 저가 커피 한잔 빼 마실 수 있을까? 다른 노인들도 한동안 상세한 설명을 들으며 진료를 보고 나서 차마 신용카드를 못 꺼내고 꼬깃꼬깃 천 원짜리 지폐를 꺼내 들고 민망한 표정으로 건네는 액수였다. 수납하기엔 오히려 그게 더 번거로울 따름인데.

그렇지만 이 노인이 과연 그걸 감당할 수 있을까? 아니면 순순히 내고자 할까? 전혀 가늠할 수 없었다. 공연히 한원장의 가슴이 두근거리기 시작했다. 진료비 면제하고 그냥 처방전 건네 보내드리라고 간호사에게 메신저를 보내려다가 손을 멈췄다. 어찌 보면 그것도 주제넘은 일일 수 있었다. 그냥 다 될 대로 되라는 심정이 들었다.

“1,700원?”

“네에!”

노인의 고함에 이어 간호사도 거기 질 새라 맞고함치는 소리가 꼬리를 잡고 연결되었다. 그러다 잠시 숨 고르듯 정적이 흘렀다. 이윽고 노인의 퉁명한 목소리가 들렸다.

“뭐가 그렇게 싸? 요즘 물가에 그렇게 싼 게 어디 있어? 인명을 다루면서, 이게 무슨 장난치는 것도 아니고! 제대로 진료하긴 한 거야? 엉?”

마음과 몸

"어! 이게 웬일이지?"

일찍 출근하여 그날 진료할 환자들의 혈액검사 결과를 미리 살펴보던 장원장의 눈이 휘둥그레졌다. 최은상의 당화혈색소 수치가 8.5%로 뛰어올라 있었다.

"지난번 분명히 6.2%였는데."

잘 관리되던 당뇨병이 갑자기 중증으로 악화한 것이었다. 장원장의 눈앞에 '원장님 덕분에 당뇨가 잘 관리되고 있네요.' 하며 흰 앞니를 다 드러내고 환히 웃던 그의 얼굴이 떠올랐다.

최은상은 공무원이었다.

"저 구청에 근무해요. 이 동네도 제가 오랫동안 담당해서 빠삭합니다."

처음 진료실에 들어선 그가 바깥쪽 거리를 죽 가리키며 말했다. 서글서글하니 모난 데라곤 딱히 보이지 않는 얼굴이었다. 게다가 환한 웃음이 번지니, 양쪽 눈 가장자리에 정확히 대칭으로 새겨진 두 줄기 주름 끝이 바깥쪽을 향해 눕혀진 V자 모양으로 더욱 벌어졌다.

“아, 그러세요? 구청에 오래 계셨군요.”

장원장도 마주 보고 웃으며 물었다. 처음 보는 사람인데도, 마치 오래전부터 알고 지내던 푸근한 이웃 같은 느낌이 들었다.

“뭐, 별 재주가 없으니까요. 그러다 보니 어느새 정년이 멀지 않았네요.”

그의 손이 슬그머니 뒤통수로 향했다.

“아, 그러시군요. 오늘은 어떻게 오셨어요?”

“고혈압과 고지혈증이 있어서요.”

“오래되었나요?”

“몇 년 전부터 시작되었는데, 이제부턴 여기로 옮겨 진료받으려고요.”

장원장은 왜 그러려는지 이유를 묻지는 않았다. 무슨 사정이 있겠지.

“그러시군요. 그런데 앞으로 진료 잘하려면 혈액검사부터 한번 받으세요.”

“예. 그럴 것 같아서 아침 거르고 왔어요.”

장원장은 대뜸 팔부터 내미는 그를 보며, 이런 환자들만 있다면 진료하기 정말 수월하겠다는 생각이 들었다. 자기들 건강 챙기기 위한 것이고, 건강보험 자기부담금도 아주 저렴한데도 불구하고, 혈액검사 한번 권해서 순순히 따르는 환자는 실상 많지 않았다. 보통 입 아프게 설명을 반복해야 했다. 그래도 며칠 후에 오겠다고 예약하고 가서 안 오는 사람들이 부지기수였다. 장원장은 최은상이 매우 뛰어난 공감 능력을 지닌 사람이라고 느꼈다. 이런 공무원이라면 얼마든지 박수받아 마땅하겠다는 생각이 들었다. 담당하는 일이 뭔지는 몰라도 온갖 민원인들 상대하기 쉽지 않을 텐데.

다음 날 다시 찾아온 최은상에게 장원장이 조심스레 입을 열었다.

"혈압과 고지혈증은 잘 관리되고 있는데, 검사 결과 당뇨병이 발견되었어요."

그 말을 들은 그는 별다른 반응 없이 눈썹만 살짝 꿈틀거리는 듯했다. 그리고 담담히 물었다.

"그렇습니까? 심한가요?"

"당화혈색소 7.2니까, 진단은 확실해요. 아주 초기라고 하기도 어려운 상태입니다."

그러자 최은상이 담담히 말했다.

"예, 알겠습니다. 집안 내력이 있어서 어느 정도 각오는 하고 있었어요."

"그래요? 부모님 당뇨병 있으세요?"

"어머니요. 오래전부터 치료받고 계세요."

"그러셨군요. 공복혈당도 꽤 높은데, 혹시 입이 마르거나 소변 자주 보지는 않았어요?"

"아니요. 별 증상 못 느꼈어요. 늘 피곤하긴 했지만, 그거야 으레 그러려니 생각했지요. 하는 일이 만만치 않으니까요."

장원장은 그에게 당뇨병에 관한 상세한 설명과 아울러 치료 지침을 말해주었다.

"당뇨는 절대로 가볍게 보면 안 되고, 굳이 말하자면 앞으로 평생 열심히 관리해야 하는 과제라고 보셔야 합니다. 약물 치료도 잘해야 하지만, 식이/운동 요법도 그 못지않게 중요하니까, 지침을 잘 따르셔야 합니다. 특히 하루 3끼 식사를 정시에 정량 잘 챙겨 드시는 게 중요해요. 혹시 혈당 낮추겠다고 일부러 끼니 거르거나 그러시면 안 돼요."

"예, 모든 걸 원장님께 맡기고, 지시대로 열심히 따르겠습니다."

진료가 끝나고 최은상은 공손히 인사하고 진료실을 나섰다. 얼굴에 들어올 때 그 미소 그대로 띤 채로. 정말이지 가볍지 않은 병을 갑자기 진단받은 사람치고는 흔치 않은, 사실은 거의 처음 보는, 인상 깊은 장면이었다.

최은상은 그 후 열심히 찾아왔다. 약속 날짜에 하루도 늦은 적 없이, 꼬박꼬박 왔다.

“치료 효과가 잘 나타나는 중입니다. 공복혈당과 당화혈색소가 떨어지고 있어요.”

장원장은 검사 결과는 그의 앞에 내밀고 하나하나 상세히 설명했다. 늘 미소를 잃지 않는 그의 얼굴에 웃음이 더 크게 번졌다. 눈 가장자리 V자 주름이 활짝 양팔을 벌렸다.

“원장님 덕분입니다.”

“본인이 열심히 노력하신 결과예요. 제가 감사합니다.”

장원장은 이렇게 서로 공감하며 진료하면 안 될 일도 다 되겠다는 생각이 들었다. 정말 고마웠다. 진정한 보람이었다.

진료가 잘 되려면 환자와 의사 간의 공감이 필수적이었다. 특히나 당뇨 같은 만성병은 더욱 그랬다. 원래 지루한 시간과의 싸움이란 결코 쉬운 게 아니고, 거기서 완전히 이기는 게 아니라 다만 무너지지 않는 게 목표라면 서로의 공감 없이는 어렵기 때문이었다. 따분한 진료가 마냥 이어지다 보면, 그냥 우울해질 수 있고, 그걸 다 벗어나고 싶은 마음이 울컥 들 수도 있었다. 실제 그렇게는 못 하더라도, 일단 그런 마음가짐이 들면 진료가 잘 되기 어려웠다. 그런 면에서 최은상과의 관계는 남들에게도 보여주고 싶은 모범적 사례라 아니할 수 없었다.

어느 날 최은상은 노란 야광 줄이 입혀진 연두색 작업복 차림으로 나타났다.

"저, 은퇴했어요."

의아한 눈으로 쳐다보는 박원장에게 그가 말했다. 활짝 핀 미소 그대로.

"아, 그러셨군요."

장원장은 고개를 끄덕였으나, 눈은 아직도 그의 작업복에 가 있었다.

"지난번 왔을 때 말씀 안 드렸는데, 실은 몇 달 되었어요. 그런데 그냥 놀자니 그것도 답답해서 거리 청소일을 하게 되었어요. 구청에서 임시직으로 다시 받아주셔서요."

장원장이 크게 고개를 끄덕이며 말했다.

"아, 그러셨군요. 그거, 참 잘하셨네요."

"운동 겸, 매일 다녀요. 이 앞에 오게 되면 들를게요. 진료 날짜 아니라도."

최은상이 활짝 웃으며 말했다.

"좋지요! 차도 한 잔씩 하시고."

장원장도 함께 웃으며 말했다. 그러면서 오늘은 최은상이 조금 과장되게 활짝 웃는다는 느낌도 살짝 들었다.

"자, 지난 검사 결과 같이 보시지요."

장원장은 지난번 검사 결과를 꺼내 보여주었다. 그전까진 거의 정상에 가깝도록 떨어졌던 당화혈색소가 슬며시 6점대 초반으로 꼬리를 달고 올랐다. 그래도 처음보단 훨씬 낮은 상태였고, 실상 그 정도 변화는 늘 있을 수 있었다. 다만 혈압과 콜레스테롤도 살짝 오르는 것 같아서 찜찜하긴 했다.

'갑자기 당화혈색소 8.5가 웬일일까?'

장원장은 오전 내내 환자들 보면서도 최은상 생각이 머리에서 떠나지 않았다. 무슨 일이 있었던 걸까? 점심시간 가까워서 드디어 그가 왔다. 대기실에서 측정한 혈압수치를 보니 152/105, 그간 그럭저럭 잘 유지되던 혈압도 상당히 높았다. 뒤져보니 여태까지 측정치 중 가장 높은 수치였다.

진료실로 들어서는 그는 언제나처럼 활짝 웃으면서도, 오늘따라 눈가의 V자 주름은 절반만 벌어진 듯했다. 적어도 장원장에겐 그렇게 보였다.

"잘 지내셨어요?"

최은상이 의자에 앉자마자 장원장이 물었다.

"아, 예, 그럼요. 그런데 검사 결과가 안 좋나요?"

최은상이 여전히 미소를 머금은 채 조심스레 물었다. 장원장이 결과를 보여주며 하나하나 설명해 줬다. 그러자 최은상이 오히려 장원장을 위로하듯 말했다.

"아마 체질적인 문제일 거예요. 우리 어머니도 당뇨가 심하시거든요."

원장이 고개를 갸우뚱하며 말했다.

"흐음, 결과가 오르락내리락할 수는 있는데, 갑자기 생긴 일이라서요. 아무튼 약제를 하나 더 추가할게요. 그리고 3개월 후 다시 검사해 봅시다. 식이요법과 운동은 잘하시지요?"

"요즘은 많이 걷진 못했어요. 식사도 좀 불규칙한 편이었고요."

장원장이 그를 똑바로 보며 물었다.

"왜요? 어디 불편하셔서?"

최은상이 잠시 실내를 둘러보듯 시선을 피하며 대답했다.

"아니요. 하는 일이 바뀌어서 종일 차 타고 돌아다녀요."

"그래요? 무슨 일인데요?"

장원장은 평소 같으면 프라이버시 같은 건 잘 묻지 않지만, 지금은 그런 것 가릴 때가 아닌 것 같았다. 최은상이 멈칫했다. 얼굴에서 미소가 순간 사라졌다가 다시 서서히 돌아왔다.

"아, 그게… 처리반이라고 있어요."

"처리반? 뭘 처리하는데요?"

"음, 그러니까, 길거리 청소하는 분들이 혼자 처리하지 못할 게 있거든요. 이를테면, 고양이 사체라든가…."

최은상이 마치 남의 일 보고하듯이 말했다.

"응? 고양이 사체? 길거리에?"

장원장이 놀라서 물었다.

"도둑고양이일 수도 있고, 기르던 놈 몰래 버리기도 하는

데, 생각보단 꽤 많아요. 쥐도 엄청 많고요. 쥐는 후미진 구석에 모아두면 우리가 가서 수거해 와요. 그런 것들은 일반 쓰레기와 함께 처리할 수 없거든요."

장원장의 입이 딱 벌어졌다.

"아… 그래요?"

"그것 말고도 여러 가지 많은데, 다 말씀드리긴 좀 거북하지만, 아무튼 우리가 싹 다 수거하고 처리해요. 사람만 빼고요. 하하!"

그의 어색한 웃음이 야릇한 반향을 남기고 번져갔다. 뭐라 대꾸해야 할지 몰라 머뭇거리는 장원장을 보며 최은상이 말을 이었다.

"둘이 용산구 전체 다 돌아다니느라고 업무시간이나 식사시간 지키기 어려울 때도 많고 그래요."

웃음이 완전히 걷힌 최은상의 얼굴에 살짝 그늘이 번져갔다.

"아, 그게, 참, 힘들고 좀… 꺼림칙하시겠어요."

장원장은 그간 잘 버텨오던 그의 몸을 일거에 허물어뜨리고 있는 게 바로 그의 마음이 아닌지 궁금했다. 아니, 그렇게 확신이 들었다.

"안 그렇다면 거짓말이겠지요. 그래도 일은 일이니까요."

최은상이 담담히 말했다. 그걸 듣던 장원장이 답답해서 자기가 참견할 일이 아닌 줄 알면서도 물었다.

"그럼, 전에 하던 일로 다시 돌아가면 안 되나요?"

최은상이 잠시 망설이다가 말했다.

"그건 우리가 선택할 수 있는 게 아니에요. 아무튼 무엇이건 일거리가 있는 게 감사한 거지요. 그리고 누군가 처리반 일도 해야 하지 않겠어요? 그런 면에서 보람도 있고요."

응당 '그건 그러네요.'라고 대답해야 하겠지만, 장원장의 마음속에는 '그래도 우선 당신 건강부터 챙겨야 할 것 아니오?' 하는 생각이 들었다. 그러면서 입에선 다른 질문이 나왔다.

"다른 일보다 보수는 좀 낫겠네요?"

미소도 일부 포함된 듯한 묘한 표정이 최은상의 얼굴에 흘렀다.

"수당이 좀 붙긴 해요."

그리고 진료실 밖으로 걸어 나가는 그가 무척 왜소해진 것처럼 보였다.

점잖은 사람들

늦가을 노인과 취약계층 무료 독감 예방접종이 시작되면 한적하던 대기실도 제법 법석거린다. 국가가 시행할 사업을 동네의원들이 대신해 주는 건데, 국가에서는 그만한 인력을 절감하고, 근근이 유지하는 의원들에겐 다소간의 한철 보너스를 지원해 주는 셈이기도 했다. 거기 해당 안 되는 젊은이들은 자기 부담으로 백신을 맞는다. 노인층 중 일부러 유료 백신을 놔달라는 사람들도 간혹 있다. 신뢰하는 의원에서 좋은 백신을 준비했을 테니까 이왕이면 그걸 맞고 싶다는 것이다. 그럴 필요 없다고 매번 알려주는데도.

진료실 컴퓨터 스크린에 대기 환자들이 서너 명 올라왔다.

'조금 서둘러야 하겠구나.'

박원장은 마우스를 움직여 제일 윗줄 환자를 클릭한다.

'67세 남자 강성식.'

곧 진료실 문이 열리고 반백의 풍채 좋은 남성이 만면에 웃음을 띠고 들어선다. 꽤 굵은 목에 운동으로 단련된 듯 단단한 몸매다. 박원장이 그에게 의자를 가리키며 말한다.

"앉으세요. 예방접종 받으러 오셨나요?"

강성식이 앉으며 두 손을 마주 잡고 윤기 흐르는 묵직한 목소리로 대답했다.

"예! 그간 안녕하셨지요? 교수님!"

박원장은 그의 얼굴을 힐끗 봤다. 여기서 자기를 그렇게 호칭하는 사람들은 거의 없다. 보통 원장, 아니면 사장, 간혹 아저씨라고 부르기도 한다. 그런데 이렇게 친근하게 나오는 사람이 누군지 잘 기억나지 않는다. 원래 사람 얼굴 기억하는 건 그다지 자신 없지만, 그래도 살짝 당황스러운 건 어쩔 수 없다.

"아, 예, 덕분에."

박원장은 가볍게 대답하고 눈길을 다시 컴퓨터 화면으로 돌린다. 그러다 갑자기 놀라며 강성식에게 묻는다.

"어? 이틀 전 접종 받으셨는데… 어디 불편하셨나요?"

그는 강성식의 활짝 웃는 얼굴을 힐끗 보고는 컴퓨터 화면 앞으로 다가앉으며 다시 잘 살펴본다. 그러곤 탄식하듯 말을 잇는다.

"아, 작년이었군요!"

작년 이맘때 독감 예방접종 주사 맞고, 오늘 처음 내원한 것이다. 살펴보니 여태까지 몇 차례 내원한 건 전부 무료 예방접종 때문이었다. 그 외에 다른 접종은 물론이고 흔한 감기 치료나 건강 점검 한번 받으러 온 적 없었다. 박원장은 무안한 상황을 떨쳐버리려는 듯 얼른 주사를 들며 묻는다.

"접종 이상 반응은 없으셨지요?"

"아, 그럼요! 교수님이 놔주신 건데요. 이번에도 손수?"

그가 박원장 손에 들린 주사기를 보며 묻는다. 박원장은 대답 대신 가볍게 고개를 끄덕인다.

"교수님 소문이 자자합니다. 얼마나 친절하신지! 간호사가 아니라 원장님이 직접 주사 놔주시는 병원은 여기밖에 없거든요."

마스크에 가려진 박원장의 입가에 쓴웃음이 번진다. 한 명뿐인 간호사가 예방접종 접수하느라 매달려서, 주사는 원장이 도맡을 수밖에 없는 실정인 건 누가 봐도 금방 알 수 있는 일 아닌가?

"자, 어느 쪽 어깨에 맞으시겠어요?"

박원장이 얼른 묻는다. 강성식이 왼쪽 어깨를 걷어 올리며 말을 잇는다.

"말씀 안 하셔도 탁월한 봉사 정신 때문인 걸 잘 압니다. 참 훌륭하세요. 요즘 환자 많이 늘었지요?"

강성식이 마치 사실 확인이라도 하려는 듯 진료실을 훑어보며 묻는다. 박원장이 그의 어깨를 알코올로 닦으며 건성으로 대답한다.

"그냥 그럭저럭 유지하고 있습니다."

순간 강성식이 멈칫하며 놀랍다는 표정을 짓는다.

"그래요? 지금쯤은 환자들이 바글바글할 줄 알았는데."

그는 살짝 박원장 눈치를 보고서 말을 잇는다.

"그래도, 뭐, 큰 병원에서 퇴직하신 후에도 이렇게 활동하시고 얼마나 좋으세요? 이런 분이 일부러 찾아오셨으니, 사실 우리 동네를 빛내주는 보배 같은 존재시잖아요."

박원장은 대답 대신 주사를 찌른다. 강성식이 한마디 더 보탠다.

"점잖은 사람들은 다 알고 있거든요!"

그 말을 듣고 박원장이 자기도 모르게 되묻는다.

"점잖은 사람들이요?"

자기 말에 박원장이 반응을 보이자, 강성식의 얼굴이 환해지며 목소리에 더욱 활기가 붙는다.

"그럼요! 아실지 모르겠는데, 이 동네 점잖은 사람들도 많아요. 우리처럼 말이에요!"

박원장이 빈 주사기를 폐기물 용기에 딸랑 소리를 내며 내려놓는다.

"아, 그러시군요."

강성식의 어깨에 반창고를 하나 붙여주고는, 컴퓨터 스크린으로 시선을 돌린다. 할머니들이 다음 차례를 기다리고 있다. 접종 철도 곧 지나가겠지.

어떤 암 환자

부인을 따라 김영식이 진료실로 들어섰다. 80대 초반의 환자, 초진이었다. 체격과 걸음걸이는 퍽 당당한 편이었는데, 짙은 회색과 갈색이 반반 섞인 색깔의 얼굴이 어딘가 중병이라도 걸린 듯한 모습이었다. 부부가 자리에 앉자, 박원장이 물었다.

"어디 불편해서 오셨나요?"

그러자 부인이 곁에 무표정하게 앉은 남편을 힐끗 보고는 말했다.

"이 이가 폐암이 있거든요. 그래서 대학병원에서 항암치료를 받고 있어요."

박원장이 김영식을 쳐다보았다. 마치 별일 아니라는 듯, 그대로 앉아 있었다.

"그러셨군요. 얼마나 오랫동안 치료받으셨어요?"

그러자 부인이 다시 대답했다.

"벌써 1년 반째예요."

박원장은 속으로 흠칫 놀랐다. 항암치료를 그렇게 오래 받는 건 쉽지 않은 일인데, 그런 것치고는 김영식의 자세와 전신 상태가 그다지 나빠 보이지 않았다.

"아이고, 힘드셨겠네요."

박원장이 말하자, 이번에는 김영식 본인이 대답했다.

"괜찮아요, 진료 잘 받아서."

부인이 말을 이었다.

"다름이 아니라, 대학병원에서 백혈구 수치가 내려간다고 주사제를 처방하곤 동네의원 가서 맞으래요. 여기 가지고 왔는데, 그걸 좀 주사해 주실 수 있을까요?"

그러면서 손에 든 봉지를 내밀었다.

"아, 그래요? 그러려면 혈액검사를 해야 하는데… 우선 진찰부터 해볼게요."

혈압을 비롯한 진찰 결과는 상당히 양호했다. 박원장이 고개를 끄덕이며 말했다.

"예, 이렇게 오셨으니, 주사 놔드릴게요."

김영식의 얼굴이 비로소 환해졌다. 그러자 부인이 또 말했다.

"주사가 하나 더 있는데, 이틀 간격으로 맞으라 하시거든요."

그 말을 듣고 박원장이 말했다.

"이걸 어쩌지요? 모레는 우리 휴진인데요. 그건 하루 뒤로 미루면 안 되겠지요?"

"그래도 되나요?"

부인이 긴장하며 힐끗 남편의 눈치를 봤다. 그의 입술이 씰룩거리고, 표정이 약간 일그러지는 것 같았다. 그걸 보고 박원장이 말했다.

"그러면 아예 처음부터 다른 데서 맞으시면 어떻겠어요?"

그러자 부인이 말했다.

"이건 그냥 놔 주시고요. 다음번은 저희가 다른 데 알아볼게요."

"그러세요."

주사를 맞고 김영식은 미소 지으며 인사하고 나갔다. 그의 환한 얼굴을 보니 박원장도 은근히 기뻤다. 별일은 아니라도, 이런 게 동네의원의 보람 아닐까?

이튿날 부부가 다시 찾아왔다. 이번엔 어제 주사 맞고 나갈 때와 달리 두 사람 다 다소 굳은 얼굴이었다. 그리고 부인이 하나 남은 주사약을 앞에 내놓으며 말했다.

"저 앞 의원에서 이걸 못 놔 준대요. 어젠 여기서 맞았으니 내일 한 번만 해달라는데, 굳이 대학병원 가서 맞으라고 그러네요. 실은 어제도 거기서 안 된다고 해서 원장님께 왔던 거예요. 우리 젊어서부터 평생 거길 다녔는데, 어쩜 그럴 수가 있지요?”

말하는 부인의 눈에 불붙은 분노의 불길이 이글이글 타오르는 듯했다. 그 말을 듣고 박원장은 난감해졌다.

“무슨 사정이 있겠지요. 주사는 이틀에 한 번씩 맞으라고 했지요?”

“네.”

대답은 부인이 하는데, 박원장을 쳐다보는 김영식의 눈길이 더 간절해 보였다. 도저히 거기에 대고 ‘그거 하루 늦게 맞아도 별 상관없으니까 모레 오세요.’라고 다시 말할 수 없게 만드는 그런 눈길이었다. 그가 의연하게 고통을 견디게 하는 건 의학에 대한 믿음일 텐데, 그랬다가는 그게 송두리째 무너지게 될지도 모르겠다는 느낌이 들었다. 만일 여기서도 도움을 받지 못한다면, 내일 예약도 없이 멀리 대학병원까지 찾아가서 죽치고 앉아 있을 판이었다. 그렇지 않아도 힘든 사람에게 그건 할 일이 아니란 생각이 들었다. 내일은 휴진일이라서 박원장은 모처럼 부부 동반으로 어디 근교에 나들이할 계획이었다. 그런데 딱히 목적지를 정해놓거나 어디 예약한 건 아니니까, 아침 일찍 진료하고 조금 늦게 나가도 될 것 같다는 생각이 들었다. 박원장은 아내에게 미리 양해도 구하지 못한 채 말했다.

“그러면 내일 아침에 오세요. 조금 일찍 오실 수 있지요?”

그러자 부인이 놀라서 물었다. 김영식의 눈도 휘둥그레

졌다.

"어? 내일 휴진이잖아요?"

"예. 간호사는 못 나오고, 제가 잠깐 나와서 직접 놔 드릴게요."

박원장의 말을 듣고 부부의 굳은 얼굴이 즉시 풀리고 곧이어 화사한 웃음이 번졌다.

"아휴, 이렇게 감사할 데가 있나요?"

그 후에도 부부는 가끔 주사제를 들고 찾아왔다. 혈액검사도 했는데 백혈구와 암 표지자 수치만 제외하면 달리 큰 문제가 없어서, 박원장도 더 안심하고 진료할 수 있게 되었다. 항암치료에 따르는 구역이나 다른 증상에 대한 보조 치료도 해주었다. 매번 부부의 환한 표정을 보는 게 큰 보람이었다. 그러다가 하루는 부인이 조심스레 남편 눈치를 살피며 말했다.

"이 양반 폐암이 간으로 전이되었대요."

순간 박원장은 가슴이 덜컥해서 김영식을 보았다. 그는 마치 남의 얘기 듣듯이 아무런 내색 없이 그대로 앉아 있었다.

"아, 그러시군요. 아무튼 이 정도면 전신 상태 아주 좋으신 겁니다."

그러자 김영식이 고개를 숙이며 말했다.

"원장님 처방해 주신 약 먹고, 컨디션도 괜찮고 속 울렁거리는 것도 한결 좋아졌어요."

그러자 부인도 다소 긴장을 풀고 곁에 앉아 있는 남편의 손을 잡았다. 박원장이 김정식에게 말했다.

"김 선생님 몸도 힘들고 기운도 없으실 텐데, 진료받으면서 짜증 한번 안 내시고 늘 그렇게 담담한 모습이세요. 참 보기 좋습니다."

그러자 곁에서 부인이 말을 거들었다.

"이 양반 성격이 좋아서, 젊어서부터 큰 소리 한번 안 내고 살았어요. 평생 남에게 싫은 소리 한마디 한 적 없고요."

"아, 그러시군요. 훌륭하시네요. 복 받으실 거예요."

박원장이 말했다.

"제가 감사할 따름이지요. 이렇게 버티고 있는 것도 다 현대의학 덕분이잖아요. 옛날 같으면 진작 어떻게 되었을 텐데요."

김영식이 다시 고개 숙이며 말했다.

"대학병원에서 잘 챙겨드리고 있는 겁니다."

박원장이 말하자, 그가 또렷하게 대답했다.

"그런 줄 알고 있어요."

박원장은 의학을 이렇게 믿어주는 환자가 있다는 게 진정 고마웠다. 동시에 대체 언제까지 살얼음판 같은 항암치료를 계속할 수 있을지 걱정스러웠다.

대기 환자 명단에 김영식이 떴다. 잠시 후 부인만 진료실로 들어왔다. 단단히 굳어진 얼굴이었다.

“오늘은 혼자 오셨나요? 어디 불편하시대요?”

박원장이 묻자, 부인은 다가앉으며 문밖을 가리켰다. 그리고 낮은 목소리로 말했다.

“저기 밖에 있어요. 그런데 대학병원에서요….”

말을 잇지 못하는 걸 보고 박원장이 말했다.

“예, 말씀하세요.”

“이제 더 해줄 게 없으니, 치료 그만하래요.”

박원장이 말없이 고개를 끄덕였다. 올 게 온 것이었다. 부인이 말을 이었다.

“요양병원으로 가래요. 저 양반 다 듣는 데서요. 그래도 되는 건가요, 예?”

부인이 숨을 크게 몰아쉬었다. 박원장이 부인을 보며 물었다.

“그렇게 하실 건가요?”

그러자 부인이 머리를 가로저으며 단호하게 말했다.

“요양병원이요? 평생 같이 살았는데, 어떻게 그럴 수 있어요? 집에 있어야지요.”

박원장이 고개를 끄덕이며 말했다.

“알았습니다. 들어오시라고 하세요.”

부인이 나가고 낮은 목소리 대화가 들리더니, 잠시 후 남편을 밀어 넣다시피 하며 진료실 안으로 다시 들어왔다.

"앉으세요."

박원장이 자리를 권해도 그는 그냥 서 있었다. 얼굴은 처음 찾아왔을 때처럼 여전히 무표정한데, 그때와는 아주 다른 팽팽한 긴장감이 그 안에 느껴졌다. 박원장이 물었다.

"충격받으셨나 봐요?"

김영식은 말없이 서 있었다. 박원장이 말을 이었다.

"그러실 것 없어요. 제가 보기엔 지금 전신 상태가 상당히 좋으세요. 그게 중요한 겁니다. 댁에 요양하시면서, 이렇게 잘 유지하도록 챙기면 됩니다. 앞으로도 할 일이 많거든요."

마침내 김영식이 입을 열었다.

"어떻게 사람에게 그럴 수가 있어요? 사람이 어디 쓰다가 용도폐기하는 물건인가요?"

"치료에는 늘 양면이 있으니까요. 부작용도 잘 챙겨보면서, 어느 편이 더 유리할지…."

박원장이 말하는 도중, 김정식이 부인에게 큰 소리로 말했다.

"여보, 갑시다!"

그는 휙 돌아서서 걸어 나갔다. 부인이 눈이 둥그레졌다. 이런 건 난생처음이라고 말하는 듯한 표정이었다. 그렇게 황급하게 고개만 끄덕여 인사하곤 그를 따라 나갔다. 박원장은 물끄러미 그들의 뒷모습을 보았다. 서운할 건 전혀 없었다.

현대의학에 대한 김영식의 일방적 믿음과 기대, 말하자면 짝사랑이 모질게 깨져버린 것이었다. 박원장의 귓가에 그의 목소리가 생생하게 들리는 것만 같았다.

'이게 복 받은 거야? 다 똑같은 놈들!'

어쩌겠는가? 애증은 우리 손에 꼭 쥔 동전 한 닢의 양면일 따름인걸.

천국 소망

창밖으로 뜨거운 햇볕이 이글이글 작열한다. 지구가 뜨거워진다는 게 이젠 아무도 반박할 수 없는 진실인가 보다. 그래도 요양병원 실내는 시원하고 안락하다. 한구석에서 소리 없이 가습기 수증기가 올라오고 있다. 침대엔 골격만 앙상하게 남아 있는 노파가 의식 없이 누워있다. 환자가 숨 쉴 때마다 목에 뚫린 기도관을 통해서 가래 끓는 소리가 나지막하게 규칙적으로 반복된다.

한 중년 여성이 조용히 병실에 들어서서 의자를 끌어당겨 노파 머리맡에 앉는다. 그리고 상체를 기울여 귀에 대고 큰 소리로 말한다.

"엄마, 나 영미야. 들리세요?"

영미는 잠시 고개를 들고 환자를 주의 깊게 쳐다본다. 환자는 아무 반응이 없다. 숨소리도 그대로다.

"응, 간병인은 쉬고 오라고 내보냈어. 밖에 엄청 더운데,

여기는 시원하지?”

역시 아무 반응도 없다. 영미는 근처에 다른 사람이 없다는 걸 확인이라도 하듯 주위를 훑어보곤 말을 잇는다.

“엄마, 이런 거 아직도 끼고 있구나. 불편하실 테니까 내가 다 벗겨드릴게.”

영미는 환자의 앙상한 손가락마다 빠짐없이 껴있는 금반지들과 양측 팔목에 여러 겹으로 찬 팔찌들을 하나씩 벗겨낸다. 그러다가 환자의 눈꺼풀이 가볍게 떨리는 걸 느끼고 동작을 멈춘다. 가만히 잘 쳐다보니 아무 움직임이 없다. 괜히 그렇게 느꼈나 보다.

“이런 것들 끼고 있으면 불편하잖아. 그리고 간병인 아줌마도 불편해요. 무슨 말인지 알지? 내가 다 간직하고 있을게.”

영미는 빼낸 금반지, 팔찌들을 얼른 핸드백에 넣는다. 그러곤 다시 환자의 귀에 대고 말한다.

“엄마 이제 다 내려놓고 천국 가, 응?”

말을 마치곤 다시 한번 고개를 들어 환자를 쳐다본다. 이번엔 환자 아랫입술이 미세하게 부르르 떨리는 것 같기도 하다.

“엄마 이렇게 누워 계시는 게 벌써 몇 년째야? 무슨 미련이 그렇게 많아? 엄마도 힘들고, 솔직히 그동안 나도 정말 할 만큼 했잖아. 이렇게 깨끗한 병원으로 모시고. 물론 엄마 돈으로 하는 거지만, 이런 것 관리만 해도 보통 일이 아닌걸.

마냥 가는 돈이란 게 어디 있나? 그리고 할머니 위독하시다고 식구들 다 부른 것만 해도 벌써 몇 번째야?"

환자의 아랫입술이 떨린다. 사실 정말 떨린 건지 아닌지는 중요하지 않다. 상관도 없다. 영미가 환자 입술을 보고 말한다.

"소망? 맞아! 천국 가는 게 제일 큰 소망이야."

영미의 목소리가 점점 높아진다.

"밖에 우리 민정이도 와 있어. 민정이 수능 얼마 안 남은 것 잘 알지? 학원에서 마지막 총정리를 하는데, 거기 빠지면 안 되잖아? 그거 열심히 해도 간당간당할 텐데. 그런데 저년이 말 안 듣고 저기 죽치고 앉아 있잖아! 누구 닮아서 저러겠어?"

영미가 환자의 팔을 흔들며 외친다.

"엄마가 날 좀 도와줘, 응? 이제 그만하고 천국에 가!"

2장 • 두 번째 호흡

노부부의 코로나

코로나가 땅 위에 모든 걸 삼키려는 듯 기승을 부리고 있었다. 세상에 갓 튀어나온 그 괴물은 인간들을 모두 알알이 떼 놓고 입을 막아버렸다. '세계적 자랑거리'라던 소위 K-방역은 한술 더 떠서, 누구나 어딜 가든 휴대전화 코드를 찍어 출입 기록을 남기도록 했고, 당국은 그걸 통해 전 국민의 움직임을 손바닥 보듯 파악하고 있었다. 식당에선 모든 좌석 칸막이를 해야 했고, 직장 구내식당은 그걸로도 부족해 모두 한 방향으로만 좌석을 정렬했다. 어디서건 3인 이상 모임은 무조건 금지였다. 가족 모임이라도 예외가 아니었다. 마치 21세기에서 조지 오웰의 1984년으로 되돌아가려고 용을 쓰는 듯한 모양새였다.

모든 소통은 사실상 휴대전화로만 할 수 있었고, 거기엔 방역 당국에서 보내는 무시무시한 메시지들이 줄을 지어 올라왔다.

"어디 어디 위치한 대박 닭 장작구이, 깍두기 국밥집, 남도 민물장어횟집, 뚜벅이 정육식당, 신난다 노래방, 왕창 뷔페… 방문자는 즉시 가까운 보건소에 가서 코로나 검사를 받기 바랍니다."

마치 중범죄 공범들에게 너희들 다 알고 있으니 빨리 자수하라는 듯한 메시지들이었다. 그렇지 않아도 찾아오는 손님들이 곤두박질쳐서 눈앞이 캄캄한데, 어떤 업소이건 그 리스트에 한 번 오르기라도 하면 그날로 바로 장사는 끝나는 게 피눈물 나는 현실이었다.

동네의원 박진수 원장은 한숨이 절로 나왔다.

"저기 사장, 직원들, 식구들이 대체 무슨 죄를 그리 모질게 지었다고 저렇게 밥줄을 끊어놓나? 저래도 되는 걸까? 과연 저런다고 이걸 막을 수 있는 걸까?"

박원장도 힘들긴 마찬가지였다. 그의 실수라면, 코로나 유행이 시작되는 시점에 무작정 개원한 것이었다.

"좀 진득하게 사태를 봐가며 시작하는 건데…."

후회한들 무엇하랴? 아무튼 개원 후 고생은 말이 아니었다. 콜록콜록 기침하는 환자들 한가운데, 일부러 전쟁터 최전선에 온몸을 내던진 꼴이었다. 저렇게 말 한마디로 손바닥 뒤집듯이 온갖 업소들 문 닫게 만드는 식이라면, 매일 환자들 몰려드는 병의원들부터 빠짐없이 문 닫게 해야 옳지 않았나? 이게 위선이 아니면 뭘까?

병의원들의 고난은 한둘이 아니었다. 그 와중에 사실상 단 하나의 방어선인 마스크는 물량이 달려서 의료용도 좀처럼 구하기 어려웠다. 선진국들에선 새로 개발된 m-RNA 예방 접종이 한창인데, 국내에선 효능이 의심된다는 제품만 들여왔다. 그리고 그마저도 늦게나마 가까스로 들여와서, 정부가 나름대로 지정한 특수 부류나 직책의 사람들에게만 조금씩 제공되고 있을 뿐이었다. 일선 의원들엔 백신 문의 전화만 불이 나게 울려서 대답하느라고 다른 진료하기도 어려울 지경이었다. 그래도 어떻게든 삶은 이어지고 진료는 돌아가야 했다. 아무리 그래도, 코로나가 모든 건 아니었으니까.

"안녕하셔유, 원장님? 오늘은 우리 집사람도 같이 왔어유."

평소 도통 말이 없던 정선길이 모처럼 환히 웃으며 진료실로 들어섰다. 중키에 꾸부정한 노인의 주름진 얼굴이 오늘따라 활짝 펴지고 하얀 앞니가 돋보였다. 그 뒤로 자그마한 체구의 여인이 조용히 따라 들어왔다. 약간 균형이 안 맞는 듯한 걸음걸이였다. 얼굴엔 미소를 띠며 힘주어 입을 다물고 있는 모습이 마치 산전수전 다 겪고 나름대로 중심이 꽉 잡혀있는 사람 같은 인상이었다.

"예, 좀 어떠셨어요?"

박원장이 그들 부부에게 눈인사하며 앞에 앉은 정선길에게 물었다. 부인은 그 뒤쪽에 말없이 앉았다.

"목은 전보다 많이 좋아졌는디, 어깨는 아직도 팔을 돌리면 아파유."

박원장은 웃으며 정선길의 목과 어깨를 진찰했다.

"어깨도 상당히 좋아지셨어요. 여기가 엄청 아프셨지요?"

"손도 못 대게 아팠지유. 그때 비하면 지금은 용 됐시유."

이태원 뒷골목에서 양복점을 하는 정선길의 어깨는 마른 체구에 평생에 걸친 고된 육체노동의 결과 때문인지 여기저기 울퉁불퉁 튀어나와 있었다. 그래도 치료를 몇 번 반복하며 근육경직도 상당히 풀어지고 상태가 좋아지고 있었다.

"자, 다 되셨습니다. 너무 무리하시진 마세요."

치료를 마치고 정선길이 일어나며 말했다.

"무리랄 것도 없어유. 코로나 터진 후 요즘은 일감도 많이 줄었시유. 한창땐 날밤 새워 일하기도 했는디…."

"아, 그렇군요. 코로나 때문에 다들 사는 게 참 고단해졌어요. 그렇지요?"

정선길의 얼굴이 순간 어두워졌다. 그리고 대답 대신 부인을 가리키며 말했다.

"우리 집사람도 여기저기 다 결리고 아픈디 잘 좀 봐 주세유."

"예. 사모님 이리 오세요."

부인 황영순이 남편이 앉았던 의자에 와서 앉았다. 정선길은 자리를 바꿔 뒤에 앉아서 팔꿈치를 무릎 위에 대고 그대로 로댕의 '생각하는 사람'이 되었다.

"어디가 불편하세요?"

"전신이 다 아파유. 특히 오른쪽 팔과 어깨유. 다리도 아프구유."

황영순이 나지막하면서도 또렷한 목소리로 말했다.

"그런지 오래되셨어요?"

박원장이 황영순의 팔을 유심히 살펴보며 물었다.

"오래됐지유. 몇십 년째."

황영순의 오른팔은 왼팔보다 눈에 띄게 더 굵고, 팔꿈치도 훨씬 더 크게 튀어나와 보였다. 오른쪽 어깨도 왼쪽에 비해 올라갔고 균형이 맞지 않았다. 비단 자세의 문제만이 아니라, 아예 팔뼈의 크기와 굵기부터 시작하여 골격이 그렇게 변해 있었다. 오른손 엄지손가락엔 한눈에 봐도 분명한 관절염이 있었다. 박원장이 튀어나온 팔꿈치를 살짝 만져 보자 황영순이 펄쩍 뛰었다.

"아야!"

박원장이 얼른 손을 떼며 말했다.

"오른팔을 많이 쓰시나 봐요, 혹시 뭘 바깥쪽으로 들어 올리는 일을 많이 하시나요?"

황영순이 자기도 모르게 오른 팔꿈치 위에 왼손을 올리며 말했다.

"그럼유. 평생 바늘 잡아당긴 걸유. 이태원에서 내내 저 양반 재단한 양복 꿰매면서 살았지유. 그 바닥 맞춤 양복은 거의 다 우리 손을 거쳐 나온 거니까유. 그란디 요즘 오른팔 힘이 갑자기 떨어져서 이거저거 자꾸 놓치고, 손가락들도 붓고 뻑-뻑해유. 이젠 일을 그만 해야 할라는지…."

박원장은 얼떨결에 말했다.

"그래도 건강하시니까 그렇게 일하신 거지요."

황영순이 오른쪽 다리를 가리키며 말을 이었다.

"오른쪽 다리도 아파유."

박원장은 황영순의 다리를 보았다. 하반신도 오른쪽이 훨씬 커 보였다. 허벅지 둘레를 재는 박원장에게 황영순이 말했다.

"옛날엔 전기 재봉틀이 없어서 죄다 발판 밟아가며 돌렸거든유, 오른발로. 그게 가정집 재봉틀보다 훨씬 더 무거워유."

아니나 다를까, 오른쪽 허벅지가 3센티미터나 더 굵었다. 박원장은 갑자기 가슴이 짠해지는 걸 느꼈다. 이럴수록 감정은 자제하고 냉철하게 진료해야 했다.

"전신 상태가 어떠신지 파악하게, 우선 혈액검사부터 하시지요. 그런 뒤 아픈 자리도 치료해 드릴게요."

그러고는 간호사를 불렀다. 황영순 뒤에 앉은 '생각하는 사람'은 내내 말이 없었다.

황영순은 다음 주에 다시 왔다. 이번엔 혼자였다.

"좀 어떠셨어요?"

박원장이 물었다.

"치료받고 팔꿈치 아픈 건 좀 나아졌는디, 팔에 힘없는 건 그대루예유. 바늘도 가위도 계속 놓치구유."

"예, 조금씩 좋아지실 겁니다. 자, 혈액검사 결과 나왔어요."

박원장은 검사결과지를 앞에 놓고 상세히 설명하기 시작했다.

"그래서 전신 염증이나 특별한 대사이상은 없습니다."

그렇게 마무리하자 황영순이 자기 오른팔을 보며 낮은 소리로 물었다.

"그럼…?"

"아, 그건 그 자리에 염증이 생겨서 그런 겁니다. 계속 치료하면 차츰 좋아질 거예요."

"거기 염증이 있어서 아파유?"

"네."

박원장은 '너무 혹사하셔서 그래요.'란 말은 차마 못 했다.

"손가락두유?"

황영순이 손을 보며 물었다.

"관절엔 골관절염이 있는 걸로 보입니다."

"그라면 관절이 그냥 다 닳아져서 아프단 말씀인가유?"

"말하자면 그 비슷한 겁니다."

황영순이 고개를 끄덕이며 말했다.

"그럴 줄 알았시유. 평생 죽어라 일만 했는디 왜 안 그렇겠시유? 그냥 그러려니 하고 지내고 있었는디, 우리 집 양반이 자꾸 진료받아보라고 해서 따라온 거여유."

"그런데 오늘은 같이 안 오셨네요?"

"자기는 이제 괜찮다고, 가게 보고 있을 테니 다녀오라고 했시유. 그 양반 어려서부터 객지에 나와 양복 일 배우느라 온갖 고생을 이루 말할 수 없이 한 사람이여유. 워낙 말수가 적고 어디 가서 뻐기고 다니진 않아도, 아마 맞춤 양복에선 국내 최고 수준일 거여유. 말이 쉽지, 펀펀한 옷감을 재단해서 입체적으로 몸에 딱 맞춰 흐르는 선을 만들어 내는 게 아무나 할 수 있는 일은 아니거든유. 다른 데서 치수 재고 주문받은 양복도 뒤로 우리 집에 맡겨서 재단하고 만들곤 했으니까유. 그래서 돈도 참 많이 벌었지유."

황영순이 박원장의 얼굴을 언뜻 보고는 나지막한 모노톤으로 말을 이었다.

"그란디 그게 다 아들 밑으로 들어갔시유. 태어날 때부터 장애가 있어서, 평생 요양원에 있었거든유."

"이런!"

박원장의 입에서 절로 나지막한 신음 같은 소리가 나왔다. 황영순이 말을 이었다.

“시설 좋은 데 찾아서 맡기느라고 밑 빠진 독에 물 붓는 것처럼 돈이 들어갔지만, 그래도 배운 것 없는 우리가 가진 몸뚱어리 움직여 열심히 일해서 그 뒤를 대는 게 보람이었지유. 그럼 됐지, 그까짓 돈은 쌓아두면 뭐하겠시유? 주말에 찾아가서 우리 보고 반갑게 웃는 그 해맑은 얼굴 보면 그간 고생이 눈 녹듯 사라지곤 했지유. 사람이 조금 모자라도 사심이 없으면 그렇게 환한 얼굴이 되나 보지유?”

이렇게 말하는 황영순의 두 눈이 환하게 빛났다. 박원장은 대답 대신 고개만 연신 끄덕였다. 황영순이 말을 이었다.

“돌아오면서 우리 집 양반 보면, 아들처럼 얼굴이 환해지곤 했시유. 그렇게 그 아이가 우리 삶의 중심이 되었지유. 아니 모든 게 되다시피 했시유. 딸내미도 하나 있는디, 그러려니 하고 이해해 줘유. 어떨 땐 오히려 자기가 더 오빠 챙긴다고 난리기도 해유. 지금은 시집가서 자기 앞가림 잘하고 사니까 고마울 따름이지유.”

“아, 그러셨군요. 요즘도 요양원엔 자주 가 보시지요?”

그러자 황영순의 얼굴에 금방 그늘이 드리웠다.

“매주 꼬박꼬박 가 보댔는디, 요즘은 코로나라고 면회를 잘 안 시켜줘유. 코로나 검사 열심히 하고 증명 떼어가도, 감찰이 나온다나 뭐라나 하면서 구내전화만 잠깐 바꿔줄 때가 많아유. 그란들 어쩌겠시유? 그게 다 그 아이 보호하기 위한 거라는디. 우린 아들을 맡긴 부모 입장이구유.”

황영순의 얼굴은 더욱 어두워지고, 입술이 한일자로 굳게 닫혔다.

황영순이 다시 나타난 건 두 달도 더 지나서였다. 이전에 볼 때와 아주 다르게, 어딘가 얼이 빠진 듯한 모습이었다.

“오랜만에 오셨네요. 오늘도 혼자 오셨어요?”

반갑게 맞는 박원장에게 황영순이 말없이 고개만 끄덕였다.

“바깥 분은 이제 편안하시대요?”

그러자 황영순이 고개를 가로젓고 말했다.

“입원했시유.”

“예? 어디가 불편하신데요?”

“폐에 무슨 덩어리가 있다고 검사해야 한대유. 아무래도 폐암 같다네유.”

박원장이 놀라며 물었다.

“지난번 오셨을 땐 괜찮으셨잖아요?”

“그때도 벌써 알고 있었시유. 어디 멀리 가기 전에 아픈 마누라 미리 챙겨준다고 여기 데리고 온 거여유.”

“이런! 가긴 어딜 가신다고? 아무쪼록 기운 내세요. 요즘 의료가 많이 발달해서 괜찮으실 거예요. 건강하셔야 아드님도 잘 챙겨주지 않겠어요?”

그러자 황영순이 말을 멈추었다가 한숨을 크게 내쉬며 말했다.

"아휴… 이젠 다 필요 없게 되었시유."

"예? 그게 무슨 말씀?"

박원장이 놀라서 쳐다보며 물었다. 황영순이 잠시 눈을 감았다가 천천히 말을 이었다. 살짝 떨리면서 엄청난 극기의 여과를 거쳐 나오는 목소리였다.

"작년에 코로나가 터지고 아들 걱정으로 조마조마하며 하루하루 살얼음 걷듯 지내 왔는디, 어느 날 텔레비전에서 바로 거기 요양원에 코로나가 돌았다고 방송하지 뭐여유? 그래도 거기선 아무 연락도 없었시유. 다음 날 허겁지겁 달려가 봤더니, 아예 문을 잠가버렸더라구유. 우리 아들은 잘 있는디, 정부 방침으로 일체 외부인 면회가 안 된대유. 우린 코로나 검사 음성이라고 증명서 보여줘도 막무가내여유. 우리 애가 저 안에 있는데, 바로 우리 애가! 그란디 우리더러 외부인이 뭐여유, 외부인이? 그럼, 그냥 집으로 데리고 가겠다니까, 글씨, 내부인은 아무도 못 내보내 준대유. 공권력이란 게 이래도 되는 건가유?"

황영순의 목소리가 자기도 모르게 높아졌다. 숨을 몰아쉬며 잠시 쉬었다가 다시 나지막한 목소리로 돌아가 말을 이었다.

"한동안 씨름하다가 하는 수 없이 가져간 갈비찜만 아들 건네주라고 맡겨 놓고 발길을 돌렸지유. 그러곤 돌아와서 또 다시 밤새 양복을 만들었지 뭐여유. 한 땀 한 땀 바느질할 때마다 기도하는 마음으로유. 그것 말고 우리가 할 수 있는 게 뭐 있었겠시유?"

박원장에게서 절로 탄식이 터져 나왔다.

"하아!"

다시 황영순의 그 나지막한 모노톤이 이어졌다.

"그런데 열흘 후 문자가 왔시유. 아들이 코로나 걸려 죽었다구유."

마치 남의 일 알려주듯, 모든 걸 다 내려놓은 목소리였다.

"이런…."

박원장은 기가 막혀서 말을 잇지 못했다.

"그렇게 얼굴 한번 보지도 못하고 떠났지유. 시신도 인수 못 하게 해서 나중에 화장한 뼛가루만 받아왔시유."

"에? 뼛가루? 얼굴도 못 보고?"

외마디 소리가 박원장에게서 흘러나왔다.

"얼굴도… 얼굴도… 음…."

박원장의 말을 곱씹어 복사하기라도 하듯, 꼭 다문 황영순의 앞니 사이로 신음 같은 소리가 새어 나왔다. 박원장은 자기도 모르게 천장을 올려다보았다. 차마 황영순을 바로 볼 수 없었다.

"사망자가 하도 많아서 화장장이 죄다 포화상탠디, 자기들이 용하게 자리를 하나 잡아서 잘 보내줬다고 하더라구유."

황영순은 잠시 멈추었다가 다시 말을 이었다. 마치 운명을 거부하는, 인간으로서 할 수 있는 최고의 저항 같은 목소리였다.

"한평생 그 아이 기르느라 보낸 건디… 타고난 명이 거기까지라 그런 줄은 몰라도, 그래도 그렇게 보낼 순 없는 거지유."

그녀는 잠시 눈을 감았다 뜨고는 착 가라앉은 목소리로 다시 말을 이었다.

"원래 과묵한 애들 아빠는 그 후 완전히 말을 잃어버렸시유. 그러더니 슬그머니 끊었던 담배를 다시 피우기 시작하더라구유. 양복 재단 일이 원래 이 사람 저 사람 만나며 아주 스트레스가 많아서, 평생 담배 엄청 피웠거든유. 건강해야 아들 챙겨줄 수 있다고 닦달해서 겨우 그걸 끊게 한 건디, 그 마당에 더 이상 뭐라 할 말도 없잖아유. 그러더니 기침을 자꾸 해서, 억지로 큰 병원에 데려갔지유. 전에도 폐에 작은 덩어리가 있었는디, 그게 많이 자라났다네유."

황영순의 말이 거기서 그쳤다. 그러곤 살며시 일어서서 넋이 나간 채 앉아 있는 박원장에게 고개 숙여 인사하고 밖으로 나가다가 돌아서서 말을 이었다.

"바쁘실 텐데, 우리 얘기만 길게 해서 죄송해유. 원장님이 친절하게 잘 해주셨다고 그 양반이 아주 고마워해유. 그래서 찾아뵙고 자초지종 말씀드리는 게 도리일 것 같아서유…."

그녀는 다시 돌아서서 걸어 나갔다. 박원장은 아무 말도 못 하고, 황영순의 뒷모습만 물끄러미 보았다. 무슨 말을 위로한답시고 할 수 있겠는가?

그 후 부부는 다시 찾아오지 않았다. 얼마 후 박원장이 이태원 뒷골목에 들러보니 그 양복점은 사라지고 없었다. 몇 년 후 코로나가 조금씩 잠잠해지며, 그 동네는 다시 사람들로 넘쳐나기 시작했다. 대부분 1984년 이후에 태어난 젊은 이들이었다.

어떤 확진자들

1. 자가 진단

병원 문이 열리고 웬 60대로 보이는 여인이 젊은이와 함께 들어서며 고래고래 고함부터 지른다. 물론 마스크는 안 한 채로.

"나 걸렸어! 코로나 걸렸어!"

최간호사가 다급하게 일어서며 말한다.

"여기서 이러시면 안 돼요!"

그 여자는 아랑곳하지 않고 계속 소리 지른다.

"아들도 걸렸다!"

30대로 보이는 아들은 어머니 뒤에 팔짱을 끼고 버티고 섰다.

"우선 마스크부터 하세요!"

그 여자 고함이 오히려 더 커진다.

"없어!"

"그럼 나가서 하고 오세요!"

"병원에서 다 챙겨줘야지!"

"그건 본인이 해야지요. 우린 드리고 싶어도 구할 수가 없어요."

그러자 그 여자가 간호사에게 악을 쓰며 소리 지른다.

"너는 했잖아!"

진료실에 있던 박원장이 참다못해 벌떡 일어선다. 아무리 불안해도 그렇지, 이게 무슨 말도 안 되는 행패인가? 당장 대기실로 나가려고 진료실 문을 여는데, 간호사가 밖에서 다시 닫으며 그 여자에게 말한다.

"병원에 와서 이러면 어떡해요?"

"뭐라고? 그럼 어쩌라고?"

간호사가 감정을 다스리려고 한번 숨을 크게 쉬고 물었다.

"자가 검사 양성 나왔단 말씀이지요?"

"우리 아들도 양성이야!"

"목소리 낮추시고요. 그러면 보건소 가시거나, 여기서 공인검사를 다시 받아야 확진으로 인정돼요. 검사료는 본인 부담이고, 양성 나오면 아드님 직장에도 보고해야 해요. 어떻게 하시겠어요? 보건소로 가시겠어요, 여기서 하시겠어요?"

그러자 소란 떨던 두 사람은 즉시 약속이나 한 듯 슬그머니 뒤돌아 나가버린다. 눈 깜짝할 사이에 의원은 다시 조용해진다. 곧이어 간호사가 털썩 주저앉는 소리가 들린다.

2. 어느 완치자

전화벨이 계속 울렸다. 대기 환자가 없는 사이 간호사가 잠시 자리를 비운 모양이었다. 박원장이 진료실에서 전화를 당겨 받았다.

"경리단길의원입니다."

잠시 아무 소리도 들리지 않더니, 이윽고 젊은 여자 목소리가 또렷하게 들렸다.

"저, 얼마 전 거기서 코로나 확진 받고 진료했던 사람인데요."

그러자 박원장이 반색하며 물었다. 누구 목소린지 대충 알 것 같기도 했다.

"아, 그래요? 좀 어때요?"

"다 나았어요."

"아이고, 잘 되었네! 성함이?"

완치되었다고 일부러 연락한 모양이었다. 이런 경우는 정말 처음이었다. 무서운 그 역병에 종일 자신을 노출하며 일하는 의료진에게 이보다 더한 보람이 있을까?

"그건 아실 필요 없고요."

그 여자가 찬물을 끼얹듯 냉담한 목소리로 말했다.

"으응?"

갑자기 목에 뭐가 걸린 듯 박원장의 목소리는 안에서 맴돌았다. 수화기에서 그 여자의 목소리가 이어졌다.

"어제 뉴스에 오늘부터 코로나 검사가 본인 부담으로 변경된다고 하던데요."

"그런데요?"

"그렇다면 그전까지는 무료였다는 말이잖아요?"

"그런데요?"

박원장이 마치 고장 난 녹음기 틀어놓은 듯 말했다. 저 깊은 곳에서 뭐라 표현할 수 없는 처절한 배신감이 솟아올랐다. 달리 아무 반응도 할 수 없었다. 그러자 그 여자가 마치 마약 거래 현장이라도 덮친 형사처럼 당당한 목소리로 말을 이었다.

"그런데 저한테 검사료를 받으셨잖아요? 그걸 소상히 설명해 주셔야 하겠어요."

"허어, 이런…."

"설명해 주세요!"

"거, 검사는 보건소 가서 물어봐요."

박원장은 가슴이 두근거리며 목소리가 자기도 모르게 떨렸다.

"아니지요. 검사는 거기서 했는데 보건소엔 왜 가요?"

이제 완전한 확증을 잡아낸 듯, 그 형사는 더욱 의기양양해졌다. 마치 피의자 진술하듯 박원장이 숨을 한번 몰아쉬고 천천히 말했다.

"일반의원 진료에는 국가 지원 전혀 없어요. 예나 지금이나 모든 검사료는 자기 부담이니까, 보건소 가서 확인해 보는 게 어떻겠어요?"

그러자 아주 짧은 순간 형사의 반응이 멈추었다가 이내 다시 이어졌다.

"만일 그렇다면, 검사하기 전에 미리 알려주셔야 하지 않겠어요?"

형사는 다 잡은 범죄자가 미꾸라지처럼 빠져나가지 못하도록 용의주도하게 물고 늘어지며 추궁했다. 그 말을 듣고 박원장은 오히려 차분해지며 평정심을 되찾았다. 이런 게 이른바 '진상'이라고 불리는 사람들 아닌가? 젊은 사람이 이러는 게 안타깝지만, 그들은 알 권리를 위해 투쟁하고 있다고 믿고 있다. 그렇다면 사실만 그대로 알려주면 된다.

"물론 그렇게 다 얘기해 줬고, 그러니 보건소 가서 검사받으라고 했지요. 그런데도 아파 죽겠는데, 거기 가서 줄 서 있을 수 없다며, 그냥 여기서 검사받게 해달라고 한 건 전혀 기억 안 나지요?"

"그런 기억 없어요. 만일 그랬다면 기억이 당연히 나겠지요?"

수화기 속 여자가 지지 않고 깐죽거리며 대답했다. 박원장은 몹시 허탈해졌다.

"이봐요! 검사받고 기침 콜록콜록해대면 좁은 병원 안에 균이 쫙 퍼질 텐데, 문 잠깐 열어놓는다고 그게 깨끗이 사라지겠어요? 댁 같으면 알량한 검사료 몇 푼 받자고 그걸 해주고 싶겠어요? 오로지 환자를 위해 그걸 다 감수하는 건데, 그래서 완치되면 백번 감사하다고 하지는 못할망정, 이야말로 물에 빠진 걸 건져내 주니까…."

그때 달려온 간호사가 박원장의 손에서 수화기를 채가듯이 받아 갔다. 수화기 안에서 뭐라고 떠드는 소리가 들려왔다. 인간이 가는 길에는 어떻게 해도 되돌아올 수 없는 길이 있나 보다.

3. 첫 확진자

코로나 와중에 환자 보느라고 애쓴다며, 친구 윤병진이 일부러 찾아왔다. 마침, 점심시간이라 박원장은 모처럼 친구와 함께 근처로 나섰다. 시간상 멀리 가기도 어렵고, 이왕이면 침체된 동네 경제에 조금이라도 도움이 되도록 얼마간 매상이라도 올려주고 싶은 심정이었다.

"저 위쪽에 나름 잘하는 수제 햄버거 집이 있다는데, 어때?"

"좋지!"

윤병진이 선선히 대답했다.

"그럼, 한번 가보지. 실은 나도 아직 못 가봤어."

그 집 2층 계단을 올라 들어서며 박원장은 두 가지 점에서 놀랐다. 첫째는 밖에서 보기와 달리 점포가 상당히 넓다는 것이었고, 둘째는 점심시간인데도 그 넓은 실내에 손님이 한 명도 없다는 것이었다. 주인도 안 보였다. 휑한 실내 한쪽 벽엔 "정통 텍사스식 그릴 버거"라는 네온사인만 색깔을 바꿔가며 번쩍이고 있었다. 박원장은 순간 '아차, 잘못 왔구나!' 싶었다. 사전답사 없이 친구를 데리고 오는 게 아니었다. 하지만 이 마당에 어쩌겠는가?

"계세요?"

두 번째로 소리 지르자, 30대로 보이는 남자가 주방에서 나타났다. 마스크를 하고 있지만, 불현듯 박원장은 어디서 본 듯하다는 생각이 스쳐 갔다. 그래도 딱히 떠오르는 사람은 없었다. 분명 처음 오는 곳인데, 그럴 리 없었다.

"어서 오세요."

그가 방역용 방문자 서명록과 물잔을 들고 왔다.

"사장님이세요?"

박원장은 그에게 물었다.

"예."

그는 카운터로 돌아가 명함을 가져와 내놓으며 말했다.

"엄익수라고 합니다."

박원장은 서명록에 먼저 서명하고 병진에게 넘겨주고, 엄익수에게 자기를 소개했다.

"저 아래 병원 원장이에요."

"아, 예."

엄익수는 가볍게 대답하며 그다지 관심을 보이지 않는 듯했다. 어차피 이 사람들 연령대가 자기 고객층과는 다르다고 생각했을지도 몰랐다.

"여기 버거가 좋다는 말을 듣고 왔어요."

"예, 수제 버거라서, 다들 좋아하세요."

박원장에겐 그 말이 재미있게 들렸다. 아무도 없는 데서 '다들'이라니?

"그럼 그걸로 할까?"

박원장이 병진을 보고 물었다.

"좋지."

병진이 늘 그러듯이 선선히 대답했다.

"우리 버거는 그릴을 해서 시간이 조금 걸리는데 괜찮으시지요?"

"얼마나 걸려요?"

박원장이 그에게 물었다.

"5분에서 10분 정도요."

"좋아요."

박원장과 병진이 동시에 말했다. 박원장은 돌아서서 주방 쪽으로 가는 엄익수를 보며 어디서 본 듯하다는 생각이 다시 들었다. 병진이 박원장에게 말했다.

"코로나가 한창 시작할 때 개원해서 아주 힘들겠어."

"아이고, 뭘 몰랐으니까 했지."

그러자 병진이 웃으며 물었다.

"만일 다시 해보라면?"

"절대 안 해. 아니, 못 해."

둘이 소리 내어 웃었다. 그러고 보니 얼마 만에 이렇게 웃어보는 건지 몰랐다. 그간 웃음이 사라진 세월을 보내고 있었다. 박원장은 일부러 찾아와 준 병진이 진정 고마웠다. 두 친구는 코로나로 고생하고 있는 의료계로 화제를 옮겼다. 잠시 후 엄익수가 쟁반을 들고 왔다. 그는 접시들을 내려놓으며 말했다.

"여기 버거 나왔습니다. 감자튀김도 서비스로 내왔습니다. 처음 오셔서요."

"고맙습니다."

벌써 하나를 들어 입에 넣고 있는 병진을 보며, 박원장이 엄익수에게 물었다.

"요즘 경기가 좀 어때요? 아직도 아주 힘들지요?"

그러자 엄익수의 눈동자가 좌우로 잠시 움직였다.

"저녁에는 그래도 좀 손님들이 있어요. 우리 크래프트 맥주 찾아오시는 분들도 꽤 계시거든요."

"그거 다행이네요."

박원장이 대꾸하자 엄익수가 말을 이었다.

"얼마 전까진 손님들이 꽤 회복되었었어요. 점심때도 괜찮았고요."

"그래요?"

박원장이 여전히 자기들 말고는 아무도 없는 실내를 돌아보며 말했다. 그러자 엄익수가 한숨을 내쉬며 말했다.

"그런데 확진자가 한 사람 다녀갔다는 게 알려지곤, 다시 뚝 떨어지고 말았어요. 한번 SNS 오르면 도통 회복이 안 되거든요."

그러다 아차 싶었던지 말을 멈추고 두 사람 눈치를 살펴보곤 다시 말을 이었다.

"걱정하지 마세요. 벌써 열흘 전 일이고, 소독도 철저히 마쳤어요."

"아, 그랬군요. 그거야 어쩌겠어요?"

병진은 계속 감자튀김을 먹으며 말했다. 불현듯 엄익수가 몹시 분개했다.

"요즘 같은 때, 아픈 사람이 왜 나와 돌아다니는 건지 모르겠어요. 이럴 때일수록 각자 조심해서 서로 민폐를 끼치지 말아야 하지 않겠어요? 그런 사람 한번 다녀가면 아주 거덜이 나는데요. 한 사람의 무책임한 행동이 아무 잘못 없는 사람들에게 엄청난 문제를 일으키는 걸 알기나 하는지 모르겠어요."

격한 감정을 쏟아내는 그에게 병진이 나지막하게 말했다.

"잘 몰라서 그랬겠지요. 아무튼 곤혹 치르셨네요."

엄익수는 여전히 분이 안 풀리는 모양이었다.

"그렇게 아픈데 모를 리가 있나요? 정말 모르겠으면, 병원에 찾아가서 지시하는 대로 잘 따르든지. 요즘 사람들 도대체 남들 생각을 조금도 안 해요. 남의 도움 받고 고마운 줄도 모르고요. 혼자 사는 세상이 아니잖아요?"

그 말을 듣는 박원장의 눈앞에 첫 확진자가 병원에 다녀간 후 겪었던 일들이 아스라이 떠올랐다.

개원하고 얼마 안 되던 때였다. 코로나가 맹위를 떨치기 시작하며 길거리에 거의 인적이 끊어질 것 같은 상황이었다. 한 젊은이가 심한 인후통을 호소하며 찾아왔다. 목이 아파서 아무것도 못 먹는다는 것이었다. 응급실로 가보는 게 좋겠다고 했더니, 거기 찾아갈 기운도 없다고 했다. 몹시 찜찜했지만, 그렇다고 안 봐줄 수도 없어서 목을 살펴보니 궤양성 인후염이 넓게 퍼져 있었다. 심상치 않았다. 아무래도 제대로 걸린 것 같았다.

"인후염 증상이 심한 편이니까 지금 보건소 가서 코로나 검사 꼭 받으세요."

박원장이 처방을 내려주며 말했다. 그러자 그가 기어들어가는 목소리로 말했다.

“저 지금 도저히 못 가겠는데, 여기서 수액 하나 맞으면 안 될까요?”

박원장이 대답하지 못하고 망설이자, 그가 간절한 눈빛으로 바라보며 부탁했다.

“마스크 꼭 하고 있을게요, 원장님.”

박원장은 그걸 보고 차마 그냥 내보낼 수 없었다. 하는 수 없이 그를 2층으로 올려보내고 간호사에게 수액을 준비시키며 마스크 단단히 하고 손 잘 닦으라고 다시 한번 일러주었다.

조마조미한 시간이 흘러, 마침내 수액을 다 맞고 내려오는 그에게 박원장이 물었다.

“어떠세요?”

“좀 살 것 같아요. 감사합니다.”

대답하는 그의 목소리에 아까보다 다소 생기가 돌았다. 꼭 가서 검사받으라고 신신당부하며 그를 보내고서, 현관문과 2층 창문을 있는 대로 활짝 열어젖혔다. 그래도 박원장은 계속 마음에 걸렸다.

‘양성 환자가 근처에 머문 시간이 길면 길수록 감염 가능성도 따라서 높아질 텐데. 저 사람이 코로나 환자라면? 의료진은 어떻게 되고, 병원은 어찌 될까? 우리 집 식구는? 그렇지

만 병원이란 곳은 원래 아픈 사람들이 드나드는 곳인데, 그걸 피할 아무런 방법도 없지 않은가?'

박원장은 그날 퇴근하고 집에 가서도 계속 마스크를 하고 있었다. 설사 오늘 자기가 전염되었더라도 아직 잠복기라는 걸 뻔히 알면서도, 가족은 보호해야 한다는 생각이 떠나지 않았다. 밤에도 별생각이 다 떠오르며 잠이 오지 않았다.

다음 날 아침 보건소에서 연락이 왔다. 어제 확진자가 갔으니 오늘 중으로 의료진 모두 검사를 받으라는 것이었다. 아니나 다를까 바로 그 젊은이였다.

'올 것이 왔구나!'

박원장은 눈을 감았다. 그 젊은이의 심한 인후염 모양은 생생하게 떠오르는데, 마스크를 한 얼굴은 그냥 어렴풋했다. 코로나는 젊은 사람들도 무사하지 못할 수 있다던데, 그는 괜찮을까?

'그냥 응급실로 보낼걸….'

후회가 들었지만, 이제 뭘 어쩌랴? 박원장과 최간호사는 일찍 병원 문을 닫고 보건소로 달려가서 검사받았다. 검사 결과가 나올 때까지 대중교통을 이용하면 안 된다고 했다. 그럼 어쩌란 말인가? 집이 어디든 상관없이 무조건 사람들 피해 걸어가라고? 한숨이 절로 나왔다.

검사를 받은 다음 날 출근하여 조마조마하며 결과를 기다렸다. 만일 그게 양성이면? 진료 중에도 일손이 잘 잡히지 않았다.

"저는 음성이라고 왔어요. 원장님도 열어보셨어요?"

환자가 나간 후 최간호사가 다가와 조심스레 물었다. 박원장이 화들짝 휴대전화를 열어보니, '음성'이라는 글자가 눈에 띄었다. 갑자기 맥이 풀리며 무너지듯 의자에 기대어 앉았다.

'대한민국 마스크 만세!'

그러나 기뻐할 시간은 길지 않았다. 곧이어 무슨 외계인처럼 중무장한 소독 요원들이 들이닥쳐서 구석구석 소독액을 뿌리기 시작했다. 그걸 본 환자가 기겁하며 달아나 버렸다. 좁은 동네 바닥이니 소문인들 얼마나 빠르게 퍼져나갈까? 벌써 그런 건지 몰라도, 그때부터 환자 발길이 뚝 끊겼다. 불안한 시간이 근근이 흘러서 오후가 되니 이번엔 형사가 들이닥쳤다.

"용산서에서 나왔습니다. 확진자가 앉아 있던 자리가 어딥니까?"

형사가 사무적 말투로 마치 범인 취조하듯 물었다.

"형사님이 나오셨네요. 진료는 여기서 봅니다."

박원장이 의자를 가리키며 말하자 형사가 사진을 찍고 말을 이었다.

"진료 후 동선은요?"

박원장은 마치 무슨 중요 범죄에 연루되어 추궁받는 것 같은 느낌이 들었다.

"2층에 올라갔었어요. 여긴 손바닥만 해서 그 외엔 특별히 동선이랄 것도 없어요."

"당시 2층엔 아무도 없었나요?"

"예, 나와 간호사뿐입니다."

형사가 잠시 2층에 올라갔다가 내려오며 다시 말했다.

"확진자 왔을 때 원내에 있던 사람들 명단과 주민등록번호 볼 수 있을까요?"

"그때 원내에 다른 환자는 없었어요."

"그걸 확인만 하면 됩니다."

"그날 접수 시간표는 보여드리는데, 환자 인적정보는 알려드릴 수 없어요."

형사가 고개를 끄덕였다. 박원장은 환자 이름을 한 손으로 가려가며 그때 외래 접수 상황을 보여주었다.

"예, 알겠습니다. 환자가 많지 않아서 다행이군요. 수고하십시오."

형사가 알쏭달쏭한 묘한 표정으로 경례하고 나갔다. 박원장은 비로소 긴장이 풀어지는 건지 갑자기 엄청난 피로가 몰려왔다. 의료문제에 왜 경찰력까지 끼어들어야 하는지 모르겠지만, 굳이 따지고 싶지도 않았다. 그렇다! 다른 환자가 없었던 게 천만다행이었다. 그 후 그 코로나 젊은이에게선 아무 연락도 없었다.

아까부터 뭔가 집히던 게 있던 박원장은 한 입 베어먹던 버거를 내려놓고, 주방에 돌아가 있던 엄익수를 다시 불렀다. 병진이 다소 의아한 눈으로 힐끗 보았다.

"더 필요한 것 있으십니까?"

엄익수가 다가와서 물었다. 그러자 박원장이 그에게 물었다.

"엄사장 님, 혹시 코로나 걸린 적 있어요?"

그가 놀란 눈으로 박원장을 보며 물었다.

"예? 왜요?"

"그냥 궁금해서요."

"올해 초에 한 번 걸렸었는데, 지금은 깨끗이 다 나았어요."

엄익수가 경계를 풀지 못한 채로 대답했다.

"그때 어떻게 치료받았어요?"

"병원에 갔었지요."

"거기서 수액도 맞았나요?"

그러자 엄익수의 목소리가 다소 흔들렸다.

"예에, 그런데 왜요?"

"어떤 병원이었지요?"

"이름은 잘 모르겠는데, 저 아래 새로 생긴…."

엄익수는 미처 말을 마치지 못하고 박원장을 빤히 쳐다봤다. 그러곤 슬며시 고개를 돌렸다.

경리단길 대천사

드디어 약수역. 숨 가쁘게 달려온 전철이 조금씩 숨을 고르며 역에 들어서다 덜컹 정지한다. 출근 시간 맞춰주러 마음이 급했던 모양인지, 스크린 도어를 조금 지나친 상태이다. 전철은 잠시 망설이듯 섰다가 뒤로 조금 물러서며 문에 맞춰 선다.

"3호선으로 갈아타실 수 있는 약수, 약수역입니다."

문이 열리자 사람들이 전철에서 쏟아져 나와 출구 쪽으로 향한다. 마치 욕심 사나운 낚시꾼의 비좁은 살림 그물 안에 잡혀서 모든 걸 체념하고 있던 물고기들이 갑자기 풀려나와 펄떡이며 물속으로 뛰어드는 것 같다. 서둘러 인파의 앞쪽으로 달려가는 사람들도 있다.

"열차 출발합니다! 출입문 닫습니다! 다음 열차 이용해 주시길 바랍니다!"

절규하듯 반복되는 방송에 맞춰 몇 번의 시도 끝에 마침내 출입문이 닫히고, 열차는 다시 움직이기 시작한다. 아직도 옆 사람과 어깨를 비비고 서 있는 상태지만 그래도 한결 넉넉해진 실내에서 정윤기는 창밖을 내다본다. 전철 뒤쪽에 있는 출구 에스컬레이터를 향해 사람들의 행렬이 장사진을 이루고 꿈틀거린다. 흰 마스크들이 점점이 이어져 긴 화살표처럼 한 방향을 가리키고 있다. 열차는 갈 길 바쁜 그들의 등을 떠밀어 보내 주기라도 하려는 듯 가속도를 붙이며 나아가다가, 한순간 '휙' 하고 어두운 터널로 접어든다.

"후유."

자기도 모르게 윤기의 입가로 가벼운 한숨이 새어 나온다. 이제 네 정거장이면 녹사평역이다. 그곳에 도착하면 서둘러 기계로 가서 커피 내릴 준비를 마치고 손님들을 기다려야 한다. 그는 준비운동을 하듯 고개를 앞뒤로 풀어본다.

윤기가 6호선 전철로 출퇴근한 지는 벌써 여러 해가 되었다. 불과 몇 달 전 경리단길 입구에 테이크아웃 미니 커피숍을 내기 전엔 이태원 뒷골목에서 햄버거 가게를 했다. 한때 잘 나갔던 가게가 그의 눈앞에 아스라이 떠올랐다.

우연한 기회에 시작하게 된 일이었다. 그때 윤기는 한동안 다니던 물류회사를 그만두고 쉬고 있었다. 그러던 게 하루이틀 지나면서 차츰 초조감으로 밀려오다가 이내 불안감으로 번져갔다. 덥석 그만두는 게 아니었나? 밤새 뒤척이던 그는 다음 날 아침 초등학교 친구 박민수를 찾아갔다. 정말 오랜만이었다. 민수는 마장동 축산시장 근처에서 햄버거 가게를 했다.

"향이 참 좋다."

방금 민수가 뽑아준 커피를 한 모금 마시고 찻잔을 어루만지며 윤기가 말했다. 민수가 고개를 한 번 끄덕이고는 말했다.

"잘했지, 뭐. 그렇게 마음에 안 드는 직장엘 계속 다닐 순 없잖아?"

윤기는 분주하게 움직이는 민수의 손길을 지켜보며 말했다.

"나름대로 나 자신을 갈아 넣으며 버틴 건데, 결국 가방끈이 짧은 게 문제였어."

민수가 놀란 눈으로 그를 보았다.

"응? 그래도 넌 대학 문턱은 넘었잖아?"

"그래봤자 중퇴인 걸 뭐. 대졸이 아니면 아무리 열심히 해도 인정받지 못해. 결코 넘지 못할 선이 있어. 결국 그 안에서 무슨 소모품같이 느껴지더군. 이를테면 한 번 쓰고 버리는 이쑤시개처럼."

윤기의 표정이 굳어지며 한쪽 입 가장자리가 살짝 올라갔다.

"다른 좋은 데가 있겠지."

민수가 차분한 목소리로 말했다.

"글쎄, 잘 모르겠어. 그런데 부럽다. 여긴… 민수 너희 집이잖아. 홈 스위트 홈!"

윤기가 가게를 돌아보며 천천히 말했다. 민수가 잠시 일손을 멈추고 말했다.

"스위트 홈? 하하! 먹고 살기가 어디 그리 녹록한가? 지금도 봐. 모처럼 찾아온 친구를 앞에 두고 이러고 있잖아?"

"아무튼 자기 일 열심히 하는 걸 보니까 참 멋지고, 또 부러워."

민수가 잠시 일손을 멈추었다가 말을 이었다.

"그래? 그러면 너도 한번 해 보든지."

그러자 윤기가 손사래를 치며 대답했다.

"아이고, 아니야! 난 음식이 뭔지 전혀 모르는걸."

"누군 태어나면서부터 해 본 사람 있나? 아무튼 별일 없으면 매일 아침 나와. 날 좀 도와줄 겸. 급여는 못 줘도 햄버거는 양껏 먹게 해줄게."

윤기는 민수의 마음 씀이 진정 고마웠다.

"커피는?"

"그건 자기가 직접 빼 드시고."

둘은 마주 보고 웃었다.

엉겁결에 시작된 인턴십은 한 달 넘어 계속되었다. 아침 일찍부터 밤늦게까지 고기 굽는 냄새에 절어 지내면서도, 윤기는 자기도 모르게 시름을 잊고 그 일에 빠져들었다.

"힘들지 않아?"

손님이 뜸한 시간에 민수가 윤기에게 물었다.

"아니요, 사장님! 재미있어요."

윤기가 허리 숙여 절하며 말했다.

"하하! 다행이네. 원래 음식에 소질이 있나 봐."

민수의 말에 윤기가 미소 지으며 대답했다.

"글쎄, 아무튼 난 뭔가 만들어 내는 게 좋아. 진작 그런 일 찾아 나설걸…."

그러자 민수가 심각한 표정으로 물었다.

"정말로 이거 해 볼 생각이야?"

"한번 부딪쳐 보지, 뭐. 비록 흙수저지만, 우린 젊음이 있잖아!"

민수는 윤기의 손을 힘껏 잡았다. 마치 먼 길 떠났다가 돌아온 친구를 다시 맞는 느낌이었다. 둘은 어려서부터 함께 성당에 다녔던 친구였다. 윤기는 모태 가톨릭 신자였는데, 초등학교 말에 어머니가 돌아가신 후 차츰 성당에서 멀어지다가 사실상 발을 끊게 되었다. 그건 망연자실한 아버지도 마찬가지였다. 윤기는 누구나 간절히 기도하면 천사가 나타나 구원해 준다는 신부님 말씀도 차츰 귓등으로 흘리게 되었다. 아무리 기도해도, 어린 윤기를 한번 떠난 천사는 다시 돌아오지 않았다. 그러면서 중고등학생 모임에 열심이던 민수와도 점점 서먹하게 됐다. 민수가 윤기에게 말했다.

"요식업처럼 경쟁이 심한 데도 없을 거야. 성공하려면 정말 혼신을 다 바쳐야 해. 햄버거의 핵심은 고기 패티인데, 잘 봐서 알겠지만, 우린 절대로 냉동육 쓰지 않고 매일 아침 고급 생고기 받아서 손으로 썰고 다져서 만들잖아. 고기는 일단 얼리거나 기계에 들어가면 그 깊은 맛이 사라지거든. 그리고 일단 만든 패티는 그날 다 사용하는 게 우리 철칙이야. 모자라면 더 만드는 한이 있더라도. 사실 그러려고 여기 축산시장에 가게를 연 거니까."

윤기가 고개를 끄덕이며 말했다.

"처음 와보고 사실 그게 조금 의문이었어. 이 근처엔 죄다 숯불 고깃집들인데…."

민수가 물었다.

"왜 그 좋은 고기 그대로 구워 팔지 않고 일부러 갈아 넣냐고? 고깃값 더 받는 것도 아니면서?"

윤기가 잠자코 미소 지었다. 민수가 말을 이었다.

"이것도 창작이니까. 너도 만드는 것 좋아하잖아? 그렇지만 손님은 무서워. 조금만 달라져도 제일 먼저 알아차리거든. 부실한 걸 양념이나 소스로 정당히 얼버무리려 하면 안 돼."

"오케이!"

"정성과 정직! 그러고 보니 정윤기까지 3정 트리오구나! 하하."

둘은 같이 큰 소리로 웃었다.

"너희 집에도 좋은 고기 매일 보내도록 거래처 사장님께 특별히 부탁할게."

"고마워, 친구."

윤기는 정말이지 눈물이 핑 돌 정도로 민수가 고마웠다.

"사업 잘되라고 기도해 줄게. 요즘은 성당에 좀 나가?"

윤기가 살며시 고개를 저었다.

'이태원 하루버거'는 그렇게 시작되었다. 윤기는 진작부터 이태원을 마음에 두고 있었다. 외국인들도 바글바글 스스럼없이 섞여 사는 자유로운 분위기가 좋았다. 그런데 잘 알려진 곳이라서 투자금이 문제였다. 뒷골목 비좁은 공간이었지만, 그걸 마련하는 게 버겁고 힘들었다. 매달 임대료도 만만치 않았지만, 정작 큰 문제는 턱없이 높은 권리금과 임대보증금이었다. 얼마 안 되던 퇴직금 모두 넣고도 한참 부족하여 대출을 한껏 받았다. 시설 투자를 위해 넉넉지 못하신 아버지께 지원금도 받아야 했다.

하루버거는 하루에 준비한 것 그날 다 판다는 뜻으로 붙인 이름인데, 외국인 손님들도 발음하기 좋다고 했다. 앉아 있을 좌석은 단 두 개뿐이라, 사실상 테이크아웃 손님들 대상의 장사였다. 햄버거는 한 손에 쏙 들어갈 만한 크기였고, 빵도 부스러기 나지 않게 다소 단단한 걸로 잘 포장해서, 손님들은 그걸 들고 한입씩 먹어가며 그 동네를 구경 다니곤 했다. 광고라면 밖에서 오가는 사람들에게 잘 보이도록 만든 주방과 거기서 열심히 햄버거 굽는 젊은이의 모습을 보여주는 게 유일한 수단이었다. 그래도 머잖아 괜찮은 수제 햄버거집이라고 입소문이 나서 손님들이 조금씩 늘어나며 매상도 거기 따라 꾸준히 올라갔다. 버거운 임대료를 내고도 매달 돈이 조금씩 쌓여서 일부 대출금까지 갚을 수 있었다.

민수는 윤기에게 종종 전화했다.

"고기 매일 받고 있지?"

"덕분에! 다 가르쳐 주신 그대로 하고 있어."

윤기가 패티를 뒤집으며 대답했다.

"그래, 벌써 이태원 명소로 자리 잡는가 보네. 내가 다 신이 나!"

"고맙다. 친구."

서로 바쁜 중이라 대화는 짧았지만, 윤기는 행복했다. 자길 여기까지 이끌어 준 민수가 천사처럼 느껴졌다. 자기도 언젠가는 꼭 그렇게 남들 도와줄 수 있게 되길 기도했다. 매일 밤늦게까지 일하면서도 별반 힘든 줄 몰랐다. 고된 하루 일을 마치고 퇴근하면서도 어떻게 하면 조금이라도 더 맛 좋은 햄버거와 커피를 만들지 곰곰이 생각에 잠기곤 했다. 그러다 내려야 할 역에서 몇 정거장을 지나쳐서야 내리기도 했다. 아무튼 그때는 이태원에 사람들이 넘쳐날 때였다.

"카랑 카랑 카랑 카랑…."

버티고개역을 떠난 전철이 곧이어 높은 쇳소리 연속음을 내며 경사로를 지나간다. 애초 난공사 구간이었는지, 6호선 한강진역 전후 이 구간에서는 이리저리 커브를 틀며 유난히 큰 소음을 낸다. 마치 불만에 가득 찬 손님이 머리카락 하나 손에 들고 가게에 밀고 들어와 '햄버거에서 이런 게 나왔다.' 라며 목청 터지라고 불평을 늘어놓는 것처럼 들린다. 그 잔소리는 그렇게 한동안 이어진다.

힘들지만 행복했던 시간은 오래 가지 않았다. 어느 날 코로나가 느닷없이 들이닥쳤다. 그러곤 마른 섶에 불붙듯 번져나갔다. 매일 접하는 뉴스라고는 엄청난 사망자 소식뿐이었다. 사람들 발길이 뚝 끊겼다. 이태원처럼 평소 사람들이 모여들던 곳은 더욱 심했다. 하루버거 매출도 거짓말처럼 주저앉았다. 그 와중에 그대로인 건 임대료와 대출금 이자뿐이었고, 월말은 꼬박꼬박 다가왔다. 급기야 전체 매출액이 임대료에 못 미치는 달이 왔다. 그렇게 매달 반복되었다. 정부에서 찔끔찔끔 지원금이 나왔지만, 그런 걸로 수습될 사태가 아니었다. 더군다나 기존 기반 없이 시작한 신규 자영업자들은 속수무책으로 막다른 골목으로 들어서고 있었다.

“기운 내라, 친구.”

박민수가 한숨만 쉬며 앉아 있는 윤기에게 소주를 따라주며 말했다.

“사람들 발길이 완전히 끊겼어. 마장동 쪽은 좀 어때?”

소주 한잔을 냉큼 마시곤 윤기가 민수에게 물었다.

“어디나 다 마찬가지지, 뭐. 근근이 버텨나가는 것.”

윤기가 고개를 가로저으며 말했다.

“쌓여가는 건 빚인데, 버티는 데도 한계가 있지. 그런데 지금 손들고 나가면 대신 들어올 사람도 없으니, 권리금까지 몽땅 다 날리게 생겼어.”

윤기의 목소리가 높아졌다.

“도대체 정부는 뭐한 거야? 나라마다 국경 봉쇄하느라 혈안인데, 정작 일 저지른 중국 사람들 마음대로 들어와 싸돌아다니게 내버려두고, 예방 주사약은 이미 외국에서 싹쓸이해 가서 남은 게 없고. 하다못해 마스크까지 품귀고, 그런데도 무슨 대단한 일이나 하는 것처럼 노란 점퍼 입고 바쁜 척 머리도 안 빗고 나와서 공연히 잔뜩 겁이나 주고. 그러곤 문자질로 힘없는 음식점만 달달 볶아서, 올 손님까지 못 오게 만들고.”

저 깊은 곳 어디선가 형언할 수 없는 분노가 치밀어 올랐다.

“다들 처음 겪는 일이니까. 어떡하겠어? 이건 우리 힘으로 어쩔 수 있는 게 아니잖아?"

"그럼, 하느님이 우리를 벌하시는 건가?"

민수는 눈이 둥그레져서 윤기를 바라보았다. 윤기의 말이 빠르게 이어졌다.

"나름대로 열심히 정직하게 살아왔는데, 우리가 무슨 죄가 있어? 지은 죄라면 코로나 양성반응 나오고 목이 불타올라도 마스크 두 겹 하고 기어 나와 가게 지켰다는 것? 흥! 매일 그 콩나물시루 같은 전철 안에서 서로 밀치고 비비는 판에, 방역은 무슨 놈의 방역이야? 다 자기들 면피하려고 눈 가리고 아웅 하는 수작이지."

민수는 파르르 떨리는 친구의 손을 말없이 잡았다. 정 힘들면 마장동에 와서 함께해 보자고 하려다가도, 비가 오나 눈이 오나 하루도 빠짐없이 소중히 키워 온 모든 게 눈앞에서 사라지는 걸 바라보는 친구에게 그건 할 말이 아닌 것 같았다. 민수는 이러다가 친구가 다시 어디론가 떠나버리는 게 아닐지 두려웠다. 정말이지 누구나 위로가 필요한 때였다.

한강진역을 지난 열차가 부르르 몸을 떨며 쉿소리를 뱉어내다가 정차한다.

"이태원, 이태원역입니다."

약수역만큼은 아니라도 사람들이 꽤 많이 쏟아져 내린다. 언제부턴가 윤기는 이태원역에 도착하면 눈을 질끈 감는 버릇이 생겼다. 볼 때마다 쓰라린 아픈 상처를 건드리는 듯했다. 매일 출근하는 곳이 녹사평이 아니라 한강진이라면 얼마나 좋을까! 그러면 매일 오가며 이태원역을 지나치지 않아도 될 텐데…. 그러나 한강진역 인근은 지난 10여 년 새 구멍가게 같은 건 찾아보기 어려운, 윤기 같은 처지인 사람들은 언감생심 감히 넘볼 수 없는 고급 상권으로 변모해 있다. 열차는 다시 터널로 접어든다.

버티다 못해 결국 이태원에서 바닥부터 쌓아 올렸던 모든 걸 날리고 실업급여에 기대어 실의에 빠져 있던 윤기에게 전화가 걸려 왔다. 전에 소상공인 모임에서 만났던 공사장이었다. 그는 남산 쪽 이태원 2동에서 요식업을 꽤 크게 하고 있었다.

"경리단길 어귀에 미니 커피숍에 안성맞춤인 터가 있는데, 어때요? 생각 있어요?"

"커피숍이요?"

"원래 3평 정도의 도넛 가게인데, 요즘 워낙 경기가 안 좋아서, 그중 한 평 정도 잘라내어 임대료를 함께 부담하는 거예요. 사람들 오가는 길목이니까 커피숍에 딱 맞을 것 같은데, 다른 장사 하셔도 오케이."

"말씀은 정말 감사하지만, 저는 안 되겠어요. 지금 빈털터리거든요."

윤기가 기어들어 가는 목소리로 대답했다.

"간단히 내부 칸막이 치는 비용하고, 보증금 조로 6개월치 임대료만 내시면 돼요."

그가 전해준 임대료는 놀랍도록 저렴했다. 공사장이 말을 이었다.

"형편없이 주저앉은 경리단길이 다시 일어서려면 정사장처럼 실력 있는 사람들이 모여야 해요. 물론 '하루버거'와는 비교할 수 없겠지만, 일단 어떤 식으로든 여기 와서 주민들과 얼굴도 익히고 훗날을 기약하세요. 그럼, 내일 와서 계약하세요."

윤기로선 정말 고맙기 짝이 없었다. 아무튼 나가 있을 곳이 절실한 형편이었다.

그래서 엉겁결에 중고 커피머신과 작은 의자만 달랑 두 개 들여놓고 시작한 커피숍엔 이름도 간판도 없었다. '맛있는 커피 내려드립니다. 아메리카노 1,500원, 카페라테 1,600원.'이라고 적어놓은 작은 칠판만 하나 걸려 있을 뿐이었다. 원두는 강하면서 순박한 맛을 내는 인도네시아산을 썼다. 전에 하루버거에서 꽤 좋은 평판을 받았던 커피인데, 품질 대비 가격도 상당히 좋았다. 좋은 원두로 뽑은 커피를 저렴한 가격으로 제공하면, 윤기와 비슷한 처지의 아랫동네 주민들도 부담 없이 들를 수 있지 않을까?

그곳은 경리단길에서 전철역으로 가자면 꼭 지나쳐야 하는 길목이었다. 그런데도 막상 들러주는 사람들은 별로 없었다. 가물에 콩 나듯 찾아와서는 커피를 받아 들곤 별 반응 없이 종종걸음으로 사라지곤 했다. 그들과 대화도 하고 품평도 받고 싶었는데 쉽지 않았다. 커피 맛보다는 그저 1,500원어치 카페인을 구매하러 온 사람들 같기도 했다. 고객들은 쉽사리 늘지 않았다. 거긴 이미 한창때 경리단길이 아니었다. 기웃거리던 외부인의 발길은 거의 완벽하게 끊겼고, 자체 인구도 상당히 줄어들어서, 오가는 사람들의 숫자가 도저히 이전과 비교할 수준이 아니었다. 동네 전체가 썰렁하고 스산했다.

하루하루가 기다림의 연속이었다. 윤기는 시간이란 게 이렇게 느린 건지 새삼 깨우치고 있었다. 햄버거 가게 할 때는 손님이 없어도 뭔가 준비하며 늘 부산히 움직였는데, 여기선 좁은 자리에 마냥 죽치고 앉아 있을 뿐이었다. 가지고 놀 거라곤 스마트폰밖에 없었다. 그러나 그것도 이미 무제한 요금제를 최소 요금제로 바꿔놓은 마당이라, 요금 폭탄을 맞을까봐 무서워서 오래 볼 엄두가 나지 않아서 그냥 부지런히 켰다, 껐다 반복할 뿐이었다. 그걸 들여다보고 있노라면 심신이 개운치 않고 오히려 시간은 더 더디게 갔다. 갑갑해서 길거리에 나와 서 있자면, 지나치는 행인들과 서로 어색한 눈길을 나누게 되었다. 윤기는 마치 그들에게 무언의 강요를 하는 듯한 느낌이 들었다. 그러면 서둘러 전자담배를 한 모금 빨고는 다시 들어갔다. 아무튼 불쌍해 보이는 건 견딜 수 없었다. 잠시 허리도 풀 겸 길 건너 미군 부대 담장 따라 산책이나 좀 하고 싶어도, 그새 손님 한 명이라도 찾아오면 어쩌나 하며 그대로 주저앉고 말았다. 하루 종일 감옥 아닌 감옥에 갇혀 있다손 치더라도, 제 발로 그 감옥 밖으로 걸어 나갈 처지조차 못 되지 않는가?

그러던 중 끔찍한 일이 터지고 말았다. 몇 년을 끌어오던 코로나의 기세가 다소 완화되는 가운데 할로윈데이를 맞아 그동안 코로나로 억눌렸던 젊음을 발산하러 모여든 젊은이들이 인파에 깔려서 떼죽음을 당한 기막힌 사태였다. 놀란 눈으로 뉴스를 본 윤기는 그 끔찍한 사고가 바로 얼마 전까지 했던 하루버거 근처에서 벌어졌다는데 다시 한번 경악했다. 하나님, 어떻게 이런 일이! 어떻게 이런 일이!

녹사평역 앞 광장에 설치된 커다란 분향소 앞에는 문상객들이 찬바람을 맞으며 길게 늘어서 차례를 기다리고 있었다. 끝없이 늘어선 영정들 앞에 선 그들은 차마 발걸음이 떨어지지 않았다. 하나같이 해맑은 저 젊은이들! 자기 사진이 영정으로 걸릴 상황을 꿈이라도 꾸었을까? 윤기는 터덜터덜 경리단길로 돌아왔다.

이태원 전역이 폭격 맞은 듯 모든 게 주저앉고 말았다. 공터에 걸렸던 '힘내자, 경리단길! 소상공인 협의회' 현수막도 어느 날 슬그머니 사라졌다. 그나마 조금씩 늘어나는 것 같던 커피숍 매출도 거의 끊기다시피 했다. 아예 한 잔 못 파는 날도 허다했다. 윤기는 말을 잃어갔다. 민수에게도 연락하고 싶지 않았다. 친구에게라도 혹여나 불쌍해 보이는 건 견딜 수 없었다. 고심 속에 밤잠 설치고 나와 앉아 있자면 정신이 혼미했다. 가게 구석구석 무슨 추상화처럼 오래된 얼룩들을 마냥 넋 놓고 바라보며 앉아 있기도 했다.

"식사는 좀 하셨나?"

옆집 도넛 사장님이 꽈배기와 찹쌀 도넛 하나씩 올린 종이접시를 내밀었다. 그분 마음 씀이 고마웠다. 실상 거기도 힘들긴 마찬가지였는데.

두 달째 임대료를 못 내던 윤기는 임대보증금이 다 떨어지기 전에 가게를 꼭 비우겠다고 가게 주인에게 약속하고 양해를 구했다. 이미 떠날 각오는 한 것이지만, 어떨 때는 마치 사형집행을 향해 가는 초침 소리가 들리는 것 같기도 했다. 절망, 우울, 체념 상태에 빠져들다가, 불쑥 안에서 갈 데 없는 분노가 용암처럼 끓어오르기도 했다. 가게 주인이 여길 소개했던 공사장의 절친이라는 걸 알게 되고서는, 한땐 그렇게 고마웠던 공사장이 원망스럽기도 했다. 진정하려고 눈을 감았다. 그러자 분향소에 줄지어 있던 영정들이 떠올랐다.

저 멀리 제일 끝에 자기 사진도 걸려 있는 게 보이며 벌떡 눈이 떠졌다.

'만일 그때까지 하루버거를 계속하고 있었다면, 그날 거기서 무슨 일이 있었을까?'

윤기는 고개를 가로저었다. 그래도 영정들은 쉽사리 사라지지 않았다.

'그렇다면? 거길 떠나게 되었던 게 어떤 계시였을까?'

어지러웠다. 그는 상념을 떨쳐내려고 고개를 흔들었다. 여길 떠나면 그 후엔 어떻게 될까? 아직 젊다고는 해도, 그렇다고 어디 변변한 취직자리 찾기엔 퍽 늦어버린 나이인데. 자영업을 또 시작할 기반도 전혀 없었다. 그렇다고 실업자 대열에 다시 끼기는 정말 싫었다. 그렇다면 이태원에서 이렇게 흘려보낸 그의 젊음엔 대체 무슨 의미가 있었던 걸까?

그에게 남은 유일한 소일거리는 소설책이었다. 종일 앉아서 책장을 넘기고 또 넘겼다. 낡은 책장이 손에 닿는 촉감만으로도 따뜻한 온기가 느껴지는 것 같았다. 어떤 전자 디스플레이에서도 느낄 수 없는 살아있는 감각이었다. 갈수록 비틀어져 가는 자기의 심성과 영혼을 살며시 어루만져 주는 것처럼 느껴질 때도 있었다. 톨스토이 소설에는 천사들이 부지런히도 나타났다. 너저분한 인간의 모습으로 나타나서 사랑으로 서로를 도우라는 계명을 따르는 인간들을 챙겨줬다. 「인간은 무엇으로 사는가?」에서 가난한 구두장이 시몬은 마누라에게 혼날 걸 뻔히 알면서도 밖에서 벌거벗은 채 떨고 있던 대천사 미카엘을 거두어 집으로 데려왔다. 참 좋은 얘기였다. 그러나 가슴까지 따뜻해지지는 않았다. 윤기는 자기도 모르게 책장을 덮고 고개를 가로저었다.

"대천사는 무슨 놈의 대천사!"

그의 입에서 무심코 한마디가 흘러나왔다. 윤기 스스로 놀랐다. 여태껏 한 번도 해본 적 없던 말이었다. 그렇다고 딱히 그 말을 부정하고 싶지도 않았다. 예나 지금이나 그가 마주했던 현실 세계엔 그런 건 없었다. 대천사까지는 아닐지라도, 한때는 민수나 공사장 같은 사람들이 혹시 숨어있는 천사가 아닐지 생각해 본 적도 있긴 했다. 그러나 그게 아니란 건 그가 처한 참담한 현실이 한마디로 말해 주고 있었다. 설사 맞다 하더라도 악마와의 전투에서 번번이 나가떨어지는 천사라면, 왜 하필 자기를 그 전장터로 삼아야 한단 말인가?

날카로운 쇳소리를 뒤로 남기며, 전철이 녹사평역으로 미끄러져 들어간다. 이태원역에서 승객들이 많이 내려서 이제 차내는 퍽 여유가 있다.

"녹사평역입니다. 내리실 문 왼쪽입니다."

윤기는 옛 생각을 떨쳐버리고자 고개를 가로젓는다. 뒤는 돌아보고 싶지 않다. 어디로든 앞으로만 가고 싶다. 문이 열리자, 출입구 앞에 서 있던 윤기는 얼른 밖으로 나선다.

'딩동딩동….'

연속되는 신호음이 들리며 곧바로 열차 문이 닫힌다. 비교적 좁은 부지에 아래위 공간을 터서 원통형으로 만든 녹사평역에는 지하 4층 전철 승강장부터 지상까지 순서대로 짧고, 길고, 짧고, 긴 모두 4개의 에스컬레이터가 마치 생명체 내부의 혈관처럼 교차하며 올라간다. 지하 1층엔 용산공원 역사 전시물들과 아무나 앉아서 칠 수 있는 열린 피아노가 있다. 종종걸음으로 지하 3층 개찰구를 빠져나온 윤기는 문득 호흡이 답답한 걸 느끼곤 잠시 옆으로 비켜서서 마스크를 벗어 팔목에 낀다. 그리고 숨을 한번 크게 쉬어 본다.

"하아."

숨쉬기가 한결 편하게 느껴진다. 앞을 보니 지하 2층으로 올라가는 긴 에스컬레이터 우측으로 사람들이 한 줄로 엮인 것처럼 죽 늘어서 있다.

그때 잠시 서 있는 윤기에게 누군가 손짓하며 다가온다. 허름한 행색을 한 자그마한 체구의 외국인 남자다. 언뜻 중앙아시아나 북아프리카 계통인 듯도 한데, 어디 사람인지 아리송하다. 온갖 외국인들이 한데 어울려 지내는 여기서도, 흔히 보지 못하는 사람이다. 머리는 반백에 깊은 주름살의 짙은 색 얼굴이라 나이를 가늠하기 어렵다. 그가 한구석에 있는 일회용 승차권 발매기를 가리키며 뭐라고 말하는데 전혀 알아들을 수 없다. 그러자 그는 손에 든 뭔가를 보여준다. 가장자리가 닳아서 너덜너덜한 종이 쪼가리에는 서툰 글씨로 '구래역'이라고 적혀있다. 아마 거기로 가는 전철표를 사고 싶다는 모양이다. 윤기는 처음 들어보는 역이다. 옆에 걸린 노선도 앞에 가보니, 김포공항에서 지선으로 갈아타고 가는 곳이다. 윤기는 고개를 끄덕이고 승차권 발매기로 다가갔다. 그 사람이 환해진 얼굴로 윤기 옆에 바싹 다가서자, 익숙지 못한 진한 체취가 전해 왔다. 윤기는 얼른 승차권 발급 순서대로 버튼을 누르고 화면에 뜬 목적지를 그에게 보여준다. 그가 그걸 쳐다보고 미소 지으며 고개를 끄덕인다. 마지막 버튼을 누르자 '요금 2,550원'이라고 떴다. 윤기는 손으로 그 숫자를 가리키고, 돈 넣는 곳을 가리킨다. 그는 고개를 끄덕이고는 주머니에서 꼬깃꼬깃한 헐어빠진 5,000원짜리 지폐를 꺼낸다. 요즘 세상에 그런 낡은 돈이 유통되고 있다는 게 신기할 정도다. 아마 지갑도 없나 보다.

'스르륵.'

안으로 들어가던 지폐가 즉시 반환된다. 그의 눈이 둥그레지며 지폐와 윤기를 번갈아 본다. 윤기는 두 손바닥을 비비며 지폐를 펴는 시늉을 한다. 그러자 그가 고개를 끄덕이고는 그대로 따라 한다. 그러나 지폐는 다시 튀어나온다. 몇번을 반복해도 마찬가지다. 마치 인정사정 안 봐주는 괴물 같다. 그 사람이 당황한 표정으로 윤기를 바라본다. 짙은 얼굴빛에 비해 퍽 연한 색깔의 눈동자가 호소하는 듯 윤기를 향하고 있다.

윤기는 무척 당황스럽다. 순간적으로 머릿속에 여러 생각이 겹친다.

'내가 돈을 바꿔줄까?'

'아니, 그건 곤란해. 지금 수중에 5,000원짜리 지폐도 없는 데다가, 혹시 저 돈이 위조지폐라면? 저런 낡은 돈은 어디서도 본 적이 없잖아?'

'그럼, 그냥 대신 내줄까?'

그와 동시에 오지 않는 손님을 마냥 기다리다가 마침내 커피 한잔 빼주고 받는 값이 달랑 1,500원이라는 데 생각이 미친다. 그렇다면? 현실적으로 그가 더 도와줄 길은 없다.

실제론 다 해서 1초도 안 되는 시간이었을지 몰라도, 윤기는 마냥 바라보는 그의 시선이 느껴진다. 딱히 다그치는 눈길은 아니다. 마치 윤기의 속내를 읽기라도 하듯 그냥 묵묵히 바라볼 뿐이다. 결국 그 사람은 조용히 발길을 돌려 어디론가 사라진다. 순간 윤기는 야릇한 뒷맛이 남는 안도감을 느낀다.

'아마 무안해서 자리를 피한 거겠지.'

윤기는 혼잣말하며 발길을 돌려 에스컬레이터에 오른다. 지체된 시간을 메우기라도 하려는 듯, 줄지어 서 있는 사람들 왼쪽으로 성큼성큼 걸어 올라간다. 에스컬레이터는 상당히 가파르다. 윤기는 살짝 어지러워지며 왼손으로 손잡이를 잡는다. 누군가 까마득한 저 아래서 긴 팔을 뻗어 자기 뒷머리를 잡아당기는 듯한 느낌이다. 그러면서 여러 생각이 동시에 떠오른다.

'아무튼 그 발매기 사용법 자세히 보여줬으면, 내 할 일은 다 한 거야. 그럼!'

'그래도 도움이 필요한 사람을 그냥 두고 오는 게 아니었는데….'

자기를 바라보던 그 눈길이 다시 떠오른다. 생전 처음 보는 외국인인데 어쩐지 낯익다 느껴졌던 그 눈길. 지하 2층을 돌아 지하 1층을 거쳐 지상으로 나가는 긴 에스컬레이터로 올라가는데도 그 눈길은 계속 떠 오른다.

문득, 윤기가 멈춰 선다. 그의 입에서 신음 같은 외마디 소리가 새어 나온다.

'아! 혹시 그 사람이… 대천사?'

심장박동이 빨라지며, 머릿속이 급발진 자동차 엔진처럼 큰소리 내며 돌아가기 시작한다.

'맞아! 그렇다! 그래!'

'그렇다면? 시몬처럼 집으로 데려갈 것도 아니고 그냥 전철표만 한 장 빼서 들려 보내주면 되는 건데. 알량한 전철표 한 장!'

그는 곧 고개를 가로젓는다.

'아니, 그냥 보내면 안 되지! 무조건 커피숍으로 데리고 가서, 그 앞에서 단 하나 남은 원두 포대를 보란 듯이 따고 그 걸로 커피 한잔 잘 뽑아서 대접한 다음, 그 사람이 나를 바라본 것처럼 나도 그를 빤히 바라봐야지.'

몸이 부르르 떨리기 시작한다.

"정윤기, 이런 멍청한 놈!"

저 깊은 곳, 무언가를 쥐어 짜내듯 외침이 흘러나온다. 근처 사람들이 놀라서 윤기를 쳐다본다. 그들의 시선 따위는 눈에 들어오지도 않는다. 윤기는 그 사람을 위해서가 아니라 자기를 위해 그가 필요하다. 그의 도움이 절실하다. 지금은 인간이 천사를 도울 때가 아니라, 천사가 인간을 도와줘야 할 때다! 그게 바로 천사의 본분 아닌가? 그런데 천신만고 끝에 만난 천사가 어떻게 가련한 인간을 잠시 시험만 해보고 그냥 떠나버릴 수 있단 말인가?

"안 돼!"

그는 에스컬레이터를 단숨에 달려 올라가 그 끝에서 손잡이에 매달려 날아 돌아가듯이 유턴하여 달려 내려간다. 지하 자동 발매기로 헐레벌떡 돌아가 보니, 그 사람은 흔적도 없다. 위에서 피아노 소리가 흘러 내려온다.

코로나 냄새

한 달여 전에 코로나에 걸렸다가 완치된 65세 여성 심연수가 클리닉에 찾아왔다. 마른 몸매에 눈매가 날카로운 퇴직 교장 선생님인데, 오늘은 어딘가 수심에 잠긴 표정이었다.

"코로나 걸리면 냄새를 못 맡지요, 원장님?"

심연수가 진료실 의자에 앉으면서 뜬금없이 말을 꺼냈다.

"그런 경우가 꽤 많아요. 심연수 님도 그러셨잖아요?"

그 여자가 고개를 가볍게 끄덕이곤, 한원장을 빤히 바라보며 물었다.

"네. 그런데 거꾸로 전에는 없던 이상한 냄새가 나는 경우도 있나요?"

"예? 무슨 냄새가 나세요?"

한원장이 놀라서 물었다.

"코로나 걸렸을 때 코 막히고 후각이 사라졌다가 한 보름쯤 지나서 다시 냄새를 맡게 되었는데, 그때부터 이상한 냄새가 계속 나요."

"어떤 냄새가요?"

"글쎄, 뭐라고 표현하기 어려운데, 들쩍지근하면서 상한 음식 냄새 같아요. 노인 냄새 같기도 하고, 아무튼 썩 기분 좋지 않아요."

"계속 같은 냄새인가요?"

"예. 밤이나 낮이나, 어딜 가나 저를 쫓아다니는 것 같아요. 제 몸에서 나는 냄새 같기도 하고요. 혹시나 해서 식구들에게 물어보면 아니라고 그러거든요."

심연수가 약간 계면쩍은 표정으로 말했다. 한원장이 마스크를 살짝 벗었다가 다시 쓰며 말했다.

"글쎄요. 저도 잘 모르겠네요. 그런데 종일 그 냄새가 난다고 하셨지요?"

"네."

"그건 좀 특이한데요. 보통 후각은 금방 포화되어 버리거든요. 어디 가서 어떤 냄새가 강하게 코를 찔러도 조금만 지나면 잘 느끼지 못하잖아요? 그런데 계속 그래요?"

"몇 시간이고 계속 나요."

그 여자가 심각한 얼굴로 대답했다.

"흐음, 특이한 상황인데, 일시적인 현상일지 모르니까 일단 좀 기다려 보시지요. 아무튼 급하게 다룰 일은 아닌 것 같습니다."

그러자 그 여자가 다시 물었다.

"만일 계속되면 어떻게 하지요?"

"다음 주까지 계속되면 다시 오세요. 종합병원 전문가에게 진료 의뢰해 드릴게요."

그러자 그 여자가 나지막한 목소리로 물었다.

"혹시 이게 예방접종 후유증은 아닐까요? 이상 반응 있는 사람들도 많다던데."

자칫 아주 예민한 문제일 수도 있는 질문이라, 한원장이 조심스레 대답했다.

"글쎄요, 그건 잘 알 수 없고요."

그러자 심연수가 평소답지 않게 떨리는 목소리로 말했다.

"무서워요, 원장님. 제 몸 안에 뭐가 들어와 있는 것만 같아요."

"너무 걱정하지 마세요."

한원장이 차분하게 대답했다.

한 달 후 심연수는 대학병원 진료기록 복사물을 들고 다시 왔다.

"MRI, 뇌파, 후각 검사 등 모두 정상이네요."

검사 결과를 살펴본 한원장이 말했다. 그러자 그 여자가 대답했다.

"대학병원에서도 아무 이상 없다고 하셨어요."

"잘 되었어요. 그런데 그 냄새… 아직도 나세요?"

한원장이 조심스레 물었다.

"네. 아직도 나요. 그럼 이건 뭐지요? 이제 어떻게 하지요?"

"혹시나 무슨 기질적 이상이 있는지 확인하려고 검사 의뢰한 건데, 아무 이상 없으니 잘 된 거지요. 안심하셔도 됩니다."

"기질적이라면 뇌에 이상이 있을지 모른다는 말씀인가요?"

한원장이 얼버무리듯 대답했다.

"말하자면… 그런 셈이지요."

그러자 그 여자가 심각한 표정으로 물었다.

"그런데 전에 원장님이 코로나 때 냄새를 못 맡는 건 바이러스가 후각신경에 들어가서 그렇다고 말씀하셨잖아요?"

그 말을 들으며 한원장은 속으로 '아차!' 했다. 딱히 그렇게 말한 건 아니었겠지만, 아무튼 잘난 척하며 괜한 얘기를 길게 했던 모양이었다.

"아니요! 그런 말씀 드린 게 아니라, 후각세포도 일종의 신경세포라고 했던 거겠지요. 코로나바이러스가 어떻게 후각을 마비시키는지는 잘 모릅니다. 아무튼 잃어버렸던 후각은 얼추 다 돌아오고, 영구적 손상이 남는 경우는 별로 없어요."

그러자 심연수의 눈썹이 살짝 올라가며 미심쩍은 표정으로 물었다.

"작년에 저 대상포진 걸렸을 때, 원장님이 그걸 일으키는 바이러스가 신경절 안에 숨어 있으니 잘 치료해야 한다고 그러셨잖아요? 그렇다면 코로나바이러스도 신경 안에 들어가 있을 수 있지 않나요?"

한원장은 다시 한번 뜨끔했다. 이 여자는 정말이지 허투루 넘어가는 게 없는 모양이었다. 그는 목소리를 가다듬고 일부러 힘을 줘가며 말했다.

"아, 그건 바이러스 종류가 아주 다른 겁니다. 대상포진 바이러스는 커다란 DNA 바이러스인데, 반면에 코로나바이러스는 작은 RNA 바이러스에요. DNA 바이러스 유전자는 가끔 사람 유전체에 끼어들어 갈 수도 있는데, RNA 바이러스는 그렇게 못해요. 세포 안에서 그리 오래 살지도 못해서, 일단 완치되면 그만이에요."

그때 진료실 문이 빠끔 열리고 간호사가 안을 살짝 쳐다보았다. 대기 환자가 오래 기다린다는 뜻이었다. 그러자 그 여자가 눈치 빠르게 자리에서 일어섰다.

며칠 후 심연수가 다시 찾아왔다.

"원장님, 아무래도 그 냄새가 코로나 냄새 같아요."

"예? 뭐라고요?"

한원장이 깜짝 놀라 그 여자를 바라보았다.

"제가 코로나바이러스 냄새를 처음 맡은 사람이라니까요!"

그 여자가 확신에 찬 목소리로 선언했다.

한원장은 가슴이 철썩 가라앉는 느낌이었다. 아이고, 올 것이 오나 보다!

"그게 무슨 말씀이세요?"

"제 후각세포 안에 들어앉은 바이러스의 냄새요."

그 말을 듣고 안 되겠다 싶어서, 한원장이 딱 부러지게 잘라 말했다.

"연수님은 이미 완치되어서, PCR 검사 음성 나왔어요. 그렇지요? 이젠 코로나바이러스가 몸 안에 없어요! 아시겠어요? 코로나는 RNA 바이러스라서 세포 안에 오래…."

그러자 마치 기다렸다는 듯 그 여자가 말했다.

"제가 며칠 공부를 좀 해봤는데요, '역전사 효소'라는 게 있어서 바이러스 RNA를 DNA로 고쳐 만들 수 있다면서요? 그러면 세포 안에 남아 있을 수 있는 것 아닌가요?"

한원장은 뒤통수를 한 대 얻어맞는 느낌이 들었다.

"그런 바이러스도 있는데, 코로나바이러스에는 역전사 효소가 없어요. 걱정하실 일 아니라니까요."

심연수의 주장이 계속되었다.

"그렇다 해도 사람 세포나 구강 내 박테리아에도 역전사 효소가 있잖아요? 바이러스 감염되어서 조직에 난리가 났을

때 그걸 살짝 빌리면, 바이러스가 살아남을 가능성도 있는 것 아닌가요?"

정말로 공부를 엄청나게 한 모양이었다. 불안에 빠진 사람들에게서 종종 보이는 현상일 수 있었다. 한원장은 그런 일은 절대로 없다고 단언하고 싶은 걸 꾹 참았다. 이런 경우 차라리 그편이 더 도움이 될지 모르겠지만, 어떤 경우에도 '절대로'라는 말을 쓸 수 없다는 것이 의과학의 한 가지 문제라면 문제였다. 의과학을 존중하는 한원장도 그랬다. 역사적으로 봐도 의료계에 절대주의적 사고가 팽배할 때면 종종 황당한 잘못을 저지르곤 했다. 실은 얼마 전에 심연수의 주장을 뒷받침하는 논문이 나온 적이 있었다. 간혹 그렇게 코로나바이러스가 유선체 안에 삽입되어서, 임상적으로 분명히 완치되었는데도 PCR 검사가 계속 양성이고, 따라서 자기도 모르게 코로나 감염원으로 남아 있는 사람들이 있었다. 그렇다면 검사가 음성일지라도 바이러스 일부라도 몸에 남아 있을 가능성이 '절대로' 없다고 할 수는 없었다. 적어도 이론적으로는.

"공부 많이 하셨나 봐요!"

한원장이 억지로 웃음을 띠며 말을 이었다.

"그럴 리 없지만, 만에 하나, 그게 후각세포 안에 들어있다 칩시다. 그래도 그 바이러스의 냄새를 맡을 순 없어요. 왜냐하면 냄새는 외부에서 코로 들어온 냄새 분자가 후각세포 표면에 있는 수용체에 결합해야 비로소 느낄 수 있거든요. 그러니 자기 세포 안에 있는 냄새를 맡을 순 없잖아요?"

한원장은 이렇게 말하면서도 스스로가 답답했다. 비전문가를 데리고 이런 걸 논하고 있는 것도 그렇고, 자칫 환자가 근거 부족한 주장에 몰두하게 될 수도 있다는 자책이 들었다. 반면 심연수는 꼬장꼬장 틀림없고 분명한 사실을 원하는 스타일이라서, 이렇게 열심히 설명해 주다 보면 어떻게든 '머릿속에 든 바이러스'까지 모두 박멸하게 될 수 있게 될지 모른다는 생각도 들었다.

"혹시 코로나바이러스가 후각세포에 새로운 수용체를 만드는 건 아닐까요?"

심연수가 정색하고 물었다. 한원장은 질문의 깊이에 내심 놀랐다. 이 여자가 원래 생물학 전공이란 말은 들었지만, 세상엔 확실한 지식에 목마른 사람들도 많다. 그렇다면 아는 데까지 진솔하게 답변해 주는 게 더 나은 해결책이 될 수도 있었다. 한원장은 찬찬히 설명하기 시작했다.

"새로운 수용체가 생기진 못합니다. 후각수용체는 단백인데, 모든 단백은 각각의 유전자가 만들어 내요. 말하자면 그렇게 타고난 거고, 기왕에 없던 유전자가 뚝딱 만들어질 순 없어요. 그런데 그 수용체들이 세상에 있는 모든 냄새와 일대일로 결합할 만큼 많은 게 아니거든요. 사실은 놀랄 만큼 적은 숫자로 온갖 냄새를 다 맡는 거예요. 말하자면 수용체

신호에 대한 해석은 아주 복잡하단 말씀이에요."

그러자 심연수가 다시 캐물었다.

"그럼, 해석이 주관적이란 말씀인가요?"

한원장의 이마에 땀이 맺히는 걸 느꼈다. 그래도 이왕 내친 김이었다. 이럴 땐 지식의 한계를 인정하더라도 적당히 둘러대면 안 된다.

"설명이 다소 복잡해지네요. 수용체에서 비롯한 신호는 이후 전달체계를 거치며 다음 신경세포로 전해지는데, 그런 전파 과정에는 어떤 고유한 패턴이 있어요. 말하자면, 같은 냄새를 오늘은 이렇게 느끼고 내일은 저렇게 느끼는 식은 아니란 거지요."

고개를 살짝 갸우뚱하며 한원장의 말을 경청하던 심연수가 계속 물었다.

"그럼, 아예 없는 자극을 있다고 느낄 수도 있나요?"

한원장은 대답하면서도 살얼음 딛듯이 조마조마했다.

"후각신경 계통에 기질적 이상이 생기면 간혹, 아주 드물게 그럴 수도 있긴 해요."

"저는 그건 아닌 거지요?"

"검사 결과 모두 이상 없었잖아요? 그러니 너무 불안해하지 마시고, 조금 더 기다려 봅시다. 찜찜하면 6개월이나 1년 후 다시 가서 진료받아 보시지요."

그러자 그 여자가 마지못해 고개를 끄덕이며 말했다.

"알겠어요. 잘 이해되지는 않지만, 아무튼 상세히 설명해 주셔서 감사합니다, 원장님."

한원장은 그 말을 듣고 내심 안도의 한숨을 내쉬었다. 심연수는 정말 코로나바이러스 냄새를 처음 맡아본 걸까? 아니면 코로나로 말미암아 마음 깊은 곳에 적잖은 내상을 입은 건 아닐까? 그렇다면 코로나가 인간의 육신뿐 아니라 정신까지 침범하여 피폐하게 만들 수 있는 걸까? 한원장이 숨을 한 번 크게 쉬고는 일부러 환하게 미소 지으며 대답했다.

"별말씀을요. 살다 보면 세상엔 잘 이해하기 어렵고 설명하기 힘든 일도 많은데, 대개는 시간이 해결해 주더군요."

심연수는 조용히 일어서서 진료실을 나서다가 갑자기 돌아보며 물었다.

"아니면 그냥 이렇게 살아야 하는 거겠지요?"

경리단길의 원

1. 모네의 지베르니

5월의 지베르니는 온갖 꽃들이 만발해 있었다. 인상파 화가 모네가 자리 잡았던 파리 근교의 작은 마을 지베르니, 그의 정원에는 맑은 하늘 아래 붓꽃, 튤립, 작약, 진달래, 제라늄, 꽃무, 데이지, 금사슬, 델피늄 등등 헤아릴 수 없이 다양한 꽃들이 피어 있었다. 여기 붓꽃들은 반 고흐가 삶의 마지막을 보냈던 오베르-쉬르-우아즈 마을 집들 담벼락 따라 피어 있던 그 붓꽃들 같은 근원적 강렬함은 느껴지지 않았지만, 다른 꽃들과 함께 잘 어우러져 또 다른 생생한 아름다움을 선사해 주었다. 검은 튤립 앞엔 사람들이 많이 모여 있었다. 여러 색색의 튤립들은 비록 한 부류끼리지만 같은 이름 하나 아래 묶이기를 거부하는 듯 각각의 개성을 뽐내고 있었다. 모네는 그 꽃들을 하나하나 가꾸어 기가 막힌 어울

림으로 생명력의 향연을 만들어 냈다. 그리고 그걸 다시 화폭으로 재창조해 냈다.

모네의 저택은 정원을 품에 안고 있는 듯 자리 잡고 있었다. 다양한 자연색으로 칠한 저택은 그대로 정원에 녹아든 듯했다. 커다란 유리창들을 통해 환한 햇살이 들어오는 화실은 실제로 정원과 연결된 하나였다. 젊어서 집도 절도 없던 모네는 그림 도구를 짊어지고 들로 강으로 빛을 잡으러 쫓아다녔다. 당시에 야외 작품은 실상 누구도 거의 해본 적 없는 새로운 시도였다. 물감과 소품들도 발전하지 못했던 시절이라 그렇게 나간다는 자체가 큰 고생을 사서 하는 일이었다. 풍경화라도 야외 나가서 스케치만 하고 화실로 돌아와 기억의 쪼가리들에 의존해 작품을 맞춰내는 게 일상이었다. 모네는 그래서는 도저히 시시각각 변하는 빛의 오묘한 변화를 잡아낼 수 없다는 걸 깨달았다. 그건 진솔하게 세상을 찾아 나선 게 아니었다. 그래서는 건초더미, 루앙 대성당, 센 강, 마을 가로수 같은 매일 접하는 실물들도 진정 '보지' 못하고 만다. 그는 시간, 계절에 따른 빛의 변화를 끊임없이 연작으로 그려내며 우리가 '본' 게 혹은 '보았다고 믿은' 게 과연 무엇이었는지 물었다. 고집스레 자기 예술세계를 이룩하며 당시 새로운 사조로 떠오른 인상파의 리더로 인정받았다. 어느 정도 경제기반을 이룩하자, 그는 평소 마음속 고향처럼 여기던 지베르니에 정착했다. 그 후엔 정원을 만들어가며 그걸 재창조하는 창작활동을 계속했다. 두 가지 창작을 동시에 하는 셈이었다. 아니, 그에겐 그건 하나였다.

지베르니의 백미는 역시 모네의 연못이었다. 저택에서 보면 정원 건너편 뒤쪽에 있다. 그의 지베르니 부지는 여유가 생길 때마다 주변 땅을 조금씩 매입하여 늘려나간 것이고, 연못은 거기 작은 개울을 파서 크게 만든 거라니까, 그 전체가 그의 창조물이 맞다. 그러곤 다양한 수련을 들여와 심었다. 수련이 연못에 아주 자연스럽게 보이도록 그 위치까지 잘 골라서 심었다. 연못가로 다가가니, 버드나무 가지 사이로 건너편 구름다리가 보였다. 아, 눈에 익은 그 광경! 그의 그림들에 보여준 그대로였다. 바로 곁에 버드나무 가지 아래서 노화가가 화폭을 다듬고 있는 것처럼 느껴졌다. 수련은 아직 활짝 피진 않았지만, 여기저기 꽃봉오리들 안에 붉은색, 핑크빛, 베이지, 흰색 희망이 엿보였다. 다음 달부터는 수련들이 활짝 피어 그의 연작 파노라마를 다시금 재현하겠지.

수련이 자라나면서 모네는 심혈을 기울여 연못을 그려냈다. 거기서만 무려 250점 이상의 작품을 만들었다니, 그건 그냥 해본 게 아니라 후반부 삶의 거의 모든 걸 다 쏟아붓다시피 한 것이다. 작품 세계가 아닌 현실에서 그의 노년은 고통의 연속이었다. 부인과 아들을 잃었고, 프랑스는 세계대전에 한가운데 휘말려 처절한 살상의 현장으로 변해 있었다. 하루하루 괴로운 삶이 이어졌다. 게다가 그는 양안 백내장으로 시력을 잃어가고 있었다. 평생 빛의 진실을 추구하며 달려온 그에게 그보다 더 절망적이고 잔인한 소식이 있었을까? 아마 자기 존재 자체가 부정되는 느낌이 들었을 것 같다. 작품들은 갈수록 사물의 형태도 불분명하고 색상도 붉은빛 위주로 무슨 기괴한 추상화처럼 변해갔다. 따지고 보면 그의 백내장은 젊어서부터 평생 야외에서 햇빛을 좇아온 그에게 수여된 훈장이자 업보였는지도 몰랐다. 백내장은 치료가 수술밖에 없는데, 당시 백내장 수술은 목숨을 걸어야 하는 대수술이었고, 그 결과도 장담하기 어려웠다. 그의 고통스러운 가족사나 참혹했던 전쟁도 그렇고, 그 정도면 이제 붓을 내려놓고 다가오는 말년을 담담히 받아들이는 게 순리였을지도 몰랐다. 사실 그는 그 누구 못지않게 열심히, 그야말로 할 만큼 하지 않았던가? 말년엔 먹고사는 문제도 없었다.

그러나 그는 편한 길을 택하지 않았다. 끝내 붓을 놓지 않고, 두 차례에 걸쳐 백내장 수술을 받았다. 아주 못 보느니 차라리 죽어도 좋다고 생각했을지 모른다. 다행히도 시력을 다소 회복하자마자 필생의 작업, 연못과 수련으로 돌아와서 그 모든 걸 다 아우르는 거대한 수련 연작에 몰입했다. 그러곤 자기 생명을 갈아 넣다시피 완성한 그 작품들을 모두 전란으로 상처받은 국가에 헌납하여서, 지금은 오랑주리 박물관에 전시되어 있다. 실로 장엄한 마무리 아닌가?

청력을 잃어가던 베토벤도 시력을 잃어가던 모네와 같은 심정 아니었을까? 베토벤은 갓 삼십 젊은 나이에 자기가 청력을 잃어간다는 걸 깨닫고 동생들에게 편지를 썼다. 사실상의 유서였다. 음악은 자기 삶의 전부인데, 듣지 못하면 앞으로의 삶이 무슨 의미가 있을까? 그는 정작 그 편지를 부치지 않고 평생 간직했다. 그걸 쓰는 가운데 뭔가 그의 영혼에 와 닿은 게 있었는지 모른다. 그는 오로지 작곡에 매진했다. 삶의 후반부로 갈수록 자신이 들어본 적 없는 음악을 만들어낸 것이었다. 처절한 고통 속에 삶과 죽음을 넘나들며 이룬 작품들은 어디서도 찾아볼 수 없던 그만의 음악이었다. 영혼의 울림이었다.

모네의 수련 연작들도 비슷한 과정이었을 것 같다. 연못에도 계속 가 봤겠지만, 그때 즈음해선 아마 작품활동은 상당부분 화실 안에서 이루어지지 않았을까? 비록 그가 추구해 왔던 철저한 현장 사생은 아니더라도, 그때는 이미 많은 부분이 그의 머릿속에 저장되어 있어서 한 폭씩 그린 게 저절로 다 연결되어 거대한 연작들이 탄생할 수 있었다.

나는 연못가 버드나무 밑에서 오랑주리의 대작들을 비교-연상하며 한동안 골똘히 앉아 있었다. 그러다가 마음속에 의문이 하나 떠올랐다.

'모네는 왜 가면 갈수록 수련에 빠져들었을까? 대체 뭘 추구한 걸까?'

물론 아름다우니까 끌렸겠지만, 남들은 거들떠보지도 않았을 건초 더미에서도 얼마든지 아름다움을 찾아내어 그려낸 사람이었다. 그가 추구한 수련엔 뭔가 특별한 게 있었다. 동양에서 연꽃은 부처의 상징이었다. 불교에선 연꽃의 아름다움보다는 깨끗함을 더 높이 샀다. 탁한 연못에서도 진흙 바닥에 뿌리내리고 피어난 청순한 꽃. 부처는 지저분한 상황에 있어도 늘 맑은 본성을 간직하고 있는 사람을 곧잘 연꽃에 비유하곤 했다. 그렇다고 모네가 불교와 직접 관련이 있었던 것 같지는 않다. 불교에서는 '색'을 본질을 흐리는 요소로 하찮게 여기는데, 평생 '빛과 색'을 추구한 모네는 그걸 통해 인간의 아집을 허물고 시각의 한계를 넘어 사물의 본질에 더 가까이 다가가고자 한 게 아닐까? 거꾸로 말하자면, 그는 빛을 인간에게서 자유롭게 풀어준 은인이었던 건지도 모르겠다.

돌이켜보면 모네의 삶은 늘 물 주변을 맴돌았다. 아르장퇴유 유역 센강의 일렁이는 물결에 비친 붉은 보트들, 노르망디 에트르타 바다의 출렁이는 파도. 아마 빛을 추구하기에 가장 좋은 대상이 물이었는지도 모르겠다. 그래서 지베르니에도 연못부터 파지 않았는가 싶다. 연못엔 물결이나 파도는 없지만, 그는 수련과 연못이 어우러져 빚어지는 빛의 향연을 통하여 '물의 그림'을 완성해 낸 듯하다. 연못 표면에 반사한 빛과 물속으로 통과하여 비쳐 보이는 빛까지 예리하게 관찰하고 섬세하게 표현했다. 물빛을 통해 연못 바닥 색깔까지 군데군데 드러났다. 모든 게 날씨와 시간에 따라 계속 변했다. 수련이 있어서 연못이 더욱 아름다워졌지만, 수련은 어디까지나 한 부분일 뿐이었다. 모네는 수련이 연못을 완전히 덮어버리게 가득 키우지 않았다. 연꽃 하나하나를 세밀하게 그리려 애쓰지도 않았다. 반 고흐의 강렬한 해바라기와 분꽃처럼 수련을 하나씩 화분에 꽂아 그리려 하지도 않았다. 그건 그냥 있는 그대로의 생명에 대한 경배였다.

그렇다! 물은 생명의 근원이다. 분위기에 푹 빠져서 벤치에 기대어 하늘을 쳐다보았다. 날씨는 더할 나위 없이 화창했다. 그러면서 마음속에 다시 의문이 하나 떠올랐다. 연못 위에 다른 물이 더해지면 어떨까?

'비 오는 날 지베르니 연못은 어떤 모습일까? 장마철엔?'

여행 가이드 배선생님은 지베르니엔 비가 연중 고루 오고 장마철이란 건 아예 없다고 했다. 아무튼 언젠가 비 오는 날 꼭 다시 와보고 싶어졌다.

불과 한나절 방문이었지만, 지베르니는 나를 즉각 변화시켰다. 정원과 연못을 거닐고 둘러보면서 뭔가 내 속에 채워지며 꿈틀거리기 시작하는 걸 느꼈다. 한 걸음씩 뗄 때마다 침울했던 기분에서 벗어나 의욕이 솟아나는 게 느껴졌다. 참 신기한 노릇이었다. 한 예술가의 힘이 이렇게 남의 삶을 지배하다니!

의과대학 정년 퇴임을 앞두고 있던 나는 왠지 모르게 공허와 허망의 심연으로 빠져들고 있었다. 삶의 무게라는 추를 매달고 끝없는 바닥으로 가라앉는 난파선 같다는 느낌이 들었다. 교수라는 페르소나를 벗어던지고 앞으로는 싫든 좋든 자기를 마주해야만 한다는 부담 때문이었을까? 온갖 후회와 회한이 쓰나미처럼 몰려오곤 했다. 그러면서 매일 한 걸음씩 우울이란 덫에 빠져들었다. 우울증이란 일단 빠져들면 헤어나오기 이만저만 어려운 게 아니다. 조금씩 들어가면 들어갈수록 상승작용이 벌어지며 빠져나오기는 더욱 힘들어지고, 마치 거미줄에 걸려든 날파리 신세처럼 최후의 심판을 향해 다가가는 느낌이 든다. 우울증엔 객관이란 게 없다. 모든 게 주관적이다. 본인이 그렇게 느낄 따름이다. 누구와도 무엇과도 비교할 수 없다. 돌이켜보면 나름대로 연구 업적도 쌓아왔고, 겉보기엔 크게 모자랄 게 없는 삶처럼 보일지 몰랐다. 여기저기 망쳐놓은 대목들은 있어도 아주 근본적으로 어긋난 건 없는 삶, 아무튼 그게 내 모습이었다. 한마디로 너무 게을렀다. 그게 부끄러운 것이었는지 몰랐다. 나 스스로 수긍할 만한 치열한 부분들 없이 삶의 한 단락이 끝나는 데 대한 감성적 반감인지도 몰랐다.

그래서 아내가 강권하다시피 하여 기분 전환도 할 겸 나온 노르망디 여행이었다. 그런데 그 길에 전혀 예상하지 못했던 선물을 받아 가는 것이었다. 모네의 선물은 단순히 눈을 호강시켜 주는 아름다움이 아니었다. 그건 그의 성실한 노력과 끈질긴 투혼이었다. 그는 역경 속 말년에 들어서며 주저앉지 않고 평생 추구해 오던 바를 향해 모든 걸 갈아 넣어 매진했다. 고난의 고통을 딛고 그걸 담아냈다. 아름다움은 고통 속에 피어난다. 완벽한 아름다움일수록 더 처절한 고통 속에 태어난다. 고통과 아름다움은 하나의 뿌리에서 자라난다.

2. 경리단길 지베르니

뜻밖의 큰 선물을 받아 들고 돌아온 나는 그간 마음속 한 구석에 간직하고 있던 퇴직 후 프로젝트를 다시 꺼내 펼쳐보기 시작했다. 그럴 마음의 힘이 비로소 생겨났다는 편이 더 적합할 것 같다. 그건 동네의원을 개원하는 것이었다.

몇 년 전 정말 우연한 기회에 나는 경리단길에 좁은 터를 하나 마련하게 되었다. 2층으로 이루어진 독립 상가였다. 퇴직 후 다소 좁더라도 마당 있는 개인주택으로 이사해 볼까 하고 몇 군데 알아보던 중이었는데, 경리단길의 한 부동산중

개업자가 연락해 왔다.

"아니, 주택을 알아보자는데, 갑자기 상가는 웬 상가?"

내가 시큰둥하게 반응하자 그 여자가 차분하면서도 열정적으로 설명했다.

"주택은 얼마든지 있고 천천히 찾아보면 되는데, 경리단길 대로변에 나오는 이런 상가는 매물 자체가 없어요. 그래서 웬만하면 놓치지 마시라고 급하게 연락드리는 거예요. 여유만 있으면 제가 사고 싶은 물건이거든요."

"우린 그런 것 딱히 용도가 없어요."

그러자 여자는 철없는 아이 달래는 듯한 목소리로 말했다.

"부동산은 장기적으로 보세요. 지금은 거리가 후져 보여도 지리적인 이점이 있잖아요? 건너편 미군기지도 평택으로 내려가면 바로 옆에 거대한 센트럴 파크가 생길 거고요. 직접 뭘 안 하시더라도 여러 용도로 쓸 수 있고, 앞으로 노후 자산으로 가지고 계셔도 좋아요. 아무튼 그냥 구경 삼아 한번 들러보세요."

그 언변에 넘어간 건지, 한번 가보기나 하자 하는 생각이 들었다. 허름한 창고 겸 작업장으로 쓰이던 일, 2층은 '지상에 단테의 지옥이 있다면 바로 이런 곳 아닐까?' 하는 생각이 들 정도로 엉망진창 쓰레기 더미 속이었다. 단 한 가지 마음에 들었던 점은 2층에서도 꽤 큰 창문으로 밖이 내다보였다는 것이다. 옥상을 꼭 보라는 중개업자의 말을 듣고 '대충 보는 척하고 빨리 가자.' 하는 마음으로 서둘러 비좁은 계단을 통해 옥상으로 올라갔다.

"아!"

갑자기 머리 위가 열리고 하늘이 보였다. 뿌연 하늘이 일상화된 서울에 그날따라 유난히 파란 하늘이었다. 마치 자유를 바라보는 듯한 착각이 들었다. 그게 덜컥 그걸 갖도록 결심했던 이유였던 것 같기도 하다. 어릴 적 자그마한 한옥에 살던 때를 빼면, 그 후 평생을 아파트에 갇혀 지내왔으니 그럴 만도 했던 걸까? 아니면 아래층이 우리가 살아가는 지옥이었다면, 하늘의 별이 보일 수 있는, 오염된 대도시에서 실제야 어떻더라도 최소 심정적으로나마, 옥상은 연옥이라도 되었다는 걸까?

"임대 같은 건 걱정하지 마세요. 제가 이 동네 사니까, 일체 신경 안 쓰시도록 다 알아서 챙겨드릴게요."

일단 그 부동산업자의 호언장담대로 일이 진행되었다. 그 자리엔 젊은 사장의 카페가 들어섰다. 처음 독립하여 사업을 해보는 건데, 동네의 미래 가능성을 보고 들어온다고 했다. 이름하여 '서울살롱'이었다.

경리단길은 녹사평대로에서 하이아트 호텔로 이어지는 가파른 비탈길인데, 그 어귀에 국군경리단(현 재정관리단)이 있어서 주민들 사이에 그렇게 친숙하게 불려 온 이름이다.

경리단길은 참 특이한 동네다. 거대도시 서울의 정중앙에 위치하는 변방이다.

조선시대엔 남산 뒤에 가려 조정의 높으신 분들 눈에 띄지 않고, 그저 졸졸 흘러내리던 시냇물 주변에 옹기종기 오두막 짓고 살아가던 별 볼 일 없는 작은 마을이었다. 도성 안에 형성된 피맛골처럼, 굳이 말하자면 동네 전체가 피맛골인 곳이었다. 마을 남쪽으론 사람의 발자취가 별로 없이 잡초만 무성했던 황무지, 녹사평이 펼쳐져 있었다.

하이아트 호텔에서 국립극장으로 이어지는 버티고개에는, 도성에 거의 다다랐다고 긴장이 풀린 길손들을 마지막으로 탈탈 털던 산적들이 출몰하곤 했다. 그 '사업'이 이 마을 사람들 생계 수단과 직간접적으로 연계되어 있는지도 몰랐다. 조선의 국운이 기울면서 외국군들이 번갈아 주둔하며, 남산 넘어 조정을 거꾸로 쥐고 흔들던 바로 그곳이다. 지금도 인근 부군당에 올라가 보면, 녹사평을 넓게 차지한 미군 주둔지 전체가 한눈에 내려다보인다. 이제 곧 용산공원으로 다시 태어나서 다음 세대 새 생명을 이어가겠지.

해방을 맞고 전쟁의 참상을 겪으며 남산 인근지역은 엄청난 변혁을 겪었다. 난민들이 과거 일본군 사령부 위쪽에 판잣집을 지으며 만들어진 새로운 동네, '해방촌'이 신기루처럼 뚝딱 등장했다. 한남동으로 이어지는 이태원은 전쟁 통에 밀려 들어온 피난민들이 자리를 잡았고 그 후론 주둔 미군들의 생활 지역이 되며, 서양문명과 한국 전통이 한꺼번에 녹아 융합되는 특이한 국제적 성격의 구역이 되었다. 서울이 늘어나는 인구를 감당하지 못하고 강남으로 뻗어나감에 따라, 이제 이 지역은 지리적으로 서울의 정중앙이 되었다. 남산자락 마을들도 큰 변화를 겪었다. 급격히 늘어나는 강남북 교통 수요를 감당해 줄 남산 터널들이 좌우로 개통되며, 남산 시냇물은 말라붙어 자취를 감추었다. 그 위를 콘크리트로 덮어 만든 길이 지금의 경리단길이다. 개천 양쪽으로 널려 있던 호박밭과 복숭아밭, 즐비했던 초가집들도 하나씩 다 사라지고, 풀 한 포기 없이 삭막한 지금의 경리단길은 그렇게 형성되었다.

동시에 사회적 격리도 진행되었다. 경리단길에 모여든 사람들로 닥지닥지 형성된 동네 위쪽으로는 넓은 대지를 가진 대저택들이 자리 잡고 있었다. 두 동네 사이에는 담벼락만 없을 뿐 실제론 칼로 그어놓은 듯 명확하게 구분되고 분리되었다. 아랫동네는 남산이라는 지리적 허들뿐 아니라 사회적으로도 격리되었다. 거기서 나오는 말은 무엇이건 산 넘어 중앙으로 퍼져나가지 못하고 아래서만 메아리로 맴돌았다. 그렇게 서울의 정중앙에 폐쇄 변방이 만들어지며, 마치 시대를 역행해 사는 듯한 철저한 격리 사회에 다양한 출신과 인종의 사람들이 모여 사는 모순의 융합이 이어져 나갔다. 그러면서 단순한 변방이라기보다는 나름대로 특이한 자기 색깔이 만들어졌다. 얼마 전 경리단길의 특색 있는 무언가가 젊은이들 눈길을 끌어서 서울의 명소로 떠오른 적이 있었다. 온갖 사람들이 모여 사는 자유로운 분위기 속에 독특한 수제 맥주 같은 음식이 새로 선을 보이며 이태원 앞 동네 못지않은 반짝인기를 누렸다. 그 신선한 충격으로 전국 곳곳에 'OO단길'이 만들어지는 유행이 생겼다. 경제적 발전에 따른 개성 추구라는 사회적 추이와 일치하던 때였다. 그러나 그건 오래 가지 못했다. 겉으로만 보이는 특이성에는 한계가 있다. 진정한 개성은 겉모습보다 내용으로 이루어진다. 그건 바로 이야기다. 자기만의 진솔한 이야기다.

경리단길에 깔린 속절없는 내리막 경기 속에 그간 동네 명물로 잘 나가던 서울살롱이 경영난에 빠지며 더 버티기 어려운 상태가 되었다. 카페라는 '지옥'에서 트인 옥상이라는 '연옥'에 올라 밤하늘을 바라보며 즐기던 특권을 만끽하며 무리하게 여기저기 사업을 확장했던 결과였다. 이젠 그 가게 터를 어찌해야 할지가 문제였다. 그 상황에서 다른 임차인을 찾는 것과 그냥 처분하는 것 모두 쉽지 않았다. 그렇다면 그냥 비워두거나 아니면 거기서 직접 뭘 해보는 길이 남아있었는데, 그건 어디까지나 이론적 가능성일 따름이었고, 실제로 그렇게 해볼 엄두는 전혀 나지 않았다.

그러던 중에 모네를 만나고 왔고, 그 후 상황이 달라진 것이었다. 모두 아내 덕분이었다. 지베르니에 데리고 간 것부터 시작하여, 아내의 각별한 이해와 적극적 지원이 없었더라면 쉽사리 이루어지기 어려운 결정이었다. 내 결심을 듣고 아내는 한 가지 당부도 잊지 않았다.

"이왕 클리닉을 하려면 특히 그 동네 외국인들 잘 챙겨주세요. 우리도 외국 살 때 아이 아프거나 하면 얼마나 힘들었어요?"

전적으로 공감했다. 목표는 서로 신뢰하는 좋은 주치의가 되는 것이었다. 나는 전문화라는 미명으로 생명을 쪼개고 또 쪼개 보는 식의 의과학 진단과 연구에 평생을 바쳐왔다. 그러나 생명은 하나다. 그래서 늘 생명 전체를 아울러보는 제너럴리스트로서의 시각을 추구하고자 했다. 그건 간단한 문제가 아니었다. 그런 건 르네상스 시대의 천재들이 마지막이었는지도 모른다. 그 이후로는 대가 끊기고, 지금은 모든 걸 잘라보고 갈아보는 물질적 환원주의 사조의 세상 아닌가? 이제는 그동안 쌓아온 모든 지식과 정성으로 생명을 하나로 뭉뚱그려 마주하고 싶은 욕망이 불쑥 솟아올랐다. 몸과 마음을 함께 다루는 의학! 그건 전문화로 이루어질 일이 아니었다.

일을 크게 벌일 필요도 없었다. 그냥 환자들과 마주 앉아 대화하고 소통할 공간이면 충분했다. 주치의란 혼자서 모든 걸 도맡아 치료하는 게 아니라, 환자와 함께 소통하고 의논하고 갈 길을 찾는 역할을 한다. 이제 내 삶의 마지막을 불살라 평생 원했던 걸 추구해야 하지 않을까? 모네의 수련 연작 같은 엄청난 건 아니더라도 개발새발 내 나름대로 마지막 작품을 만들어 볼 수 있지 않을까? 모네처럼 시각을 잃어가는 것도 아닌데, 그 정도 노력도 못 할까?

날 그렇게 괴롭히던 우울증은 어느새 눈 녹듯 사라졌다. 인간이란 참 간사한 존재란 생각도 들었다. 그러자 한술 더 떠서 마음속에 엉뚱한 욕망이 떠올랐다. 이왕이면 나도 내 지베르니를 갖고 싶어졌다. 경리단길 지베르니! 물론 그건 마음속 차지하는 위치가 그렇단 말이지, 손바닥만 한 점포에서 감히 모네의 지베르니와 비교할 건 전혀 없었다. 다만 탁 트인 옥상에 화초들을 기르고 화분에 아담한 나무 한두 그루 키워서 작으나마 그 그늘 밑에 앉아 하늘을 바라보고 싶기는 했다. 바닥에 떨어진 나뭇잎 위에서 풀냄새, 꽃냄새를 다소라도 맡을 수 있다면 나의 지베르니로서 충분하지 않을까? 가능하다면 꽃 넝쿨이 양쪽 벽을 따라 흘러 내려오듯 길가에서도 환히 보이도록 만들면 더 좋겠다! 그러면 이 삭막한 거리에 뭔가 조금이라도 공헌할 수 있겠지. 꿈만 야무지다는 걸 알고 있었지만, 이때쯤 해서는 내가 경리단길에 어떤 알 수 없는 애착을 두고 있다는 걸 분명히 느낄 수 있었다. 처음부터 무슨 계획이 있었던 건 아니고 그냥 우연한 기회에 오게 된 곳이지만, 그게 정말 모두 우연이었는지 아니면 뭔가에 이끌렸던 건지 모르겠다는 느낌도 들었다. 가끔은 그냥 동물적 본능으로 죽을 자리를 찾아든 건 아닌가 싶었다.

겨울철에 접어들며 건물 개조와 수리를 시작했다. 언제 지어졌는지도 분명치 않은 벽돌 건물이었고, 기반 시설은 아주 낙후되어 있었다. 거의 모든 걸 새로 해야 하는 셈이었다. 손바닥만 한 크기에 비해선 나름대로 큰 투자가 필요했다. 더군다나 경리단길 지베르니를 꿈꾼다면, 깔끔하고 아담하게 완성해야 했다. 나는 건축이나 건물 관리 경험이 전혀 없었고, 모든 걸 건물 개조를 맡은 백사장께 의존해야 했다. 차분한 성격의 그와는 집안 개조를 몇 차례 의뢰하며 잘 알고 신뢰하는 관계였다. 하루는 백사장이 물었다.

"오늘은 옥상을 철거해야 하는데, 거기 벽을 따라 작은 화단이 있잖아요. 그건 어떻게 할까요?"

"그건 원래는 없던 건데 임차했던 전 카페 사장이 만든 거예요."

내가 대답했다. 그러자 백사장이 걱정 어린 목소리로 말했다.

"아, 그러면 안 되는데. 임대계약이 끝날 때 모든 걸 원상복귀해 놔야 하거든요."

그 말을 듣고 내가 말했다.

"별로 큰 것도 아닌데, 그냥 두면 안 될까요?"

"그 안에 흙이 들었는데, 그 밑 방수가 어떤지 모르겠거든요.”

“잘했겠지요, 설마. 제가 실은 나중에 옥상을 작은 온실처럼 꾸미고 싶거든요. 그래서 짬 날 때마다 올라가 보는 게 제 꿈이에요.”

엉뚱한 얘기를 들은 백사장이 머뭇거리다가 마지못해 대답했다.

“예, 잘 알았습니다.”

내 귀에 ‘그거 어려울 텐데요.’ 하는 그의 목소리가 들리는 것 같았다.

3. 장마철의 지베르니

2020년 봄은 동네의원 개원하기엔 더 이상 안 좋을 수 없을 정도로 최악의 시기였다. 작년부터 시작되었던 코로나가 세계적 대역병으로 무섭게 번져나갔다. 연초에 첫 확진자가 발생하고 얼마 안 되어 전국적으로 환자들이 속출하기 시작하며 곧이어 사망자들이 발생하기 시작했다. 의료계 전체에 비상이 걸렸는데, 그 와중에 제 발로 걸어가는 것이었다.

별 시설이랄 것도 없는 손바닥만 한 의원을 여는 데도 일은 끝이 없어 보였다. 내외부 공사가 어느 정도 완성되자, 우선 모네의 그림부터 걸었다. 진료 대기실에는 짙은 녹색

톤의 수련을, 진료실에는 붉은 보트 그림을 걸었다. 정말로 지베르니 분소를 낸 듯한 벅찬 느낌이 드는 것도 잠시, 곧이어 보건소 의료기관 개설 허가, 세무서 개업 신고, 소방서 화재 안전 검사, 가구와 사무 기구, 컴퓨터 의무기록 시스템, 의료재료, 의약품 주문, 은행 계좌, 세무 업무 등등 하나하나 챙기느라고 하루가 어떻게 지나는지 모를 지경이었다. 개원한 친구들의 적극적인 도움과 격려가 없었다면 어찌 됐을까? 함께 일할 간호사도 찾아야 했다.

'아, 자영업이란 게 이런 것이었구나!'

잠시 앉아 있을 틈이 나면 자기도 모르게 신음 비슷한 소리가 흘러나왔다. 월급쟁이로 맘 편히 지낼 때가 좋았지. 그러면서 내 평생을 편안히 챙겨준 종합병원과 대학에 새삼 감사했다. 정말이지 그 안에 있을 때는 느껴보기 어려운 심정이었다.

특별히 개원식이랄 것도 없었다. 아쉬운 대로 준비가 어느 정도 된 어느 날, 간호사 한 명과 함께 진료를 시작했다. 찾아온 환자들에게 준비했던 기념 수건 한 장씩 선물로 주는 게 개원 행사의 전부였다. 나름대로 신경 써서 준비한다고 했는데도 실제 부딪쳐 보니 부족하고 미흡한 것투성이라, 늘 신경을 곤두세우고 그때그때 하나씩 해결해 나가는 수밖에 없었다. 필수항목인 마스크도 품귀라서 구하기 어려웠다.

코로나 때문에 길거리엔 사람들 발길이 거의 끊긴 상태라서 그런지 환자가 별로 없는 게 오히려 다행이라면 다행이었다.

"환영합니다! 그런데 이 동네 텃세가 만만치 않을 텐데요."

인사차 찾아온 나를 약국 권약사가 걱정스럽게 쳐다보며 말했다. 처음엔 그게 무슨 말인지 몰랐다. 아무튼 동네의원은 경영을 스스로 책임져야 하는 자영업이었다. 누구 하나 그걸 대신해 줄 사람은 없었다. 단지 경제적 목적을 위한 사업은 아니었지만, 경영상 문제는 곧 확연히 드러났다. 한 달 두 달 지나며 이렇게 계속 가도 될지 걱정할 수준이 되었다. 투자금은 둘째치고 매달 인건비와 재료비를 메우기 어려운 수준이었다. 그나마 임대료를 안 내는 건데도 그랬다. 거기엔 이 동네 배타성도 한몫한다는 게 이내 드러났다.

미처 예상하지 못했던 문제도 있었다. 한국 사회에서 우리가 지향하고자 했던 주치의란 개념은 거의 불모지나 다름없었다. 믿을만한 주치의를 정하고 건강관리부터 뭐든지 먼저 상의해서 방향을 잡아야 할 텐데, 그런 체계는 거의 없다시피 한 채 환자들은 각종 의료기관을 임의로 찾아다니고 있었다. 그 결정은 본인이나 주변 사람들의 입맛, 기분, 얕은 지식, 아니면 출처 불명의 유튜브가 대신하고 있었다. 특히 노인들은 의료비도 엄청나게 싸니까, 이 주머니 저 주머니에서 약봉지들이 쏟아져 나오는데, 그래서는 도무지 전신 상태를 파악하기도 어려웠고, 그 많은 약들의 상호작용이나 총체적

부작용 여부도 파악하기 어려웠다. 처방도 환자들이 마치 빵집에 온 것처럼 '이거 한 개, 저거 두 개요. 그건 빼고요' 하며 요구하곤 했다.

"꼭 여기 안 오셔도 상관없으니까, 우선 신뢰하는 주치의를 정하고 무엇이건 그분과 먼저 의논하고 진료받으세요."

이렇게 말하면 대부분 의구심에 찬 눈으로 말없이 훑어봤다. 쇠귀에 경 읽는다는 느낌도 들었고, 아직 내가 신뢰를 주지 못해서 그런 거란 생각도 들었다. 아무튼 쉽지 않았다.

코로나가 무섭게 퍼져가며, 경리단길의원에도 드디어 양성 환자들이 나타나기 시작했다. 그때마다 원장과 간호사는 함께 보건소에 가서 코로나 검사를 새로 받아야 했다. 머잖아 보건소 검사장이 익숙해질 지경이 되었다. 그러면서 백신도 없었고 특효약도 없었다. 변변한 무기도 없이 막강한 적군을 맨몸으로 막아서는 꼴이었지만, 종종 문 열고 환기하며 실내를 청결하게 유지하도록 신경 썼다. 애꿎은 환자들이 다른 진료 받으러 왔다가 코로나에 전염되었다는 말은 듣지 말아야 하지 않겠는가?

답답한 와중에 한 가지 즐거움은 점심시간에 남산과 전쟁기념관을 산책하는 것이었다. 서울 한복판인데도 한적하고 조용해서 잠시 속세를 떠난 듯한 느낌에 비로소 내가 경리단길에 와 있다는 실감이 들었다. 남산 쪽으로 올라가다 삼거리에서 왼쪽으로 가면 '명화의 거리'라고 명명해 놓은 길, 아파트 담장 따라 반 고흐, 밀레, 르누아르, 클림트, 베르메르, 모네 등의 명화를 모작해 그린 벽화들이 늘어서 있다. 누가 그린 건지, 아니면 정교한 사진인지는 몰라도, 아무튼 그린 거라면 하나하나 엄청난 모작 실력이었다. 특히 눈길을 끄는 건 17세기 네덜란드 화가 베르메르의 『귀고리를 한 소녀』였다. 그 소녀는 담벼락을 따라 걷는 동안 나를 내내 그 맑은 눈으로 쳐다보았다. 그러다가 그림 앞에 서게 되면 그 소녀가 주시하는 대상이 정확히 내가 아니라 내 바로 뒤 누군가임을 알게 된다. 그래서 뒤돌아보게 만들어 준다. 물론 거긴 아무도 없지만, 그건 내 삶을 뒤돌아보는 건지도 몰랐다. 그걸 그 모작이 완벽하게 재생해 낸 것이었다. 모네의 작품은 해돋이와 수련이 있었는데, 그 모작들은 별로 눈길을 끌 만큼 감명을 주진 못했다. 사물을 테두리 없이 오로지 빛과 색으로만 그린 작품들이라 그다지 놀랄 일도 아니었고, 동시에 모네의 색채가 얼마나 뛰어났는지 역설적으로 보여 주었다. 아무튼 거길 지나칠 때마다 마치 대단한 곳에 와 있다는 착각이 들었다. 잠시나마 즐거운 착각이었다.

환자도 그다지 많지 않은데 늘 긴장하며 지내다가 저녁에 퇴근하면 곯아떨어지는 하루하루가 흘러갔다. 비몽사몽 중에 모네의 지베르니가 떠오르곤 했다. 처음 세웠던 목표에

다가가고 있는 건지 돌아볼 여유도 별로 없었다. 그렇게 여름이 오고 장마철이 왔다.

"원장님, 안녕하세요? 진료 잘하시지요?"

백사장이 오랜만에 전화했다.

"아, 예. 덕분에 그럭저럭하고 있어요."

그러자 백사장이 조심스레 말했다.

"장마가 오는데 괜찮나 해서요."

그 말을 들으니 공사할 때 백사장이 걱정하던 게 기억났다. 까맣게 잊어버리고 있었다. 옥상에는 개원할 때 선물 받았던 화분들과 집에서 가져온 것들 대충 올려놓고는 별로 신경도 못 쓰고 있었다. 걸어놓은 모네의 그림들을 종종 쳐다보기는 했지만, 지베르니의 그 야무진 꿈은 다 어디로 간 걸까? 연못 수면 아래로?

"아직은 괜찮은데 잘 살펴보고 말씀드릴게요."

"천장과 벽 사이를 잘 보세요."

"예, 알겠습니다. 바쁘신데 신경 써 주셔서 감사해요."

나는 전화를 끊으며 부끄러웠다. 변명거리는 끝이 없을지 몰라도, 역시 문제는 게으름이었다. 모네 같은 치열함이 없이 하루하루 대충 사는 삶이 문제였다. 그 주제에 감히 어딜 바라본다고! 경리단길 지베르니를 만들겠다더니, 그간 환자가 없었지, 시간이 없었나?

'톡, 톡, 톡….'

'처럭, 처럭, 처럭….'

'철버덕, 철버덕, 철버덕….'

이제 천장에서 떨어지는 물 받는 물바가지가 3개로 늘어나서, 묘한 삼중주를 연출했다. 천장 붙박이 에어컨 틈바귀와 계단 옆 천장 모서리에서 떨어지는 물이 점점 많아지며 물소리는 박자도 빨라지고 더욱 세졌다. 빗줄기를 뚫고 찾아왔던 환자가 그걸 보고 기겁하고 나가버렸다.

"아휴!"

백사장이 와보고는 한숨부터 내쉬었다. 내가 그에게 말했다.

"제 잘못이에요. 그때 사장님 말씀대로 옥상 화단을 치웠어야 했는데…."

나 스스로가 한심했다. 겁멋이 들어서 욕심만 앞세우며 일을 그르치고 만 것 아닌가? 그렇게 방치하고 한번 올라가 보지도 않았다는 게 더 한심했다.

"그러면 오히려 간단한 문제일 수 있는데, 혹시 노출된 측면 외벽으로 물이 스며드는 거라면 큰 문제예요. 워낙 오래된 건물이라 알 수 없는데, 천장에 물 떨어지는 자리를 보면 그럴 가능성도 없지 않아요. 만일 그렇다면 옆 건물과 사이에 그 좁은 틈으로 사람이 들어가서 방수 작업을 할 수도 없거든요."

백사장이 근심 어린 목소리로 말하는 걸 나는 듣고만 있었다. 무슨 말을 할 수 있으랴. 그가 말을 이었다.

"아무튼 방수공사는 장마철이 다 지나고 건물이 말라야 할 수 있겠어요."

그가 돌아가고 나서, 나는 모네의 그림을 다시 보았다. 모네의 지베르니엔 장마철 없이 사철 꽃이 피는데, 여기 자칭 경리단길 지베르니는 물속에 푹 잠겨 있었다. 가슴이 무너지는 것만 같았다. 참담했다. 시각을 잃어가던 모네의 심정도 이런 것이었을까? 아니, 아무리 그래도 이런 하찮은 상황을 그의 삶과 비교할 순 없었다. 도저히.

코로나는 갈수록 기승을 부리고, 전국적으로 사망자 수는 엄청나게 쌓여갔다. 선진국들은 이미 1차 백신 접종을 다 마치고, 2차 접종하는 시점인데도, 우린 아직 시작도 못 하고 있었다. 백신을 확보하지 못한 탓이었다. 그럴수록 보건당국은 사회적 격리를 앞세우며 사람들 모이는 걸 더욱 강력하게 옥죄었다. 그냥 체면치레였을까? 실은 사회적 격리가 과연 역학적으로 유효한 건지조차 불분명했다. 스웨덴 같은 나라에서는 아예 그걸 포기하고, 자연면역이 생겨나길 기다린다고 했다. 쉽게 말하자면, 공연히 사회와 경제에 큰 부담 줄 짓은 말고 조용히 할 바만, 즉 임상에서 환자를 열심히 돌봐서 중환과 사망률을 낮추도록 노력하자는 것이었다. 그건 우리도 이미 누구 못지않게 열심히 잘하고 있는 것 아닌가?

악몽 같은 여름이 지나고 추석 휴일이 돼서야 비로소 옥상 방수공사와 함께 여기저기 흉하게 비틀어진 내부 수리를 할 수 있게 되었다. 우선 옥상의 모든 걸 다 치웠다. 화분들은 안으로 들여놓고 나머지 잡동사니들은 모두 다 버렸다. 그리고 화단을 뜯어보니 역시 그 밑은 전혀 방수공사가 되어 있지 않았다. 전 서울살롱 사장에게 울화가 치밀었지만, 그걸 그대로 두라고 한 장본인이 바로 난데 이 마당에 누굴 탓하랴! 배수구를 하나 더 뚫었지만, 내재된 배수 파이프가 낡고 좁아서 그게 무슨 소용일지 알 수 없었다. 아무튼 그걸로 이 고난이 지나가 주기만 바랄 뿐이었다. 백사장 지적대로 만일 그게 외벽에서 새는 거라면, 건물 다 허물고 다시 짓기 전엔 아무 도리가 없지 않겠나?

심란한 하루하루가 지나며, 언제부턴가 단테의 신곡을 꺼내 들고 짬 날 때마다 읽고 또 읽었다. 나도 모르게 그 안에 푹 빠져들었다. 어려서 읽을 때는 뭔지 모를 고리타분한 이야기였는데, 지금 보니 모든 게 다 새록새록 바로 내 이야기 아닌가? 그중 천국은 어차피 나랑은 별 상관없을 터였고, 지옥과 연옥에서 덜덜 떨고 때로는 까무러쳐 가며 헤매는 그의 발길을 따라 마냥 걸었다. 경리단길로 와서 진료하며 뼈저리게 배우는 건 온갖 인간사에서 인간이 스스로 해결할 수 있는 게 의외로 별로 없다는 사실이었다. 과연 나라는 인간을 믿고 의지할 수 있을까? 어디서 천사라도 내려와 도와주었으면 하고 바라는 마음 간절했다.

4. 나의 지베르니

해가 바뀌어 드디어 백신이 들어왔다. 첫 환자가 발생하고도 무려 1년이 넘는 시간이 걸렸다. 그것도 선진국들에서 접종하는 m-RNA 백신이 아니라 그보다 효력이 떨어진다고 알려진 제품이었다. 아무튼 오매불망 기다리던 백신이 들어왔으니, 사람들이 예방접종 받으러 몰려오기 시작했다. 간호사는 접수와 환자 관리만으로도 바빴고, 진료와 접종은 전부 원장 차지였다.

"김성일 님, 조수옥 님 내려오세요!"

간호사는 매번 2층으로 소리 지르느라고 목이 다 쉬었다. 새로 다루는 백신이라 이상 반응 발생 여부가 불분명해서 접종하고 반드시 5분간 대기하고 안전을 확인한 후 보내게 되어 있었다. 1층 대기실은 좁아서 접종을 마친 사람들은 좁은 계단으로 2층에 올라가 원장실에 대기하고 있다가 내려오도록 했다. 그러나 시간 맞춰 알아서 내려오는 사람들은 별로 없었다. 내부가 편안해서 그런 걸까? 아무튼 온종일 그렇게 일하며 심신이 몹시 피곤했다. 덕분에 적자 경영은 면할 수 있게 되었으나, 언제 의료진도 코로나에 걸려서 모든 게 멈춰 설지 알 수 없는 살얼음판 위를 걷는 것처럼 아슬아슬하게 하루하루가 지나갔다.

늦은 봄이 되며, 드디어 고대하던 m-RNA 백신들이 들어왔다. 두 가지 종류가 있었는데, 매번 공급받는 게 달라서 그때그때 가지고 있는 걸로 접종해야 했다. 접종은 부스터 포함하여 모두 3차례에 걸쳐 진행했는데, 되도록 한 가지 백신으로 맞춰주려 했지만 그렇지 못한 경우도 많았다. 그러다 보면 심지어 3회 모두 다른 종류로 맞게 되는 경우마저 있었다. 한 가지만 맞겠다고 고집하는 사람들과 옥신각신 설득을 시도하고 언쟁을 벌여야 하기도 했다. 불만족스러운 그들의 입장을 충분히 이해했지만 달리 방도가 없으면 어쩌겠는가? 일과는 그렇게 쳇바퀴 돌리듯 종일 반복되었다. 그러던 어느 날 진료 중, 백사장에게서 전화가 왔다.

"비가 또 왔는데, 괜찮은가 해서요."

그러고 보니 요즘 며칠 비가 왔는데, 신경 쓸 틈도 별로 없었다. 비로소 실내를 돌아보았다.

"별문제 없었던 것 같아요."

대답하면서도 마치 남의 집 얘기하듯 하는 게 스스로 한심했다.

"그래도 어디 스며들고 있을지 모르니까, 잘 살펴봐 주세요."

"예, 알겠습니다. 감사합니다!"

전화를 끊고는 앞에 앉은 사람과 다시 말을 이어갔다. 일과 후에 살펴보니 다행히 물이 새지는 않은 모양이었다. 하루하루 불안과 긴장의 연속이었다.

여름철로 들어서며 이틀간 비가 많이 왔다. 다음 날 아침 출근하며 문을 열고 들어서던 나는 잔뜩 긴장한 모습으로 서 있는 간호사를 보았다.

"저기 또 물이 새요."

간호사가 가리키는 곳을 보니 창고 문 위 천장에서 물이 새어 벽을 타고 흘러내리고 있었다. 가슴이 철썩 내려앉았다. 두 다리에 힘이 빠시면서 그 자리에 주저앉을 것만 같았다. 옥상에 올라가 본 게 언제였나? 정확히 기억도 나지 않았다. 즉시 옥상으로 달려 올라갔다. 그리고 문을 열고 기겁하고 말았다.

"아이고!"

옥상에 발목 위까지 이르도록 물이 차서 출렁거리고 있었다. 나는 즉시 신을 벗고 철버덕거리고 비틀거리며 배수구 쪽으로 달려갔다. 배수구는 낙엽과 새털 같은 잡동사니로 막혀있었다. 정신없이 그걸 다 들어내자, 갑자기 '콰아악' 하고 큰소리가 터지고 물이 소용돌이치며 빠져나가기 시작했다. 순간적으로 '아차' 하고 배수구를 맨발로 막아섰다. 발바닥이

터지듯 아팠다. 물의 힘은 이렇듯 무서운 것이었다.

"원장니-임!"

곧이어 간호사의 외마디 소리가 들려왔다. 이번엔 정신없이 1층으로 달려 내려갔다. 아니나 다를까, 1층 바닥은 벌써 물바다였다. 갑자기 쏟아부은 물의 흐름을 오래된 배수관이 감당하지 못하고 콸콸 샘 솟듯 하수로 역류하기 시작한 것이었다. 정신없이 진료재료, 사무용품, 재고품 등 젖을 만한 모든 걸 계단과 진료실 책상 위로 옮기기 시작했다. 실내엔 퀴퀴한 하수 냄새와 아울러 진한 좌절감이 가득했다. 때아닌 물벼락에 생고생하는 간호사에게도 면목이 없었다. 아, 이게 바로 나의 지베르니로구나! 만일 단테가 천신만고 끝에 지옥을 벗어나 가까스로 찾아간 연옥에서 천국으로 가는 길을 찾기는커녕 다시 거꾸로 지옥으로 떨어져 내린다면 이런 느낌이 아니었을까? 아니, 그도 차마 그런 끔찍한 상황은 신곡에 담지 못했다. 연옥엔 힘들어도 별을 찾아 위를 바라볼 수 있는데, 지옥엔 희망이란 아예 없기 때문이었다.

'옥상에 있던 화분 싹 다 치웠는데, 배수구에 웬 낙엽일까?'

실내가 다소 정리된 다음 의자에 털썩 주저앉아 스스로 물었다. 도무지 알 수 없었다. 아마 바람에 날아다니던 게 많은 모양이었다. 결국 자주 올라가 보지 못한 게 문제였으니까 변명의 여지는 전혀 없었다. 진료가 제아무리 바빠도 거기 올라갈 시간이 없었다는 건 언어도단이었다. 아마 야무진 지베르니 꿈이 몽땅 사라져 버린 그 참담한 현장을 무의식적으로 회피하려 했던 건 아니었는지 모르겠다. 아무튼 나태는 그 자체로 단테의 연옥 제3원에 들어갈 죄악이 아닌가? 다행히도 그날은 아침 늦게서야 첫 환자가 찾아왔다. 어떻게 그날 진료를 마쳤는지 기억도 잘 나지 않았다.

그날 이후 매일 내키지 않는 걸음으로 옥상에 올라가 보았다. 정말 하기 싫은 숙제를 하는 아이 같은 심정이었다. 그러다가 옥상에 작은 이파리라도 하나 떨어져 있기라도 하면 가슴이 철썩 내려앉았다. 작으나마 옥상을 가득 채운 꽃향기, 풀냄새, 수북이 쌓인 낙엽의 꿈은커녕, 하늘과 직접 맞닿은 이 공간은 바람에 날아오는 티끌 하나 보이면 안 되는 근심과 두려움의 대상이 되고 말았다. 그냥 빗물을 받아서 잘 내려보내면 자기 몫을 다하는, 말하자면 일종의 배설기관으로 전락한 셈이었다.

그러니 어쩌겠는가? 쓰라린 가슴을 안고서도 동네의원으로서 할 바를 다 해야 했다. 매일 진료 시작 훨씬 전에 출근하여 환자들 검사 결과를 미리 살펴보고 그날 진료를 준비했다. 계절이 바뀌고 낡은 건물 안에서 한겨울 추위에 떨며, 어디선가 하수구에 몰래 버린 독한 유기용매 냄새로 연이어 며칠씩이나 어지럼증에 시달리기도 하면서 진료는 계속되었다. 그러면서 다시 장마철이 다가왔다. 가슴이 답답해졌다.

'일차 방수공사는 했지만, 그래도 또 물이 샌다면?'

거의 자포자기한 심정이었다. 그러나 다행히 더 이상 누수는 없었다. 문제는 역시 옥상 방수였다. 그나마 외벽에서 스며들지 않은 건 천만다행이었다. 아무튼 물 문제는 그렇게 일단락되었다.

현실은 그렇게 이어져 나가며, 해가 바뀌고 5년째로 접어들었다. 시간이 흐르며 처음 가졌던 야무진 꿈과 현실의 경계도 차츰 모호한 추상화처럼 변해갔다. 엄청난 스트레스와 자책감을 안겨주고서 지금은 '그 어떤 것도 있어서는 안 되는 절대 빈터'가 되어버린 옥상은 그대로 마음속 여백으로 남아 있다. 좁은 진료실에 앉아, 오는 감기 가는 감기 빠짐없이 다 함께 나눠 걸리며, 힘든 날과 보람 있는 날들이 하루하루 교차하며 이어지는 가운데, 코로나 유행은 차츰 잦아들고. 등록 환자들은 적으나마 꾸준히 늘어났다. 그러면서 우리도 경리단길이라는 유일무이한 세계로 조금씩 스며 들어갔다. 지리적 한계를 넘어 외부에서 일부러 찾아오는 분들도 하나 둘 늘어갔다.

벽에 걸린 모네의 그림들을 매일 바라본다. 아침에 출근하면서 보고, 가슴이 답답할 때도 본다. 그리고 잔잔히 클래식 음악을 틀어놓는다. 여기서 제아무리 힘들다고 해봐야, 시각을 잃어가는 화가와 청력을 잃어가는 작곡가의 고난에 비할 수 있을까? 그들은 각자 처절한 투혼으로 참담한 고통을 이루 말할 수 없는 아름다움으로 승화시켜서, 그걸로 세상을 바꾸고 나아가 남들의 고통까지 보듬어 위로해 주었다.

그에 비해 내가 할 수 있는 거라곤 경리단길 주민들과 잘 지내면서 타국에서 외롭게 지내는 외국인들과 함께하는 것 뿐이었다. 이 작은 세상 안에서 그렇게 지낼 수 있다는 건 오롯이 나의 특혜였고, 돌이켜보니 그게 바로 나의 지베르니였다! 꽃은 언젠가 어딘가 다시 피겠지. 저기 들어설 용산공원 안에 활짝 피어 시민들 모두의 새로운 지베르니가 되려나?

정교수의 안경

"아차!"

그야말로 아차 할 순간에 안경은 정영기의 손에서 미끄러져 욕실의 거친 돌바닥에 떨어졌다. 동시에 날카로운 소리가 울려 퍼졌다.

'딸가락!'

정영기는 깜짝 놀라며 바닥에 떨어뜨린 안경을 주워들었다. 언젠가 안경점 하는 친구가 가르쳐준 후로 정영기는 늘 안경을 비누로 닦았다. 그러면 렌즈가 깨끗해져 반짝 빛나는 게 마음에 쏙 들었다. 그런데 문제는 잠시만 부주의하면 미끄러운 안경을 떨어뜨리곤 한다는 것이었다.

"참, 나! 요즘 손아귀 힘이 약해지는 건지…."

정영기는 혼잣말하며 물기 묻은 안경을 살펴보았다. 별문제 없어 보였다. 전에도 여러 번 떨어뜨렸지만, 여태껏 잘 버텨온 고마운 안경이었다. 그래도 오늘은 막연하나마 불안한 느낌이 들었다. 떨어지는 소리가 유난히 커서 그랬을까?

그는 대충 몸을 닦고 서둘러 밖으로 나왔다. 그리고 마른 수건으로 렌즈를 잘 닦아서 불빛에 비춰보고 깜짝 놀랐다.

"아니, 이게 뭐야?"

그는 눈을 한 번 감았다 뜨고 렌즈를 잘 살펴보았다. 젖었을 때는 안 보였는데, 제법 굵게 긁힌 자국이 또렷이 보였다. 뒤통수라도 한 대 세게 얻어맞은 느낌이었다. 놀란 가슴을 쓸어내리며 자세히 들여다보니 긁힌 상처는 그것뿐이 아니었다. 크고 작은 무수한 상처들이 하얗게 뭉쳐 있었다. 더욱 기가 막힌 건 그 자리가 바로 시야 정중앙이라는 것이었다. 특히 오른쪽이 왼쪽보다 더 심했는데, 그는 중요한 사물을 오른쪽 눈으로 보고 파악하는 '오른눈잡이'였다. 이런 게 바로 머피의 법칙인가? 그의 눈앞에서 그 자국들은 마법의 솜사탕처럼 계속, 계속 자라나고 있었다. 그는 혈압계 앞 작은 의자에 털썩 주저앉았다.

"여태까지 이런 걸 모르고 있었나? 어떻게?"

뭔가 중요한 근본을 잃은 듯 허탈했다. 그 안경은 정영기에겐 보물이나 마찬가지였다. 그러나 딱히 안경 그 자체가 아까워서만은 아니었다. 성가시지만 그건 다시 마련하면 된다. 이건 인식의 문제였다.

정영기는 현미경 보는 게 직업인 병리학 교수였다. 현미경으로 인체 조직을 살펴보고 이상이 있다면 거기 숨은 의미를 찾아내어 확고한 진단에 도달하는 게 일이었다. 그렇다면 시야가 맑을수록, 안경을 끼고 있는 이상 그게 깨끗할수록, 더 선명한 시각 정보와 거기서 비롯한 명쾌한 인식에 도달하지 않을까? 그는 그러한 인식에 기반한 진단에 있어서 남다른 자신감과 자부심이 있었다.

이건 비단 직업상 문제만이 아니라 철학적 문제이기도 했다. 인간의 인식은 감각에 의지한 지식 획득과 그에 대한 이성적 처리가 합해져서 비로소 이루어진다. 칸트는 후천적 체득 이전부터 가지고 있는 선험지식과 구체적 경험지식의 합성에 의한 인식확장을 주창한 바 있다. 그걸 통해 인식의 영역을 힘자라는 데까지 넓혀 나가는 게 바로 삶의 기본이자 의미가 아닐까? 인간이 가진 감각 중에서 가장 많은 데이터를 제공해 주는 게 바로 시각이다. 인간에겐 늘 사물에 대한 명확한 정보를 많이 얻기 위한 노력이 필요한데, 그는 그러기 위해 조금이라도 더 명료한 시각을 유지하려고 애써왔다. 또한 그런 마음가짐과 노력을 스스로 인정해 주었고, 은근히 자랑스럽기도 했다. 그게 조금이라도 실체에 더 가까이 다가가는 길이며, 그런 노력이 바로 열심히 산다는 것 아닌가?

그런데 그 시야의 정중앙을 뿌연 솜사탕이 가로막고 있었다면, 그리고 그런 사실조차 깨닫지 못하고 있었다면, 여태껏 대체 뭘 보고 어떻게 살아왔다는 건가? 현실을 제대로 보고 있었던 걸까? 순간적 곁눈질로 얻어낸 가장자리 데이터를 눈치껏 적당히 끼워 맞추며 있지도 않은 가상현실 속에 살아 왔다는 건가? 그걸로 남의 생명을 감당하는 진단을 해왔다는 건가? 잘난 척 강의도 해가면서? 온갖 생각이 스스로 꼬리에 꼬리를 물며 번져나갔다.

정영기는 착잡한 심정으로 옷을 갈아입고 주차장으로 갔다. 자주 가는 길이지만, 그날따라 내려가는 계단이 괜히 가파르게 느껴졌다. 아침 출근길이라 도로에 차들이 퍽 많았다. 자동차를 운전하고 가면서도 눈앞에 커다란 솜사탕이 시야를 가로막고 있다는 상념이 떠나지 않았다. 두 눈을 번갈아 감아가며 앞을 보았다가 계기판도 보았다. 그리고, 그건 사실이었다! 한 눈으로 보면 계기판이 정말로 뿌옇게 보였다. 숫자를 잘 읽을 수 없었다. 그러다가 두 눈을 다 뜨고 보면 솜사탕이 녹아서 사라지고 비로소 숫자를 읽을 수 있었다. 그는 양쪽 눈을 번갈아 감아가며 차창 밖으로 사방을 돌아보았다. 역시 그랬다. 두 눈이 연합하여 합성 이미지를 만들어 낸 게 틀림없었다. 그런데 만일 그것이 현실과 동떨어진 가상 이미지라면?

"안 돼!"

'끼이익… 쾅!'

요란한 소리와 함께 순간 정영기는 고개가 뒤로 벌렁 젖혀

지는 걸 느꼈다. 온몸에 힘이 싹 빠지고 의식이 아득해졌다. 그렇게 얼마나 지났던가, 옆에서 창문 두드리는 소리가 나더니 곧 격앙된 목소리가 들렸다.

"이보세요! 신호등도 없는 데서 뜬금없이 급정거하면 어떡해요?"

젊은 남자의 목소리에 이어 뒤에서 앙칼진 여자 목소리도 들렸다.

"가려면 조용히 혼자 갈 일이지, 왜 애꿎은 우리까지 끌어들여! 참, 별꼴이야!"

정영기는 꼼짝도 할 수 없었다. 꿈인지 현실인지 도통 알 수 없었다.

산아제한

'쨍그랑'

잔 부딪치는 소리가 맑은 소프라노 목소리처럼 경쾌하게 실내에 퍼져나갔다.

"이번에 정말 고마웠어, 임교수! 바쁘신 분이!"

성준기가 상체를 조금 숙이며 마주 앉은 임정무에게 말했다.

"그냥 사실대로 얘기한 건데, 뭘."

임정무도 마찬가지로 고개를 숙이며 대답했다.

"아니야. 전문가 증언은 그 내용도 내용이지만, 그보다는 누가 나왔느냐가 관건이거든. 우리 임교수 같은 분이 나오셨다는 그 사실만으로도 아무래도 재판부에 적잖은 영향을 미친단 말씀이야. 법이란 것도 다 사람이 하는 일이잖아? 아이고, 내가 말이 너무 많았네. 한 번 더 건배!"

다시 잔을 부딪쳤다. 잔에서 울리는 맑은소리가 여운을 남기며 퍼져나갔다. 성준기가 와인을 한 모금 머금고 음미하면서 잔을 유심히 보았다.

"난 이 소리가 참 마음에 들어. 특히 반가운 사람과 함께 잔을 기울일 땐."

그 말을 듣고 임정무가 잔을 다시 들고 왼손가락으로 튕겨 보았다. 청명한 소리가 다시 번졌다. 그러자 성준기가 고개를 끄덕이며 말을 이었다.

"맞아. 바로 그 소리! 술잔 스템이 이렇게 가늘수록 더 맑은 여운이 남거든. 아마 이 잔 하나 값이 아주 근사한 와인 한 병값보다 못하지 않을걸?"

임정무도 잔을 보며 나지막하게 말했다.

"와인을 귀로 마신다!"

"야, 멋지다! 우리 임교수 알고 보니 엄청난 시인이시네! 의과학만 잘하시는 줄 알았더니…."

성준기가 두 손을 마주치며 말했다.

"아이고, 시인은 무슨? 아무튼 이제부턴 건배할 때 살살 조심해야 하겠네."

"그럴 건 없고."

임정무는 환하게 웃으며 말하는 성준기를 바라보았다. 자주 만나지는 못했지만, 볼 때마다 언제나 저렇게 미소 짓는 얼굴이었다. 자그마한 체구에도, 오십 대말에 접어든 당당한 인품과 무게가 느껴졌다. 동창 중에 이런 친구가 있다는 게 자랑스러웠다.

접시를 받쳐 든 웨이터가 들어왔다.

"첫 코스 애피타이저 먼저 올리겠습니다."

웨이터가 설명을 마치고 돌아가자 성준기가 임정무에게 우아한 손짓으로 먼저 들기를 권했다. 임정무가 한 입 맛보고 말했다.

"으음, 음식도 아주 훌륭하네."

"입맛에 맞으신다니 다행이야."

그들은 다시 잔을 들었다.

식사가 진행되며 그들의 대화는 자연스레 현재에서 과거로 돌아가 함께했던 시간의 추억을 찾아갔다.

"우리 중학교 2학년 때 한 반이었지?"

성준기가 묻자 임정무가 즉시 대답했다.

"그래. 뼉다구 선생님!"

"하하! 그 별명 참 오랜만에 듣는다!"

둘은 어린애처럼 깔깔 웃었다. 그러곤 임정무가 말했다.

"고등학교 때는 이과와 문과로 갈라졌지."

"그래. 임교수는 의대 가고 난 법대 갔으니까, 그 후론 인생 노선이 서로 교차할 일이 별로 없었어."

"내가 본과 1학년 때, 자네가 법대 재학 중 사법고시에 아주 훌륭한 성적으로 합격했다는 얘긴 들었어. 최연소였다던가? '역시 수재는 다르구나' 했지."

"수재는 무슨! 그렇게 따지면 임교수가 나보다 한참 위지."

"아니, 그건 전혀 아니고. 그런데 나중에 로펌으로 갔다는 말은 들었는데. 그때만 해도 그게 뭔지 잘 모르겠더군. 왜, 법대에서 공부 잘하는 사람들은 다 판검사로 가지 않았나?"

그러자 성준기가 고개를 끄덕이며 말했다.

"그건 그랬지. 그런데 앞으로 우리 사회가 다양하고 풍성하게 발전하며 기업이나 민간 차원에서 여러 가지 재미있는 일들이 생길 거란 생각이 들더군. 선진국 사회에선 로펌의 역할이 대단한데, 결국 그런 비슷한 방향으로 따라갈 테니까."

"말하자면 남들보다 앞서 저평가 유망 벤처기업에 투자한 셈이로군!"

둘이 함께 웃었다. 그러곤 임정무가 말을 이었다.

"그래서 국내 유수의 세계적인 로펌을 키워 놓았잖아. 참 자랑스럽네."

"아니, '세계적'이란 말은 전혀 해당 사항 없지만, 아무튼 사회가 고도화되며 우리 같은 역할이 훨씬 더 필요하게 된 건 사실이야. 그래서 이렇게 임교수 같은 분들께도 연결되어 부탁할 일도 생기고."

"관직에 갔던 판검사들도 퇴직하고 성변호사 밑으로 들어오지?"

"'밑'이 아니고 함께하는 거지. 같은 파트너니까."

"파트너에도 급이 있는 것 아닌가?"

"뭐, 이것도 비즈니스니까."

"당연하지. 아무튼 그게 다 성변이 만들어 놓은 자리들이 잖아?"

그러자 성준기가 정색하고 말했다.

"굳이 말하자면 나는 사업을, 그러니까 돈을 먼저 추구했다고 할까? 먼저 권력이나 명예를 추구했던 사람들도 있는 거고."

"그러다가 결국은 다들 돈으로 돌아오더라?"

임정무의 그 말을 듣고 성준기가 웃으며 말했다.

"하하! 종종…."

"나도 솔직히 성변 보면 부러워. 자수성가 준재벌이시잖아. 은퇴 후 걱정도 없고."

"아이고, 왜 이러셔, 임교수님? 난 우리 임교수 같은 세계적 학자들 마음속 깊이 존경합니다. 꿋꿋이 학문을 추구하며 제자들 길러내고, 바로 그런 분들이 이 나라 발전의 밑거름이 된 거니까."

"세계적은 무슨? 뭐, 논문 편이나 낼 때는 신바람이 좀 나도, 돌아보면 참 보잘것없는 인생이네. 그냥 먹고살고 근근이 집 한 칸 마련한 정도인데 은퇴할 때는 점점 다가오니, 솔직히 그간 너무 좁은 시야로 살아왔다는 느낌이 많이 들어.

제 털 뽑아서 그 구멍에 다시 꽂는 인생! 일부 재간 좋은 사람들 빼면, 아마 우리 동네 전체가 다 비슷한 입장일 거야. 죽어라 일하고 축 처져 있기로는, 젊은 사람들이 훨씬 더하겠지만."

임정무가 말을 마치곤 입술을 꾹 다물었다.

"자식들 시집, 장가보낼 나이 되면 다들 이런저런 생각이 드나 보데. 그럼, 이제부터라도 종종 만나고 서로 좀 도와가며 삽시다."

"허허."

임정무의 웃음이 약간 어색하게 들렸다. 그러자 성준기가 말을 이었다.

"원래 권력, 명예, 돈은 가는 길이 다른 거야. 물론 가다가 서로 조금씩 겹치는 부분도 있겠지만, 그걸 한꺼번에 다 차지하려 들면 반드시 문제가 생기거든. 고리탑탑한 성리학이 문제는 많지만, 그런 면에서 보면 아주 잘못된 건 아니야."

"추구하던 걸 도중에 바꾸는 건 괜찮고?"

"그 전환이 무리 없이 이어질 수 있다면, 안 될 것도 없겠지. 결국은 그 뿌리는 다 통하는 거니까. 굳이 성리학에 빗대어 말하자면 이기일원론 같다고 할까?"

임정무는 그의 말을 듣고 내심 감탄했다. 그러면서 자괴심도 들었다.

"실은 나도 문과 갈 걸 잘못했다는 생각이 들어."

"이건 또 무슨 말씀이야? 다 자식들 의대 못 보내서 안달인데! 요즘 '문과라서 죄송합니다.'라는 말도 못 들어보셨나?"

"그래도 법대는 확실히 다르지 않나?"

그러자 성준기가 임정무에게 살짝 다가앉으며 목소리를 낮추고 말했다.

"그건 말이야, 의사들이 산아제한을 못 해서 그래."

"응? 산아제한?"

임정무의 눈이 둥그레졌다.

"의사 수를 너무 많이 늘렸어. 그러면 될 일도 안 되지. 그런데 사법고시 합격자 숫자를 봐. 우리 때랑 거의 달라진 게 없지 않아?"

임정무가 자기도 모르게 테이블을 가볍게 치며 말했다.

"아, 맞아! 한 해에 불과 백 명 남짓이라지?"

그러자 성준기가 더욱 목소리를 낮추며 말했다.

"산아제한이 안 되면, 돈뿐 아니라 명예와 권력 모두 잃어버리게 된단 말이야."

그 말을 듣고 임정무가 고개를 갸우뚱하며 말했다.

"그런데 정작 근본 문제는 의료보험을 말도 안 되는 수가로 강제로 밀어붙인 거거든. 정부가 생색내며 하는 말이, 원가의 80%까지는 맞춰준다지 않아? 세상에 조폭도 아니고 이런 억지가 어디 있어? 이래선 애초에 정상적이고 양심적인 진료는 불가능하거든."

그러자 성준기가 답답하다는 듯 두 손을 살짝 들며 물었다.

"임교수 의사 면허 번호가 어떻게 되지?"

"2만 번쯤 되지"

"이제 새로 나오는 친구들은?"

"14만 번 넘었다지?"

"그러면 한 30년 사이에 의사 수가 7배로 늘었고, 숫자로는 12만 명이 늘어난 거야. 그새 인구는 얼마나 늘었지? 그러면 거기서 벌써 답이 나오는 거야. 문제의 핵심은 바로 그거라고. 그러니 실력과 노력에 비해 보상이 적을 수밖에 없지."

그 말을 듣고 임정무가 끄덕이며 감탄했다. 성준기가 다시 강조하며 말했다.

"산아제한! 원래는 의사들이 그걸 아주 잘했는데."

"응?"

"진짜 산아제한, 대한민국 인구 증가 막은 것 말이야. 우리 어릴 적 기억나지? 범국가적으로 신명 나게 그걸 했잖아. 거기 앞장섰던 게 바로 당신들 아니었나?"

임정무는 고개를 끄덕일 수밖에 없었다.

"그건 그래. 우리 예방의학 교수님이 말년에 그게 자기 평생의 한이라고 하셨어."

"그래. 인구가 늘어야 국가적으로 뭐가 돼도 될 텐데 말이야. 말하자면 의사들은 고객은 줄여놓고 자기들만 엄청나게 늘린 거야. 아시겠나?"

"맞아! 정말 멍청하기 짝이 없네. 그런데 어쩜 그렇게 의료계 내막을 잘 아시나?"

"우리 아버님도 의사이시잖아, 지금은 은퇴하셨지만."

"그랬구나! 그런 줄 몰랐네. 그런데 의사 숫자는 정부가 정하는 거지, 의사들 마음대로 하는 게 아니잖아?"

그러자 성준기가 딱하다는 듯 임정무를 보고 말했다.

"그러니까 모여서 목소리를 내야지. 거저 되는 게 어디 있나? 젊은 제자들 앞날을 생각하면 가장 시급한 최우선 과제가 그거니까, 공부는 좀 나중에 하더라도 우선 급한 불부터 끄고 봐야지. 거기도 협회나 학회나 다 있을 거 아냐?"

임정무가 하릴없이 고개를 끄덕였다.

"구구절절 옳으신 말씀이네."

성준기가 말을 이었다.

"듣자니 요즘 의학전문대학원이라는 걸 만든다더군. 미국식으로 4년제 대학 졸업생 중에서 의전원생을 선발하겠다는 건데, 이유야 뭐라고 갖다 붙이든, 결론은 뭐냐? 이리저리 헷갈리게 만들어 놓고, 그 와중에 의사 수만 왕창 늘어나는 거 아니겠어? 그 참에 일종의 학력 세탁 기회가 생기는 애들도 많겠지. 아이들이 낸 논문이다, 상장이다, 표창장이다, 뭐 그런 것들 엄청나게 쏟아질 거야. 결국 8년간 학비 부담할 수 없는 사람들은 저절로 밀려나고, 있는 사람들끼리 연출과 정보 싸움 터지게 벌이도록 합법화해 주는 꼴이 되겠지.”

그러곤 잠시 멈추었다가 말을 이었다.

“뭐, 다 그런 건 아니겠지만, 뒷구멍으로 적당히 들어가는 애들은 누굴까?”

그 말을 듣던 임정무가 자기도 모르게 소리쳤다.

“안 돼! 그런 건 무조건 막아야지!”

그러자 성준기가 맞장구쳤다.

“그래! 다 자식 같은 아이들인데, 우리 세대가 지켜줘야 하지 않겠어?”

임정무가 고개를 끄덕이며 말했다.

“맞아. 지금도 의사가 모자란 게 아니거든. 한국 의료가 세계 최고 수준이라고 칭송이 자자한데, 실제로 진료 못 받는 사람이 어디 있어? 다만 강아지 진료비보다 못한 비현실적 수가 때문에, 젊은 의사들이 정말 힘든 몇몇 과들을 회피하는 상황일 따름이야. 현실을 살아가야 하는 그들에게 사명감만 강요한다고 일이 되겠어? 그런데도 억지로 의사 수만 늘리면 결국 의료의 질은 떨어지고 전체 의료비 지출은 늘어나겠지. 그건 그대로 국민의 짐이 될 거고.”

성준기가 손가락으로 동그라미를 만들며 말했다.

“브라보! 바로 그런 식으로 대중이 알아듣기 쉽게 또박또박 잘 설명하세요. 의사들끼리만 알아듣게 하지 마시고.”

"그래. 역시 이과 출신은 답답해. 자네들처럼 시야가 넓어야 하는데 말이야."

그러자 성준기가 상체를 뒤로 젖히고 의자에 기대앉으며 말했다.

"아이고, 그런 건 아니고. 세상에 문제없는 데가 어디 있겠나? 오늘 오랜만에 임교수 모시고 내가 너무 말이 많네그려. 나 원래 과묵한 사람이거든."

두 사람은 다시 큰소리로 웃었다. 그리고 성중기가 말을 이었다.

"그냥 반갑고 고마워서 한 얘기로 알아주시게. 그리고 오늘 얘긴 우리끼리만."

"물론이지. 고맙네."

그들의 바람과 달리, 의전원 도입은 거침없이 진행되었다. 교육부는 의술과 의학 발전, 의사·의과학자 양성 등 명분을 앞세우며 의전원 도입을 몰아붙였고, 온갖 압박과 유인책으로 대학들을 몰아세웠다. 처음부터 의전원 도입에 찬성하며 앞장섰던 대학들은 그 보상으로 학생 정원과 전체 교직원 숫자도 늘어났다. 정부가 나서서 덩치 키우기 경쟁을 시켜놓은 꼴이었다. 정작 의과대학 측의 반대는 놀라울 정도로 미미했다. 반대 목소리를 내보려던 임정무는 별다른 호응을 못 받고 외톨이가 되어 실상 제풀에 주저앉고 말았다. 그 와중에 정작 필요한 전체 의사 숫자의 체계적 분석과 장기 수급 계획에 대해선 별 관심들이 없는 모양이었다.

기어이 첫해 의전원 학생 모집이 끝났다. 기존 의과대학들은 그대로 계속 신입생을 모집했으니, 결국 의사 숫자만 대규모로 늘어나게 되고 말았다. 곧이어 어디에 누구 아들, 어디는 누구 딸이 들어갔다는 등등 소문이 돌기 시작했다. 상당수가 전현직 의대 교수 자녀들이었다. 임정무는 비로소 전체 사태가 파악되기 시작했다. 서로 알고 지내는 좁은 사회에서 그처럼 눈치 없는 사람들 말고는 애초에 반대 목소리가 크게 나오기 어려운 상황이었다. 곧이어 의료계에 우수 인적자원을 빼앗긴 이공계에서 아우성이 터져 나오기 시작했다. 심지어는 이공계 입학한 신입생들이 수업에 안 나오고 내년도 의전원 입시를 향한 공부를 다시 하고 있다고도 했다. 우수한 학생들일수록 그런, 이른바 '반수생'이 많다고 하니, 국가의 장래를 위해서도 전혀 바람직하지 못한 일이었다. 모든 게 정확히 성준기가 말했던 그대로였다. 임정무의 무력감과 자괴감은 더욱 늘어났다. 앞으로 무슨 낯으로 성준기를 볼까?

전문대학원 설립의 불은 곧이어 법학계로도 옮겨붙었다. 의전원 도입에 '재미를 본' 정부는 이 사업이 성공리에 마무리되었다고 자화자찬하며, 이제 법학전문대학원 제도까지

만들겠다고 나섰다. 국제화, 다원화 시대에 적합한 다양하고 전문화된 법조 인력을 양성하여 법률 서비스의 질을 끌어올려야 하는데, 기존 사법시험과 사법연수원 체계로는 도저히 그걸 감당할 수 없다는 것이었다.

'그러면 결국 변호사도 엄청 늘어날 텐데….'

임정무는 그런 뉴스를 보며 성준기와 나누었던 대화가 다시 떠올랐다. 임정무는 법조계에 대해서는 문외한이라, 정작 필요한 전체 변호사의 숫자나 자질에 대해선 잘 알지 못했다. 다만 법조계 질서를 허물어뜨리지 않는 선에서 누구나 손쉽고 부담 없게 법률 서비스를 받게 되면 좋겠다는 생각은 들었다. 그건 의료계와는 아주 다른 상황일지도 몰랐다.

'아무튼 거기는 성준기처럼 유능한 인물들이 막후에서 잘 해결해 내지 않을까?'

임정무는 이렇게 혼자 생각했다. 아니, 그러리라 믿었다. 그러나 법학전문대학원 건은 더 빨리 일사천리로 진행되고 있었다. 즉각 20곳 넘는 대학에 법학전문대학원이 신설되었고, 첫해에 정규 대학 졸업생 중에서 2천 명을 선발하겠다고 했다. 그리고 앞으론 아예 기존 사법시험을 순차적으로 폐지하고 법학전문대학원 졸업자 대상 변호사자격시험으로 대치할 예정이라고 했다. 사법시험을 통해 학벌과 무관하게 이른바 '개천에서 용 나는' 경우는 원천적으로 봉쇄되고 말았다. 한마디로 기존 체계를 완전히 뒤집는, 의료계보다 훨씬 더

과격한 변화가 일어나고 있었다.

임정무가 핸드폰을 꺼내 들었다. 오랜만에 성준기에게서 온 전화였다.

"임교수, 적조했어. 잘 지내셨지?"

성준기의 목소리를 듣는 임정무는 공연히 착잡한 심정이 들었다.

"덕분에. 그간 별일 없으셨고?"

"여러 가지 일이 많았지. 그건 차차 만나서 말씀드리고, 오늘 전화한 건 다름이 아니라, 전에 해주셨던 전문가 자문을 한 번 더 부탁드리려고."

"성변 부탁이라면 언제든지."

"감사! 그런데 이번엔 나 대신 김영준 변호사가 연락할 거야. 미리 말씀드리고 양해 좀 구하려고…."

임정무는 그 말을 듣고 살짝 기분이 상했다. 물론 거대 로펌을 운영하려면 엄청 바쁘겠지만, 그래도 '나한테 이러는 건 아니다' 싶은 생각이 들었다. 전문가 증언 같은 걸 자기 이름을 걸고 해주고 싶어서 하는 사람이 어디 있나?

"왜, 손을 바꾸셨나?"

"아니, 실은 내가 로펌을 떠났어."

"응? 언제? 어떻게?"

깜짝 놀란 임정무에게서 질문이 쏟아졌다.

"얼마 전에."

"그럼, 지금은?"

"법학대학원에 교수로 왔거든."

"응? 교수님?"

임정무의 벌어진 입이 다물어지지 않았다.

"응, 나도 한번 우리 임교수 따라 해보려고, 하하."

임정무는 성준기의 어색한 웃음을 따라 웃을 수 없었다. 전에 그가 한 말들이 생생하게 떠올랐기 때문이었다. 새로 만든 법학대학원 교수로 갔다면, 자식처럼 챙겨줘야 한다던 젊은 변호사들 숫자 늘리는 데 자기가 앞장선 꼴 아닌가?

"그럼 완전히 인생 2막?"

"말하자면 그런 셈. 우리 진에 인생 목표를 바꿀 수도 있다고 했었지? 하하."

"그랬었지. 그런데 하도 화끈한 전환이라 놀랍네."

임정무의 말에 찝찝한 여운이 돌았다. 그때 이미 성준기는 교수직으로 옮겨갈 준비를 물밑으로 진행하고 있던 것 아니었을까? 그런 건 하루아침에 되는 게 아니지 않는가? 그러자 성준기가 분위기를 바꾸려는 듯 임정무에게 물었다.

"댁내 다 안녕하시고?"

"덕분에."

짧게 대답하는 임정무에게 성준기가 계속 물었다.

"임교수 아들이 있지?"

"응, 하나."

"뭐 하고 있나?"

"컴퓨터 공학."

"어! 의전원 안 갔구나!"

성준기가 아주 놀랍다는 듯이 말했다.

"다행히도."

임정무가 약간 무뚝뚝하게 말했다. 그러자 성준기가 물었다.

"다행?"

"아비랑 같은 일 하면 대단한 줄 알았던 아비의 민낯이 조만간 다 드러날 텐데, 그래서 좋을 게 뭐 있겠어? 자기 길 찾아갔으니 다행이지."

"아빠 닮아서 총명하니까 스스로 앞길을 개척하는 거야 좋지! 그래서 하는 일 재미있대?"

"난 그쪽 일은 잘 모르겠는데, 뭐, 그럭저럭하고 있나 봐."

"잘됐네."

임정무는 성준기도 늦둥이 아들이 있다는 건 알고 있었지만, 전에 그와 나누었던 대화가 소화되지 않은 채 맴돌며 정신이 멍해서 아들 안부까지 물을 계제는 못 되었다. 임정무는 화제를 돌리며 말했다.

"강의 준비로 바쁘시겠소, 성교수."

"임교수가 그렇게 불러주니 어색하네, 하하. 그럼, 아까 말씀드린 것 부탁해. 이젠 업무를 인계해 주는 입장이라서."

그렇게 전화를 끊었다. 임정무는 휴대폰을 손에 든 채 한동안 멍하니 앉아 있었다. 뒤통수를 한 방 크게 얻어맞은 듯한 느낌이었다. 자기도 모르게 입가에 혼잣말이 흘러나왔다.

'뭐 그럴 수도 있겠지. 누구든 자기 인생을 살아가는 거니까. 그의 식으로 표현하자면, 이제부턴 돈이 아니라 명예를 추구할 수도 있지 않은가?'

아무튼 씁쓸한 입맛이 갈수록 더 써졌다.

김영준 변호사가 연락해 왔을 때, 임정무는 자문받은 사항의 전문가 견해는 내주겠지만 증언은 못 해주겠다고 했다. 그걸 더할 이유도 흥미도 없었다. 그러자 그의 연락이 끊겼다.

이듬해 성준기 아들이 그 대학 법학대학원에 입학했다는 소식이 들려왔다. 몇 년 후, 관직이나 대형 로펌에 못 들어가서 홀로 개업하는 변호사들이 늘어나며 그들 중 상당수가 사무실 임대료도 제대로 못 내는 형편이라는 뉴스가 들렸다. 곧이어 날아온 고등학교 동창회보엔 성준기가 교수직을 사임하고 국제사법기관 어딘가로 자리를 옮겼다는 소식이 큼직하게 보였다.

명령

수신: 경리단길의원

제목: 업무개시명령

의료계 집단휴진과 관련하여, 의료법 제59조 제2항에 의거, 귀 의료기관에 업무 개시를 명령하니, 금일 반드시 환자를 진료하여 주시길 바랍니다.

정당한 사유 없이 위 명령을 위반하여 업무를 개시하지 않을 경우, 의료법 제64조 등에 따른 불이익(행정처분 및 형사고발 등)을 받을 수 있음을 알려드립니다.

본 명령은 모든 개인 및 사립 의료기관들에 예외 없이 적용됩니다.

공문 및 업무 개시 명령서 참고.

2024. 6. 18.

(조지 오웰의 1984년부터 강산이 무려 네 번이나 변한 후 어느 날)

제목: 계엄포고령

5. 전공의를 비롯하여 파업 중이거나 의료 현장을 이탈한 모든 의료인은 48시간 내 본업에 복귀하여 충실히 근무하고, 위반 시는 계엄법에 의거 처단한다.

계엄사령관

2024. 12. 3.

(위로부터 반년 후 어느 날 뜬금없이)

3장 • 세 번째 호흡

노상시위

조금씩 하늘이 흐려지더니 이젠 당장이라도 후드득 빗방울이 떨어질 기세였다. 스산한 바람도 잰걸음으로 곁을 스쳐갔다. 명동 입구엔 오가는 사람들의 발걸음이 더욱 분주해졌다. 마치 점묘법 회화의 한 장면처럼 잠시 한곳에 모이기도 했다가 순식간에 흩어지기도 했다.

진우는 잠시 멈춰 서서 힐끗 하늘을 봤다. 아침부터 왼쪽 무릎이 뻐근했다. 원래 안 좋은 무릎이었지만 날씨 탓인지 종종걸음 인파 속에 서 있는 탓인지 알 수 없다. 다음 거래처까지 가려면 지하철 2호선 을지로입구역으로 가야 했다. 그야말로 엎어지면 코 닿을 곳인데, 그게 엄두가 잘 나지 않았다. 어딘가 잠시라도 주저앉고 싶었다. 묵직한 샘플들로 불룩한 가방이 새삼 어깨를 파고들며 무릎까지 내리눌렀다. 그냥 서 있기도 고달팠다.

진우는 힐끗 시계를 봤다. 약속 시간까지 50분 정도 남아 있었다. 세일즈라는 게 원래 어디건 무작정 밀고 들어가서 수작이라도 붙여 봐야 하는 건데, 거래처에서 시간까지 정해 준 바에는 일찍 가서 서성거리는 한이 있더라도 무조건 그전에 가 있어야 했다. 그런 삶이 몸에 배어있다 보니, 시내를 다닐 때는 늘 지하철로 다녔다. 깨끗하고, 싸고, 무엇보다도 시간에 관해선 제일 믿을 게 그놈이었다. 버스는 노선이 워낙 복잡해서 몇몇 익숙한 노선 말고는 도무지 자신이 없었다. 스마트폰만 들여다보며 사는 젊은 세대처럼 척척 노선을 찾아볼 능력은 없었다. 돌아보니 길거리엔 빈 택시들이 꽤 자주 지나가고 있었다.

"흐음."

신음인지 뭔지 알 수 없는 소리가 절로 흘러나왔다. 그러면서 오른손은 자기도 모르게 뒷주머니 지갑을 만지작거리고 있었다. 왼쪽 무릎이 다시 찌릿했다. 이번엔 통증이 마치 감전이라도 된 듯 엉덩이와 허리까지 따라 올라왔다. 그는 자기도 모르게 찻길로 향해 택시를 불러세웠다. 안 하던 짓을 한다는 생각이 순간적으로 들었다. 이러고 거래처 가서 허탕만 친다면? 뭐, 그래도 어쩔 수 없었다.

"어서 오세요. 어디로 모실까요?"

40대쯤으로 보이는 운전기사가 묵직하면서도 싹싹한 말투로 말했다.

"신사동 가로수길로 갑시다."

"예."

그가 경쾌하게 대답했다. 왠지 친근하고 호감 가는 사람이었다. 진우는 묵직한 가방을 곁에 벗어놓고 좌석에 기대앉았다. 이제 좀 살 것 같은 느낌이었다. 법인 택시라 그런지 담배 냄새가 다소 배어있긴 했지만, 멀리 가는 것도 아니니까 큰 문제는 아니었다. 아무튼 이젠 앉아서 밖을 내다볼 수 있으니 푸근한 느낌이 들었다. 지하 세계에선 볼 수 없던 새로운 세상을 대하는 느낌이었다. 서울의 얼굴이었다. 불과 10년 전만 떠올려 봐도 많이 변했다. 속까진 몰라도 최소한 겉모습은 정말 많이 달라졌다.

"땅 위가 좋네."

혼잣말하는 그를 기사가 백미러로 힐끗 쳐다보았다. 전방에 보이는 을지로 입구 사거리는 차들로 꽉 막혀 있었다.

"어떻게 갈까요?"

기사가 정중하게 진우에게 물었다.

"우회전해서 한남대교로 넘어가면 좋을 텐데요. 알아서 가세요."

그러자 기사가 시계를 힐끗 보며 말했다.

"오늘 시위대가 행진한다던데, 벌써 을지로가 통제되나 봅니다. 청계로에서 우회전해도 될까요?"

"그러세요."

교통경찰과 안전요원들이 경광등을 흔들고 호루라기를 불

며 시청 방면에서 오는 차들이 을지로 입구 사거리로 들어서는 걸 힘겹게 막아서고 있었다. 덕분에 택시는 날쌔게 사거리를 뚫고 지나갔다. 오른쪽으로 을지로를 가득 메운 차들이 꼼짝 못 하고 서 있는 게 보였다.

"요즘 길이 막혀서 운전하기 힘들지요?"

진우가 물었다. 왠지 모르게 그에게서 동료 의식 같은 게 느껴졌다.

"그러려니 해야지요. 어쩌겠어요? 알아서 요령껏 피해 다녀야지요"

점잖고 예의 바른 그의 목소리 끝이 살짝 떨리는 것 같았다. 곧 청계로로 접어들었다. 다행히 아직 뚫려 있는 모양이었다. 그러나 행운은 오래 가지 못했다. 두 블록 지난 교차로에서 교통경찰이 갑자기 튀어나와 바로 앞차를 막아섰다. 단숨에 사거리를 통과할 기세로 따라가던 택시도 다급하게 멈추어 섰다.

"어!"

기사가 신음 같은 소리를 냈다. 아직 앞길은 비어 있었다. 여기만 통과하면 죽 빠져나갈 수 있을 텐데, 바로 앞에서 걸리고 말았다. 기사가 교통경찰에게 사정하려는지 창문을 내리자, 거길 통해 왁자지껄 함성과 북소리가 확성기 볼륨을 올린 것처럼 크게 들려왔다.

"가자! 와아!"

가로막고 선 경찰은 이쪽은 거들떠보지 않고 돌아서서 다가오는 시위대만 보고 있었다. 기사가 당황한 기색이 역력한 채로 사방을 둘러보기 시작했다. 골목길을 찾아보는 모양이었다. 그러나 좁은 청계로에서 빠져나갈 길은 보이지 않았다. 그건 그냥 보기 좋게 만들어 놓은 길일 뿐이었다. 결국 그들은 꽉 막힌 청계로에 오도 가도 못하고 갇힌 신세가 되고 말았다.

잠시 침묵이 흐른 뒤 기사가 착 가라앉은 목소리로 말했다.

"여기도 막혔네요. 죄송합니다."

"아니요, 그 방향으로 가자고 한 내가 미안하네요."

기사가 백미러로 진우를 보며 말을 이었다.

"미리 잘 찾아보며 다녀야 하는데, 실은 제가 초짜거든요. 손님 바쁘시면 그냥 내리셔서 다른 교통편을 이용하시지요. 괜찮습니다."

진우가 시계를 보았다. 목적지까지 먼 거리는 아니니까, 아직 시간 여유는 조금 있었다. 그렇지만 이 상황에서 혼자 빠져나가는 게 계면쩍었다. 게다가 다시 무거운 가방을 둘러메고 전철역까지 걸어갈 엄두가 잘 나지 않았다. 왼쪽 무릎이 그에게 고개를 가로젓는 듯했다.

"아니요. 곧 풀리겠지요, 뭐."

머잖아 시위대가 모습을 드러냈다. 울긋불긋 수많은 깃발을 들고 있었다. 커다란 북을 멘 고수들이 뒤따르며 박자를 맞춰주고 있었다.

"노조로구나."

혼잣말 비슷하게 진우가 말하는데 기사가 대꾸했다.

"전국 노총 행진입니다."

진우가 혼잣말하듯 물었다.

"그런데 이렇게 길을 막고 행진하며 민폐를 끼쳐도 되나?"

"저 사람들도 다 먹고살자고 하는 거니까요."

기사가 대꾸했다. 진우는 '다른 사람들 먹고살긴 어떻고?' 하는 말이 목까지 올라왔지만 입을 다물었다. 이런 데선 낯선 사람과 정치적인 언급은 안 하는 게 상책이었다. 이 기사가 저 노조원일지 어떻게 아나? 실은 아무래도 그런 느낌이 살짝 들었다.

느릿느릿 시위대 한 무리가 지나갔다. 수백 명쯤 되어 보이는 그들은 마치 무슨 축제라도 나가는 듯 낄낄거리고 웃고 즐기며, 아무튼 전혀 긴장한 분위기가 아니었다. 그 뒤로 조금 거리를 두고 '경기도지부'란 깃발을 앞세운 다른 무리가 다가왔다. 오렌지색 만장 같은 깃발들을 들고 있었다. 그들도 모두 즐거운 표정으로 웃고 떠들었다.

"저 사람들 어디 소풍이라도 가는 것 같네."

진우가 힐끗 시계를 보며 말했다. 기사는 아무 말도 없이 앉아 있었다. 진우도 더 말하지 않았다. 경기도지부가 지나가자, 그 뒤를 충청북도 지부가 지나갔다. 초록색 깃발을 든 그들은 백여 명 정도로 보였다. 이렇게 하나하나 가자면 한이 없을 것만 같았다. 벌써 시간이 얼마나 흘렀나? 차츰 초조해지기 시작한 진우가 말했다.

"아이고, 이거 도별로 다 나왔나 보네요."

말없이 앉아 있던 기사가 차 문을 열고 나가서 그들을 보고 서 있었다. 얼마 후 다시 들어와 앉는 그의 얼굴이 눈에 띄게 굳어졌고 입술이 가볍게 씰룩거렸다. 그러곤 가만히 앉아 있지 못하고 점점 안절부절 몸이 흔들리기 시작했다. 진우는 가슴이 답답했다. 불안이 엄습했다. 이제라도 내려서 지하철역으로 가야 하나? 그러나 그러기에도 이미 늦은 것 같았다.

행진은 쉽사리 끝날 기미가 전혀 안 보였다. 앞이 막히는지 이제는 아예 그대로 서 있었다. 시위자들은 자기들끼리 서로 치고받고 장난까지 치며 깔깔거렸다. 그때였다. 택시 기사가 갑자기 문을 열고 나가 버티고 서서 그들에게 소리 질렀다.

"야, 이 스벌 눔들아! 멀쩡한 길 가로막고 이게 무슨 장난이냐?"

시위대가 갑자기 조용해지며 그를 바라보았다. 그러더니 그에게 뭐라고 소리치며 삿대질하기 시작했다. 몇몇은 그에게 달려들 태세였다.

"이 싸가지 없는 눔들아! 그래, 난 너희처럼 팔자 좋게 노조 가입도 못 하는 일용직이다. 이 길바닥에 기대어, 그날 벌어 그날 먹고 사는 밑바닥 신세란 말이야!"

그의 묵직한 고함이 피를 토하듯 울려 퍼졌다. 앞에 있던 경찰이 호루라기를 불며 그에게 달려왔다.

통화

"어머, 재 또 저기 있어."

엘리베이터를 기다리던 영주가 곁에 있던 은숙에게 낮은 목소리로 말했다.

"응? 누구?"

은숙이 앞을 보며 물었다. 저쪽 구내 테이크아웃 커피숍 앞에 학생들이 대여섯 명 서서 차례를 기다리고 있었다.

"저기 전화하고 있는 뚱뚱한 남자애."

영주가 그 사람들과 몇 걸음 떨어져서 핸드폰을 들고 서성거리고 있는 젊은이를 턱으로 가리키며 말했다.

"재가 뭐?"

은숙이 그를 힐끗 보고는 물었다.

"매일 저기 있거든."

"커피 마시러 왔나 보지."

그러자 영주가 은숙에게 다가서며 목소리를 낮춰 말했다.

"그게 아니라, 볼 때마다 저러고 있거든."

은숙이 고개를 끄덕이며 말했다.

"응, 그러고 보니 나도 언뜻 본 것 같다."

"재가 현정 언니네 실험실에 석사 학생으로 새로 들어왔대. 그런데 일은 안 하고 종일 나가서 통화만 한다지 뭐야."

"응? 남자가 종일 통화?"

은숙이 수다 떠는 시늉의 손짓을 하며 물었다.

"그렇다니까. 그런데…."

영주는 엘리베이터를 그냥 보내고 주위를 살짝 둘러본 다음 목소리를 더욱 낮춰 말했다.

"재가 생명공학과 용기춘 교수님 아들이래. 이름이 정수라나."

"그래? 그럼, 아빠를 봐서라도 더 열심히 해야지."

"그러게 말이야. 현정 언니네 교수님한테 부탁해서 온 건지 몰라도, 재가 저러고 나돌아다녀서 실험실 분위기 해친다고 언니가 싫어해."

"혹시 그 방 사람들이 똘똘 뭉쳐 재를 왕따시켜 겉도는 건 아니고? 솔직히 현정이도 좀 유별나잖아?"

"글쎄, 현정 언니가 처음에 재한테 뭘 설명해 주던 중이었는데, 갑자기 핸드폰 꺼내 들고는 그냥 꾸벅 인사하고는 나가버렸다는 거야. 전화 소리도 안 났는데."

"그건 정수가 좀 잘못했네. 요즘 애들 다 너무 고이 길러서, 사회 나오면 상황 파악이 잘 안되는 친구들 많이 있잖아. 그래도 전화는 시끄럽지 않게 진동으로 해놓았네."

그러자 영주가 동그란 눈으로 은숙을 보며 말했다.

"진동도 떨리는 소리는 나잖아?"

"에이, 그거야 주머니 속에 있으면 잘 안 들릴 수도 있는 거고."

"그런데 통화 마치고 금방 돌아온 게 아니라, 그날 아예 안 돌아왔다는 거야. 그러니 현정 언니가 열받게 생겼지."

엘리베이터가 또 한 번 그들 앞에서 열렸다가 닫혔다.

"아이고, 도무지 무슨 소린지 모르겠네. 얘, 그만 올라가자."

그러자 영주가 은숙의 팔을 잡고 한 발짝 옆으로 끌고 가서 나지막하게 말을 이었다.

"그 후로 맨날 핸드폰 들고 밖으로 싸돌아다니는데, 그것도 멀리 가서 하는 게 아니라 꼭 사람들 근처에서 알짱거리며 저러고 있다는 거야. 지금도 보라니까!"

영주가 곁눈으로 힐끗 그를 쳐다보며 말했다.

"뭐라고? 그건 또 무슨 말이야?"

"난들 아나? 게다가 정말 이상한 건 뭐냐 하면…."

영주가 은숙의 귀에 대고 속삭였다.

"누구랑 통화하는 게 아닌가 봐."

"으응?"

갈수록 태산이었다.

"승연이가 지나가면서 들었는데, 걔가 핸드폰을 귀에 대는 척 시늉만 하고 혼자 떠드는데, 상대방 소리는 전혀 안 들리더란 거야. 말하자면…."

"말하자면?"

영주가 손가락으로 자기 머리를 가리키며 말했다.

"심각하다는 거지. '나도 누군가 통화할 상대가 있다!'"

그 말을 듣고는 은숙의 인내심이 바닥을 드러냈다.

"얘들이 정말 입방아를 찧어도 너무들 하는구나! 걔가 다소 문제가 있는 건진 모르겠지만, 아무리 그래도 그렇지, 남의 등 뒤에서 그렇게들 근거 없이 떠들어대면 어떡해? 나중에 알게 되면 얼마나 상처받겠어?"

그러자 영주가 용정수 쪽을 힐끗 보고는 지지 않고 말했다.

"현정 언니가 얼마나 걱정하는지 알아?"

"설사 너희들 추리소설이 사실이라고 치자. 그렇다면 어딘가 속하고, 연결되고 싶어서 그러는 것 아니겠어? 그런 생각은 안 들어?"

"우린 실험실 사람들이지 의사가 아니잖아?"

영주의 말을 듣고 은숙이 돌아서서 계단으로 향했다.

"나 먼저 간다."

영주가 은숙의 등 뒤로 다부지게 말했다.

"조만간 다 드러날 거야."

며칠 후 영주와 은숙은 커피숍 근처에서 다시 용정수를 봤다. 역시 통화하는 중이었다. 그러자 그를 피해 지나가려는 은숙에게 영주가 재빨리 속삭였다.

"잠시만 기다려 줘. 내가 커피 한잔 뽑아줄게."

그러곤 은숙이 미처 대답할 틈도 없이 자기 핸드폰을 꺼내 어디론가 문자를 보낸 다음 커피숍 쪽으로 다가갔다. 대여섯 걸음 정도 떨어져 있던 용정수는 한 손으로 손짓까지 하며 계속 뭐라고 말하고 있었다. 그때였다.

'딩도딩동 딩도딩동 땡! 딩도딩동 딩도딩동 땡!'

용정수의 휴대폰 전화벨이 큰소리로 이어졌다. 순간 커피숍 앞에 서 있던 사람들이 모두 그쪽을 쳐다봤다. 용정수는 깜짝 놀라 멈춰 섰다. 핸드폰을 든 왼손이 스르르 흘러내렸다. 천천히 벨 소리를 끄고는 그를 향한 시선을 말없이 둘러보고 조용히 핸드폰을 주머니에 넣고 밖으로 걸어 나갔다. 아무도 말이 없었다. 은숙도 할 말을 잃고 서 있는데, 영주가 커피 두 잔을 들고 살며시 다가와서 하나를 건네주며 말했다.

"현정 언니가 전화한 거야. 내가 연락해 줬거든."

그러곤 예쁘게 윙크했다.

철쭉

간혹 쌀쌀한 바람이 스쳐가긴 해도, 대학 구내엔 봄기운이 완연했다. 반소매 차림의 학생들도 눈에 띄었다. 준희는 가슴을 펴고 봄기운을 한껏 들이켜곤, 곁에서 함께 걷는 정식을 쳐다보았다. 얼마 만에 보는 죽마고우인가? 후리후리한 키의 정식은 언제 봐도 당당한 풍채였다. 흰머리, 양 볼에 새겨진 깊은 주름살만 빼면 주변 젊은 사람들과 다를 게 없이 늠름했다.

"안녕하세요, 학장님?"

가방을 메고 두꺼운 책을 겨드랑이에 낀 학생들이 지나가며 정식에게 인사했다. 그는 환하게 웃으며 그들에게 여유롭게 눈인사를 건넸다. 문과대학 학장으로 재직하는 정식은 모처럼 찾아온 준희에게 점심을 대접하려고 그 동네 맛집을 찾아 나가던 중이었다. 또 한 무리 학생들이 유쾌하게 떠들고 웃으며 올라오다가, 정식을 보고 인사하며 지나쳐 갔다. 준희는 자기도 모르게 멈춰 서더니 고개를 돌려 그들을 바라보았다.

"뭘 그리 유심히 보시나? 쫓아가기라도 하려고?"

정식이 곁눈으로 준희를 힐끗 보며 물었다.

"학생들!"

"여학생?"

정식이 짓궂은 얼굴로 되물었다.

"이 사람이!"

준희가 나무라듯 한마디 하곤, 숨을 크게 들이쉬며 말을 이었다.

"정말이지 젊다는 건 그 사실만으로도 대단한 거야. 나이 먹으면 생명력이 쪼그라들어 안으로 붕괴되어 버리지만, 젊음은 저렇게 안을 가득 채우고도 밖으로 쏟아져 나오지 않나? 마치 태양에서 쏟아지는 햇살처럼!"

"햇살?"

정식이 다소 의아한 표정으로 물었다.

"그럼! 자네는 매일 그들을 보니까 오히려 덤덤할지 모르겠지만. 난 눈이 다 호사하는 것 같아. 오늘 모처럼 화창한 날씨에 비로소 침울한 겨울에서 빠져나와 봄볕을 한껏 쬐어 보는 거야, 학장님 덕분에."

준희가 가슴을 펴며 말했다.

"이 사람, '학장님'은 무슨! 아무튼 그렇다면 언제든지 오시게. 여긴 젊음의 장소니까, 뭐, 요양원하고는 아주 다르겠지."

정식이 준희를 보고 고개를 끄덕이며 말했다. 준희는 한 공립요양원 관리자로 일하고 있었다.

"그래. 거긴 모든 게 회색이야, 다 타버리고 스러져 가는 잿빛."

준희의 목소리가 잦아들었다. 그렇지 않아도 당당한 체구의 친구를 따라 걸으며 자기가 더 왜소해지는 느낌이 들었다.

"그렇지만 저무는 황혼도 나름 아름다운 데가 있는 것 아닌가? 어르신들 돌봐 드리는 일도 보람 있을 것 같은데."

정식이 마주 오는 학생들에게 손을 가볍게 흔들며 말했다. 준희가 무표정하게 말을 이었다.

"보라-암도 있지. 그래, 그건 맞아. 그런데 매일 표정 없는 사람들과 함께 지내다 보면 그런 말이 잘 안 나올걸? 결국 다 먹고 살려고 하는 일이지, 뭐."

"그런가? 자네 많이 지친 모양이군."

정식이 준희를 힐끗 보며 말했다.

"그냥 자네가 부러워서 하는 말이니까, 신경 쓰지 마시게."

준희는 낮은 목소리로 대답하곤, 자기도 모르게 시선을 내리깔고 걸었다. 정식은 언제나 격의 없이 그를 반갑게 맞아

주었지만, 준희는 그를 보면 부럽기도 하고, 한편으로는 구름 위에 사는 그와의 사이에 건널 수 없는 간격을 느끼곤 했다. 그래서 이래저래 뜸하게 지내다가, 마침 근처에 볼 일이 생겨서 온 김에 큰맘 먹고 들른 것이었다.

그들 앞쪽 건너편 담장 따라 철쭉이 화사하게 피어 있었다.

"야, 철쭉이 잘 폈네!"

분위기를 바꿔보려는 듯 정식이 큰 소리로 말했다.

"멋져!"

맞장구치는 준희를 보고 정식이 말을 이었다.

"그래, 며칠 전부터 피기 시작했는데, 아주 좋은 때 오셨네그려. 자네가 오는 줄 알고 있었던 모양이야."

준희의 얼굴이 환하게 펴졌다.

"분홍색, 붉은색, 흰색. 온통 원색의 향연이네!"

열심히 철쭉나무를 돌아보던 준희가 그중 한 그루를 골라 가리키며 말했다.

"그런데 저기 저 나무는 희한하게도 흰색과 분홍색 꽃들이 섞여 있네. 그렇지?"

정식이 힐끗 보고는 퉁명하게 대답했다.

"음, 최근에 육종한 품종이라더군. 화려하게 보이긴 하지만, 굳이 그렇게 만들 필요가 있는지는 모르겠어. 참 괴상한 세상이라, 요즘은 별짓들 다 하잖아."

준희가 말꼬리를 흐리는 그를 보며 물었다.

"교내에 혹시 동백도 있나?"

"동백? 아니, 뜬금없이 남도의 꽃은 왜?"

"그냥 문득 떠올라서. 동백꽃이 먼저 피니까. 얼마 전에 출장 가서 봤는데, 참 좋더군. 이제 거긴 다 졌을 거야."

"그래?"

건성으로 대답하는 정식을 보고 준희가 물었다.

"자네 동백과 철쭉의 가장 큰 차이가 뭔지 아나?"

"동백과 철쭉? 글쎄 둘 다 봄에 핀다는 것 말고는 비슷한 점이 별로 없어 보이는데."

정식이 시큰둥하게 대답했다.

"그래. 서로 사뭇 다르지. 그런데 정말 다른 점은 마지막 지는 모습이야. 동백은 때가 되면 송이째로 그대로 톡 떨어져. 땅에 떨어진 걸 주워 보면 그대로 살아서 나를 바라보잖아. 그걸 보면 오히려 더 가슴에 와닿아."

정식이 지나치는 학생들에게 손 인사를 하며 물었다.

"그럼, 마음만 먹으면 더 머무를 수도 있을 텐데, 그렇게 지는 건 좀… 너무 성급한 건 아닌가?"

"그렇게 볼 수도 있겠지."

정식이 고개를 끄덕이곤 다시 물었다.

"그럼, 철쭉은?"

"피어 있을 때와 질 때가 너무 다른 모습이야. 때가 되어도 도무지 가지에서 떨어지질 않고 더 눌어붙어. 아주 추한 모습으로. 봄엔 비도 잘 안 오니 시원하게 씻어낼 수도 없거든."

"그런가? 질 때 모습은 눈여겨보질 않았어."

대꾸하던 정식이 걸음을 멈추고 준희를 보며 물었다.

"그럼, 인간은 결국 다 철쭉이라는 말씀인가? 혹시 매일 그런 모습만 봐서 그리 느껴지는 건 아니고?"

준희가 손끝을 턱에 대며 천천히 대답했다.

"글쎄, 요즘같이 오래들 살다 보면 나중엔 다 비슷비슷 구차하게 보이겠지."

그러다가 자기 말을 스스로 부정하려는 듯 고개를 저으며 단호하게 말했다.

"그래도 사람마다 다르지 않겠나? 난 다르다고 믿네!"

"음, 그 말을 들으니 학생 때 자네 모습이 생각나는군. 대단한 이상주의자였지, 자네."

준희를 힐끗 보고 말하는 정식의 입가에 야릇한 미소가 살짝 비쳤다.

"내가?"

준희가 멈칫 놀라며 물었다.

"그럼 아니었나?"

정식이 대답 대신 물었다.

"글쎄, 아무튼 우리 둘이 죽이 맞았으니까 그리 붙어 다녔겠지. 자네 혼자 몰래 공부해서 교수님이 되실 줄은 몰랐지만."

준희의 말을 듣고 정식이 피죽 웃으며 말했다.

"혼자서 연극에 빠져든 건 누군지 기억이 잘 안 나시는군."

그러자 준희의 입이 조금 벌어지며 입가에 무어라 표현할 수 없는 미소가 흘렀다. 삶의 무게에 눌려 잊고 있던 무엇인가가 가슴 속 한가운데 아스라이 떠오르는 느낌이었다.

"그러는 자네도 연극반에 가입했잖아?"

정식이 준희에게 대답했다.

"자네 따라갔지만, 나는 배우가 아니라 스태프 스타일이란 걸 금방 깨달았지. 그것도 스멀스멀 그만두게 되었지만, 아무튼 무대 위의 자네를 보는 건 정말 좋았어."

"그랬었군."

준희가 고개를 끄덕이자, 정식이 철쭉을 가리키며 물었다.

"갓 피어나는 꽃을 앞에 두고 이런 말 하는 건 좀 어색하지만, 아무튼 자네의 '이상주의적 꽃 이론'으로 돌아가서, 그렇다면 누가 동백이고 누가 철쭉이지? 그건 질 때가 되어야 비로소 아는 건가?"

"아니, 훨씬 전부터 알 수 있을 거야. 삶의 모든 결과는 수많은 원인이 모여 상호작용을 일으키며 이루어지는 거니까. 스스로 감당할 수 있는 것들이건 없는 것들이건 간에."

준희가 몇 걸음 걷다가 다시 멈춰 서며 말했다.

"몰래 공부한 사람은 여기 있군, 철학 공부 말이야!"

정식도 그를 보며 멈춰 서서 말했다.

"농담 마시고, 인간이 지속적으로 성장할 수 있는 존재라면, 그 성장은 자네 같은 교육자들 몫이겠지. 토막지식을 전수해 주는 것보다, 떳떳하고 보람 있게 사는 걸 보여주는 것만으로도 젊은이들에게 큰 영향을 주게 되는 것 아니겠어?"

그들은 다시 걸음을 옮기기 시작했다. 준희가 말을 이었다.

"아무튼 자네가 정말 부러워. 세상에서 가장 좋은 직업을 갖고 있으니까."

그러자 정식이 말했다.

"그래, 늘 감사하지. 그런데 여기라고 천국은 아니야."

준희가 정식을 보며 조심스레 물었다.

"요즘 학생들 취업 문제 때문에 고민이 많겠지?"

정식이 고개를 끄덕이며 말했다.

"맞아. 그런데 뭐, 그건 하루아침에 해결될 일이 아니지."

다소 어두워지는 그의 얼굴을 보며 준희가 말했다.

"무슨 다른 걱정거리라도 있는 모양이네."

"사람 사는 곳이 다 그렇지 뭐. 여기라고 꼴 같지 않은 비틀어진 놈들이 없겠나?"

준희의 눈이 동그래졌다.

"응? 누가?"

"교수들 특히…."

"교수들? 아, 자존심 강한 사람들이니까…."

"자존심? 그래, 맞아. 어디다 써먹을 건진 몰라도 남들이 못 가진 특수지식이 조금 있답시고 거들먹거리는 사람들도 많아. 그렇다고 그 인간이 훌륭한 건 절대 아니지만, 뭐, 그런 인간들은 그냥 못 본 척하면 그만인데, 정작 문제는 내세울 거라곤 하나도 없이 그저 철밥통 하나씩 꿰찬 자들이야. 그런 자들일수록 그걸 감추려고 더욱 날뛰는데, 정말 말릴 수가 없어."

"그래?"

"그럼! 손금이 닳아 없어지도록 비굴하게 비벼다가 일단 교수 자리 하나 꿰차면 그다음 날부터 '누구시더라?' 하는 눈길로 쳐다본다니까. 그런 걸 도장 찍어준 내가 바보지."

준희가 어안이 벙벙해져서 말했다.

"참 놀랍군. 그래도 교수들이라면 우리 사회 최고의 지성인들 아닌가?"

정식이 콧방귀를 뀌며 말했다.

"지성인들? 아이고, 요즘 젊은 놈들 참 대단해. 그런 자들일수록 뭐든 한자리씩 해 보겠다고 별 추잡한 짓거리들도 서슴지 않아요. 자네가 부러워한다는 이 학장이란 자리도 그런 자들이 모여 선출하는 거야. 조만간 또 선거가 다가오는데 말이야. 그놈들도 한 표, 나도 한 표, 모두 한 표씩! 민주주읜지 뭔지 참 어지러운 시대에 살고 있어. 정말로!"

점차 험해지는 말을 들으며 준희의 입도 점점 벌어졌다. 그러면서 마음속에 한 가지 의문이 들었다. 그런 거라면 보직에 연연하지 말고, 그냥 평교수로 연구와 교육에 전념하면 될 일 아닌가? 그것도 쉽지 않다는 건가?

그때 정식이 턱짓으로 앞쪽을 가리키며 말했다.

"저기 좀 봐. 저기 씩씩거리며 오는 놈 보이지?"

정식의 음성에 뭔가 긴장감이 느껴졌다. 준희는 그가 자기를 향하고 옆으로 서 있지만 눈길은 유심히 그쪽을 향하고 있다는 걸 알았다. 준희가 눈길을 돌려보니 저 앞에 40대 말이나 50대 초반 정도로 보이는 다부진 체구의 남자가 이쪽으로 걸어오고 있었다.

"방금 말한 그런 개자식들 중 한 놈이야."

준희는 놀라서 그를 보았다.

"응? 개자식?"

"명색이 역사 교수라는데, 아마 일 년에 책 한 권도 안 사 읽을걸! 정말이야! 오로지 하는 짓이라곤 떼거리로 몰려다니며 모사만 꾸미는 게 전부인 인간들. 철쭉은 죽어서 눌어붙는다지만, 저자들은 살아서 눌어붙어요, 평생!"

정식의 목소리는 저 밑바닥에서 올라오는 경멸 그 자체로 부르르 떨리는 듯했다. 듣고 있는 준희의 숨이 가빠졌다. 어떻게 해야 할지 몰라서 머뭇거리는 사이에, 그 사내의 굳어진 표정이 소상하게 읽힐 정도로 가까워졌다. 이러다가 무슨 일이라도 터지는 건 아닐까? 격앙된 정식을 보며 준희는 조마조마하며 손에 땀이 잡혔다. 이러다가 주먹다짐이라도 벌어진다면… 그럼, 어떡해야 하나?

그때였다.

"아이고, 교수님. 안녕하세요?"

힘껏 내리눌렀던 용수철이 튕겨 나가듯 정식이 갑자기 앞으로 달려 나가 굽실거리며 그 사람에게 손을 내밀었다.

"어어! 예에."

갑자기 허를 찔려 당황한 듯 그 사람이 멈춰 서며 약간 떨리는 음성으로 외마디 소리를 냈다. 그리고 악수를 피하려는 듯 황급히 두 손으로 뒷짐을 지었다. 우스꽝스러운 장면이었다. 학장은 개의치 않고 말을 이었다.

"어디 다녀오시나 보지요? 저도 친구가 와서 함께 점심 하러 가던 중이었어요. 때마침 날씨도 참 기가 막히네요. 이번에 잘 좀 부탁합니다. 시간 되실 때 교수님들 자리 한번 마련할게요!"

학장 얼굴에 한가득 핀 웃음꽃 앞으로 한 학생의 환한 웃음이 스쳐 지나갔다. 도저히 겹칠 수 없는 두 웃음이었다. 준희는 고개를 돌려보았다. 사방에 철쭉이 만발했다.

같이 좀 살자!

오늘따라 미세먼지가 극성을 부린다. 길은 엄청나게 막힌다. 도심 어디나 차들이 꼬리를 잡고 서 있다. 석규가 시계를 본다. 그다지 먼 거리 아니라고 안심하고, 충분한 시간 여유 없이 나온 게 잘못이다. 연이어 늘어선 동시신호 좌회전 교차로들을 하나씩 건너가는 게 정말 보통 일이 아니다. 신호가 몇 번씩 바뀌어야 겨우 하나 지나갈 수 있을 정도다. 인내심의 한계를 시험하는 듯하다. 이번 교차로는 특히 심하다. 교차로가 아예 엉켜버릴 지경이다.

"그러기에 혼잡한 도심에선 좌회전을 허용하는 게 아닌데, 쯧쯧."

석규는 자기도 모르게 고개를 가로젓는다. 정말이지 한국의 교통신호체계는 수십 년 동안 달리진 게 없다. 아무도 챙기는 사람 없이 그대로 방치된 느낌이다. 길 막고 번쩍거리며 지나다니는 높은 분들끼리 정치 놀음하는 사이에, 그렇지 않아도 사는 게 피곤한 서민들은 이런 데서 아주 파김치가 되고 만다. 이번에도 우측에서 좌회전해 들어오던 차들이 꼬리를 물고 앞을 가로막고 버티고 서 있다. 뻔히 그렇게 될 줄 알면서도 밀고 들어온 것이다. 곧 신호등이 파란불로 바뀌었지만, 서로 멀뚱거리며 쳐다만 보고 서 있을 뿐이다.

석규는 순간 저 깊은 곳에서 매일매일 한 켜씩 쌓여온 뭔가가 치밀어 오르는 걸 느낀다. 교통량이 많아서 밀리는 건 어쩔 수 없더라도, 이렇게 무작정 머리부터 밀어 넣어야 살아남는 식의 우격다짐 세상은 정말이지 더 이상 용납할 수 없다. 어떻게든 질서를 지켜야 다 같이 살 수 있지 않겠는가?

석규는 자기도 모르게 그만 정지신 앞으로 차를 몰고 나아가며 경적을 울린다. 그랬더니 앞을 가로막은 줄 끝에 서 있던 차의 운전석 창문이 열리고 40대쯤으로 보이는 남자 두 사람이 그를 째려본다. 이윽고 운전석에 앉은 남자가 머리를 내밀며 억센 사투리로 소리친다.

"같이 좀 살자, 마!"

히말라야 소금

창 넘어 햇살이 따뜻하다. 요즘 들어 늘 그렇듯 하늘은 뿌옇게 오염되어 있지만, 아무튼 완연한 봄이다. 영구는 온몸이 나른해지며, 기지개를 켠다. 모처럼 일주일에 한 번 쉬는 오후 시간, 좀 한가로이 어디 눈 여행이라도 떠났으면 좋겠다. 매일 대도시 안에서 북적이며 지속되는 틀에 박힌 일상을 벗어나 어딘가에 내 영혼이 잠시라도 쉬어 갈 만한 곳은 없을까?

별 기대 없이 텔레비전을 켜보니, 마침 다큐멘터리가 하나 방영되고 있다. 차마고도, 옛적부터 끝없이 이어지는 산등성을 따라 말 등에 하나 가득 차를 실어 나르던 사람들의 이야기다. 그 길에 등장하는 또 하나 소중한 상품, 바로 소금이 오늘의 이야기다. 보여주는 배경부터 심상치 않다. 첩첩 험한 산중, 깎아지른 듯한 산자락 밑 계곡 따라 제법 큰 강 흙탕물이 격류를 이루며 굽이굽이 흘러간다. 쉽게 건너가기 어려울 것 같다. 언뜻 인간의 흔적을 찾아보기 어려울 것 같은 그곳에도 강 양안에 서로 마주 보고 두 곳 마을이 형성되어, 각각 언어가 다른 두 부족이 자리 잡고 살아간다. 빤히 바라보면서도 아마 기를 쓰고 그 험한 강을 건너가 서로 괴롭히지 않고 그냥 대대로 평화롭게 살아온 모양이다.

마을은 강변을 따라 자그마하게 자리 잡고 있다. 그런데 농사지을 땅이라곤 눈을 비비고 봐도 찾아볼 수 없는 이 깎아지른 계곡 외딴곳에 어떻게 사람 사는 마을이 생겨났을까? 그 비밀은 거기 우물에서 솟아나는 소금물에 있었다. 그것으로 작은 밭떼기 같은 염전을 일구어 생계를 이어간다. 펀펀한 땅이 없는 그곳에 닥지닥지 자리 잡은 염전들은 모두 나뭇가지 얼개 위에 진흙을 덮어 일군 인조물들이다. 위에서 보면 마치 누군가 오밀조밀 팔레트에 약간씩 농도와 채도가 다른 누런 물감을 풀어놓은 듯하다. 그 위에서 조금씩 물이 증발하며 소금이 만들어진다. 바닥으로 조금씩 흘러내리는 소금물이 마치 고드름처럼 여러 가닥 소금 기둥들을 만들어 내기도 한다.

그런데 이런 첩첩 산골에 웬 소금물일까?

"아, 맞아! 지하 염호(소금호수)에서 흘러나오는 거로구나!"

영구는 무릎을 쳤다.

얼마 전 영구는 요즘 관심거리로 떠오르는 2차전지 공부를 좀 해본 적이 있었다. 하루가 다르게 뜨거워지는 지구 환경을 보존하려면 우선 내연기관차 대신 전기차로의 전환이 절실한데, 그 기술개발의 핵심은 고성능 2차전지이고, 마침 한국기업들이 그 분야 으뜸이라고 했다. 자랑스러운 일이었다. 그런데 고성능 2차전지에는 금속의 일종인 리튬이 필수적이라서 그걸 차지하려고 세계적으로 치열한 각축전이 벌어지는 중이었다.

리튬은 광산에서 채굴해 내기도 하지만, 정작 순도 높은 리튬의 보고는 놀랍게도 염호였다. 염호는 지구의 놀라운 지각 활동으로 바다였던 곳이 솟아올라 히말라야나 안데스 같은 거대한 산맥으로 변모하던 와중에, 여기저기 격리되어 갇혀있던 바닷물이 오랜 세월 동안 농축되며 생겨났다. 염호는 남미 안데스산맥에서 마치 자연의 거울같이 반짝이는 희한한 광경의 호수들이 관광 상품으로 개발되며 잘 알려지기 시작했다. 그런데 최근 들어서는 그보다 그 안에 들어 있는 리튬이 더 관심을 끌고 있다. 바닷물에는 리튬이 미량 섞여 있지만 거기서 경제적으로 의미 있는 수준의 리튬을 추출하려면 엄청난 농축 과정이 필요한데, 염호는 그 과정을 거저 이루어 준 셈이었다. 실은 지상보다 지하에 훨씬 더 많은 염수가 자리 잡고 있다고 하니, 그 엄청난 규모와 시간의 무게에 그저 입만 딱 벌어질 따름이었다. 그에 비하면 인간은 얼마나 날파리 같은 하찮은 존재인가?

차마고도 염전의 고된 일과가 계속된다. 머리에 수건을 두른 검게 탄 얼굴의 여인들이 우물에서 소금물을 길어 올려서 밭떼기 염전에 갖다 붓고 있다. 남정네들은 근방에 전혀 보이지 않았다. 오로지 여인들만 나서서 무거운 소금 물통을 지어 나르는 그 고단한 일을 매일 해 질 때까지 끝없이 반복한다. 가뭄이 들어 물이 줄어들면 통나무 깎아 만든 사다리 타고 10미터 이상 우물 속으로 내려가 소금물을 길어 올라오기도 한다. 체력의 한도에 이르기까지 고된 일을 하는 여인들의 얼굴엔 도무지 희로애락의 감정이라곤 한 점도 드러내지 않을 듯 무표정 그 자체다. 그들의 얼굴 위로 요즘 한국 여성들의 환한 얼굴 화사한 표정이 겹쳐 보였다.

영구는 그 여인들의 표정, 즉 무표정이 경이롭고 어딘가 신비로웠다. 뭔가 깊은 것이 느껴지는 듯했다. 무엇이 그들을 마치 완전히 다른 생명체처럼 보이게 할까? 끝없이 이어지는 힘든 삶이 저 여인들을 찌들게 만드는 걸까? 그래도 그들은 아무리 손바닥만 할지라도 엄연한 염전소유주들로서 내심 당당한 자부심과 행복감으로 가득하지 않을까? 그렇다면 힘든 걸 애써 드러내지 않으려는 엄청난 자제력의 결과인가? 아니면?

그 여인들을 보며 영구는 다소 생뚱맞은 생각이 든다. 리튬은 소금에 미량 섞여 있는 '불순물'이다. 그런데 그게 그냥 우연히 섞여 있는 걸까? 소금은 나트륨이 염소와 결합한 염화나트륨인데, 나트륨은 원소 주기율표상에서 1족 알칼리성 금속에 속한다. 그런데 리튬도 바로 그 1족에 속한다. 나트륨보다 하나 위 주기에 있으며, 원자량은 3배 이상 가볍다. 같은 족 원자들은 서로 비슷한 기본 성격을 가지는데, 1족 원소들은 그 자체로 매우 불안정하여 홀로 있지 못하고 다른 원소들과 즉시 결합하여 염의 형태로 된다. 그래서 나트륨과 리튬은 같은 혈통 형제라고 볼 수 있다. 그렇다면 리튬염은 소금에 우연히 들어있는 불순물이 아니라 원래 같이 있게 되어 있는 건지도 모르겠다. 만일 지구상에 리튬이 나트륨보다 더 많았다면 나트륨이 불순물 취급받지 않았을까?

소금은 생명체를 이루는 필수 요소다. 지구상 생명체는 원래 바다에서 비롯했다. 나트륨은 세포 내 삼투압을 조절하고, 세포막 안팎의 미세전압 수위를 조성하여 그것으로 수많은 생명 현상을 조절한다. 가장 두드러진 예가 신경세포다. 전선을 통해 전해지는 전류처럼 신경세포는 길게 뻗친 자신의 세포 돌기의 막 전기 자극으로 신호를 전달한다. 그 신호는 신경세포들 사이의 시냅스를 통해 다음 세포로 계속 확산하는데, 인간의 신경 활동과 정신 현상은 바로 그런 방식의 전기 조절 작용을 통해 이루어진다.

나트륨에 비해 리튬의 생물학적 기능은 잘 알려지지 않았다. 그런데 리튬에는 한 가지 특이한 약리 기능이 있다. 언제부턴가 리튬은 인간의 정신질환 치료에 사용되었는데, 특히 조증에 탁월한 효과가 있다. 조증은 인간의 정신 기능이 어떤 이유에서인지 지나치게 과열되어 극단적 양상을 보이는 건데, 리튬염은 그걸 진정시켜 주는 기능이 있다. 또한 자살 예방효과도 있다고 한다. 자연에 미량 존재하는 물질의 그런 약리학적 기능을 누가 어떻게 발견해서 의료에 사용해 왔는지 궁금하다. 아마도 인류의 오랜 경험을 통해 터득하게 된 것이겠지. 리튬은 알게 모르게 인간의 삶에 영향을 미쳐 온 것인지 모른다.

그렇다면 차마고도 염전마을 소금물에 비교적 다량 포함된 리튬염을 평생 복용하면 이들처럼 고요하게 침잠한 인품으로 되는 건 아닐까? 혹시 이른바 선진사회 사람들은 바다의 '오염물'을 깨끗이 걸러낸 순수 소금만 먹어서 성품이 경망스럽고 철모르고 나대는 건 아닐까? 그러면 현대인의 영혼을 구할 영약은 다름 아닌 히말라야 소금? 영구는 자기도 모르게 실소를 머금는다. 그러면서 한 열흘 전 아내와 나누었던 대화가 떠오른다.

"오늘 이상한 일이 있었어요. 우리 동에 사는 누군가가 현관문에 뭘 걸어두고 갔어요. 잘 모르는 집인데."

마주 앉아 저녁 식사하던 영구에게 아내 현숙이 말했다.

"응? 뭘요?"

영구가 젓가락질을 잠시 멈추고 현숙을 바라보며 물었다.

"장례식 답례라는데…."

현숙이 미심쩍은 표정으로 고개를 살짝 기울였다.

"장례식? 부고가 왔었어요?"

"아니요. 요즘 아파트 단지에 그런 것 돌리는 집이 어디 있어요?"

영구가 고개를 끄덕였다. 하긴 요즘은 거의 다 외부에서 임종하고 장례식장에서 조용히들 치르니까 알 수가 없었다. 아파트 단지는 오로지 산 사람들만을 위한 곳이고, 죽은 사람이나 죽어가는 사람들을 위한 공간은 없었다. 산 자와 망자 공간의 원천적 완전 격리라고나 할까?

"그건 그래요. 혹시 무슨 떠들썩한 일이 있었던 건 아니지요?"

"아니요, 아까 경비 아저씨에게 살짝 물어봤는데, 별다른 일 없었다던데요."

"그럼, 뭐, 큰일 잘 치렀다고 인사차 들르신 모양인데, 아무튼 요즘도 잘 모르는 이웃에게까지 그렇게 예를 차리는 댁이 계시네요."

"그런데 그걸 어떡하면 좋을지 모르겠어요. 솔직히 좀 찜찜하기도 하고."

"그게 뭔데요?"

"살짝 열어봤는데 소금이라고 적혀 있던데요?"

"에? 소금?"

영구가 눈이 휘둥그레지며 현숙을 바라보았다. 쉽사리 이해되지 않았다. 소금? 장례식 답례로? 그건 흔히들 귀신 쫓아내거나, 재수 없는 사람들 또 오지 말라고 등 뒤로 뿌리는 것 아닌가? 순간 오싹한 느낌이 들었다.

"그렇다니까요. 보여드려요?"

현숙이 엉거주춤 일어나려고 하며 물었다. 영구가 의연한 척 손을 저으며 말했다.

"아니요, 그럴 필욘 없고. 그냥…."

"그럼 그냥 돌려보낼까요?"

"그건 안 되지요! 희한한 일이지만 어쨌든 남의 성의인데 돌려보낼 수는 없어요."

그러자 현숙이 의자에 주저앉으며 투덜거렸다.

"그러면 어떻게 해요? 아이, 이런 건 좀 가장이 나서서 척척 해결하면 얼마나 좋을까!"

그러자 영구가 기어들어 가는 목소리로 중얼거렸다.

"누군지도 모르는 분인데 뒤늦게 문상할 수도 없고…."

현숙이 손으로 머리를 짚었다.

"좀 쓸 만한 물건이면 경비 아저씨 드리면 될 텐데, 이건 참, 아휴."

모든 집안일에 그랬듯이, 영구는 늘 말로만 하고 실상은 현숙의 손길 뒤에 말없이 숨어 지냈다. 영구는 대충 식사를 마치고, 슬그머니 화장실에 가서 손을 닦았다. 모든 게 찜찜했다.

영구는 소파 위에 기대어 꼬았던 다리를 풀고, 상체를 앞으로 기울여 두 팔꿈치를 무릎 위에 얹고 앉는다. 눈은 여전히 염전의 그 여인들을 향하고 있지만, 뭔가 석연치 않고 부끄럽고, 심사가 편치 않다.

"남자란 족속은 죄다 여자 꽁무니 뒤에 숨어 있어! 저 동네 남자들은 대체 뭘 하고 여자들만 저렇게 부려 먹는담?"

공연히 그들에게 화풀이라도 하듯 퉁명스레 한마디 내뱉는다. 그러나 그 의문은 곧 이어지는 화면을 보며 저절로 풀린다. 굽이굽이 차마고도 비탈길과 낭떠러지를 따라가던 행렬이 가파른 산마루를 힘겹게 오르고 있다. 무거운 소금 자루를 등에 실은 노새들이 힘에 겨워 옆으로 빠져나가려는 걸 남정네들이 앞에 서서 한 발 한 발 억지로 끌어당기고 있다. 마치 거대한 자연과 사투를 벌이는 듯하다. 햇볕에 그은 가무잡잡한 얼굴, 꼭 다문 입가로 가쁜 숨이 새어 나왔다.

그렇다! 그들은 그 험한 산길을 넘어 머나먼 곳 어느 마을까지 가서 그걸 팔고, 곡식과 바꿔 다시 그 먼 길을 돌아오는 것이다. 무리에는 이번 원정 후 그 마을 처녀에게 장가들러 올 총각도 포함되어 있다. 작지만 어엿한 자기 소유 염전을 가진 처녀에게 그야말로 장가를 '오는' 것이다. 무덤덤해 보이는 그녀도 그를 손꼽아 기다리고 있겠지. 드디어 산마루를 넘으니, 서낭당이 보이고 그 위에 꽂힌 울긋불긋 깃발들이 바람에 펄럭인다. 그들은 그 앞에 나란히 서서 합장하고 절을 올린다. 그제야 비로소 입가에 보일 듯 말 듯 연한 미소가 번진다. 그들에겐 육신이 고달픈 건 아무 문제도 되지 않는다. 그저 그들의 터전에서 조상 대대로 소금물이 솟아나 주고, 아무리 거친 길이라도 그걸로 애써 만든 결과물을 지어 나를 수 있다는 게 감사할 따름이다. 그게 아니라면 어떻게 이렇듯 척박한 산골짜기에서 삶을 영위하고 대를 이어갈 수 있을까?

바람은 산등성을 타고 그칠 줄 모르고 불어온다. 화면 속 광활한 대자연에 빠져드는 영구에게 불현듯 한 가지 생각이 떠오른다.

'바로 저기가 내가 돌아갈 곳 아닐까? 아! 저기서 죽으면 좋겠다. 그래서 저 땅에 묻혀도 좋고, 가루가 되어 저 바람 타고 날려가도 좋고.'

어떤 동물적 귀소본능일까? 영구의 눈앞에 고층 빌딩처럼 첩첩이 쌓아 올린 추모공원 납골당이 떠오른다. 여기서는 죽어서도 아파트 신세를 못 벗어난다. 생전에 비해 차지한 평수만 줄어들 따름이다. 정말이지 그런 데 갇히긴 싫다. 그런데 한편으론 살아서나 죽어서나 그걸 못해서 안달이기도 하다.

대자연 속에 있는 힘껏 열심히 살아가는 저들은 참 훌륭하다. 부끄러운 건 앉아서 입만 놀리고 있는 영구 자신이다. 그러다가 은근히 걱정이 한 가지 떠오른다. 요즘 리튬 자원 확보하느라고 혈안들인데, 지하 염호 매장량이 상당하다면 거기서 저들이 한가하게 소금이나 걸러 먹으라고 중국 정부가 그냥 내버려둘까? 만일 저기서 내쫓기면 오로지 소금물을 생업으로 대를 이어온 저들은 어떻게 될까?

다행히도 그 걱정은 곧 기우로 드러난다. 다음 장면, 우기에 접어들어 강물이 넘치며 염전이 범람한다. 그들 생활의 터전이 죄다 쓸려나가는 엄청난 시련이지만, 그래도 소금물은 계속 솟아오르고, 그들은 다시 딛고 일어나 새로 염전을 고쳐서 다시 소금물을 길어 넣는다. 그렇다면 오히려 하늘이 그들을 돕는 것이 아닌가! 아무리 커다란 염호가 지하에 자리 잡고 있더라도 그렇게 비가 오는 곳에선 리튬이 희석되어 채산성이 잘 안 맞겠지. 산업적 가치로 따지면 그림의 떡이 되는 셈이다. 그냥 그들의 떡으로 오래오래 남아 있기를! 영구는 자기도 모르게 손뼉을 친다. 차마고도 산꼭대기까지 날아오르는 느낌이다.

그때다.

'딩동!'

초인종 소리가 들린다.

'택배가 왔나 보네.'

혼잣말하면서도 영구는 아직도 차마고도에 머물고 있다. 택배는 보통 초인종을 한 번 누르고 문 앞에 물건을 두고 간다. 그렇다면 그냥 내버려두면 된다.

'딩동!'

잠시 후 다시 초인종이 울린다. 영구는 별수 없이 현실로 끌려 들어와서 자리에서 일어나 문가로 다가간다.

"누구세요?"

"네, 18층인데요."

문구멍으로 웬 여자가 서 있는 게 보인다. 영구는 일단 자기 옷차림부터 본다. 아무렇게나 입고 있었지만, 벌거벗은 건 아니니까 괜찮을 것 같았다. 문을 여니, 화려한 홈드레스 차림을 한 초로의 여인이 눈앞에 서 있다. 눈매가 꽤 날카롭고 약간 튀어나온 턱이 눈에 들어온다. 여기서 오랫동안 살아왔지만, 본 기억이 없는 사람이다. 아마 요즘 들어 이사 온 사람일지 모른다. 영구가 조심스레 묻는다.

"그러세요? 무슨 일로 오셨나요?"

영구를 아래위로 살짝 훑어본 그 여인은 별다른 인사도 없이, 현관 손잡이를 가리키며 말한다.

"지난주, 여기 뭐가 걸려 있지 않았었나요?"

영구는 초면에 무례하기 짝이 없다는 생각이 든다.

"예? 뭐가요?"

그 여자가 마치 시치미 떼지 말라는 듯한 눈초리로 영구를 바라보며 말을 잇는다.

“다른 집에 갈 물건이 분명 여기로 왔을 텐데….”

영구는 울화가 터지려는 걸 참으며 대답한다. 다짜고짜 남의 집에 쳐들어와서 이게 무슨 무례한 짓인가?

“어느 댁 장례 예물이 왔었다고 들었는데, 혹시 그것 말씀인가요?”

그 여자가 눈썹을 천천히 들어 올리며 약간은 코맹맹이 소리로 말한다.

“아, 이제 기억이 나시는군요!”

영구가 역겨움을 억누르며 대답한다.

“요즘 세상에도 이웃에게 이렇게 인사하는 분들이 계시구나 하고 놀랐었는데….”

영구가 미처 말을 마치기도 전에, 그 여자가 말꼬리를 자르며 말한다.

“그게 아주 귀한 거라서요. 히말라야 소금이거든요.”

“에? 히말라야 소금이요?”

영구가 깜짝 놀란다. 그러자 그 여자가 ‘그럼, 그렇지!’ 하는 표정으로 살짝 턱을 쳐들며 말을 잇는다.

“아시나 보지요? 시중에서 좀처럼 구할 수 없는 거라서요. 값이 문제가 아니에요.”

“아, 그러시군요.”

영구의 말투가 절로 비틀어진다. 그 여자의 눈썹이 파르르 떨리는 것 같다.

"그럼, 이제 돌려받을 수 있을까요?"

"집사람이 없어서 잘 모르겠네요."

그 여자가 영구 뒤쪽 집안으로 흘깃 눈길을 주며 떠오르는 듯한 콧소리로 캐묻는다.

"그럼, 부인께선 언제 오시지요?"

"글쎄요."

"그걸 알려주셔야 다시 찾으러 올 텐데…."

점입가경이다. 영구에게서 자기도 모르게 질문이 흘러나온다.

"그 소금 선강에 좋다지요?"

"뭐, 아시는 분들은 다들…."

그 여자의 콧소리 허리를 자르며 영구의 질문이 이어진다.

"그런데 워낙 귀한 거라 많이 못 드셨나 보지요?"

"네?"

그 여자 눈이 둥그레지는 걸 보며, 영구가 계속 묻는다.

"얼마나 힘드셨어요?"

"뭐가요?"

의아한 눈으로 째려보며 그 여자가 되묻는다.

"히말라야 꼭대기까지 가서 장례 치르시느라."

"무어라고요?"

그 여자의 눈이 잠시 의아함에서 곤혹을 넘어 서서히 분노로 이글거리다가, 기어이 입술까지 부들부들 떨린다. 그러더니 이내 획 돌아서서 사라진다.

생명체 이야기들

1. 낟알 이야기

이른 봄부터 나는 온갖 역경 다 견뎌내고 여름내 땡볕 속에서 묵묵히 있는 힘껏 일했다. 왜? 모든 생명체의 한 가지 소망, 바로 자손을 남기기 위해서! 그래서 우리 유전자가 온 누리에 퍼져나가도록! 이제 가을이 되어 주렁주렁 줄기가 휘어지게 자손들을 품에 안았다. 나 스스로 참 대견하고 자랑스럽다. 땅에 뿌리를 굳건히 내리고 생명을 잉태한 게 뿌듯하다.

그러나, 아, 부모로서 내 역할은 거기까지다. 애써 고이고이 만들어 낸 낟알들, 내 아이들에게 마음껏 살아보라고 여기저기 저 넓은 세상에 데려갈 수 없다. 나는 땅에 붙어 있어, 움직일 수 없기 때문이다. 내버려두면 결국 저 아이들이 모두 코앞에 떨어져 여기서만 바글거리며 서로 치고받고 싸우는 꼴을 봐야 한다. 그러지 않으려면, 누군가 하나씩 옮겨 널리 퍼뜨려 줘야 한다. 그렇다! 그건 동물들만이 할 수 있다. 싸돌아다니기 때문이다. 그들은 건달처럼 일은 안 하고 거저 우릴 먹고사는데, 그래도 우리는 그들을 먹여 살려야 한다. 그들이 먹은 걸 어딘가로 가서 배설해야 그 안에 일부 살아남은 우리 아이들이 그 배설물을 거름 삼아 무럭무럭 자라날 수 있기 때문이다. 바로 그게 그들과 우리들의 숙명적 관계다. 살아남을 확률이 높아지려면, 낟알을 하나라도 더 만들어 내야 한다. 그래서 난 그렇게 쌔빠지게 일했다.

이미 감을 잡으셨겠지만, 우리가 딱히 동물들을 위해 허리 휘어지게 일하는 건 아니다. 그들은 자기들이 뭐나 되는 듯 까불대고, 우쭐대고, 경망스럽기 짝이 없다. 뿌리가 없으니, 우리처럼 진중할 수 있을까? 품격인들 있을까? 심지어 자기들끼리 잡아먹고 먹히기도 한다. 끔찍한 노릇이다. 꼭 그렇게 살아야 하나? 육식하는 그런 놈들은 우리랑은 직접 상관이 없으니 그나마 천만다행이다.

게걸스러운 부류 중 단연 으뜸은 인간이다. 그들은 뭐든지 닥치는 대로 먹는다. 그들의 욕심은 끝이 없다. 도무지 '적당히'라는 걸 모른다. 배불리 먹고는 그 자리에서 돌아서서 또 먹기 시작한다. 그러곤 우리를 생명체로 존중하기는커녕 한낱 소유물로 여긴다. 그들은 약아빠졌다. 우리의 약점을 꿰뚫어 보고, 논에 뿌려 놓기만 하면 알아서 뼈 빠지게 일할 거란 걸 잘 알고 있다. 그래서 올해도 자손을 길러낸 건 사실이지만, 실은 나도 이런 논에만 처박혀 있고 싶진 않다. 보지 못한 넓은 세상으로 나가보고 싶다. 그래서 뿌리 없는 그들을 경멸하면서도 실은, 솔직히 말하면, 부럽다. 부럽기 짝이 없다.

인간이 하는 얍삽한 짓거리가 어디 한둘일까? 그중에서도 진정 용서하기 어려운 건 그놈들 고운 밥 먹겠다고 우리 아이들 홀딱 벗겨서 속살만 발라 처먹는 꼴이다. 나는 본능적으로 그런 놈들을 혐오하고 경멸한다. 그런 짓 하기 어렵게 나름대로 거친 겉껍데기를 착 붙여놓은 건데, 그자들은 아예 정미소란 걸 만들어서 우리 아이들 한 톨도 안 빼놓고 속살만 발린다. 그걸 자랑하고 다닌다. 아, 가슴이 미어지는 듯하다. 차라리 쥐 같은 동물들에게 먹히면 얼마나 좋을까? 열심히 낟알을 먹더라도, 일부는 껍데기째로 삼켜줘야 하지 않을까? 어쩌다가 실수로라도 한둘쯤은 그냥 꿀떡 삼켜주면 안 되나? 그 정도 아량도 없나?

남의 씨앗을 까먹는 놈들은 생명을 존중할 줄 모르는 나쁜 놈들이다. 그래서 어떤 과일들은 씨앗 속껍질에 청산가리를 조금씩 넣어 두었다지. 자기 아이들 대놓고 까먹는 놈들을 세상에 남겨두지 않겠다는 거다. 실은 인간도 그걸 잘 알고 있어. 그래서 그걸 모아 달여서 사약으로 써왔다지 않나. 그렇게 서로 죽이면서도, 왜 그런 게 거기 들어있는지, 그 뜻이 무엇인지 생각은 도무지 없다. 자연에 귀를 기울이고자 하는 자는 없고, 전부 악악대고 자기 얘기만 떠들어대며 서로 뺏고 빼앗기다가 한평생 보내고 마는 거야. 뭐 대단한 삶이라고!

청산가리 품은 식물들을 충분히 이해한다. 오죽하면 그랬을까? 그러나 난 그렇게 모진 성품이 아니다. 그런 독한 짓을 할 수는 없다. 그래서 난알 하나라도 더 만드는 쪽으로 가보려고 여름내 그렇게 열심히 일한 것이다. 게다가 속껍질에는 독은커녕 엄청난 영양분을 넣어 주었다. 인간이 분수를 알고 적당히 까먹으면 속껍질로 충분히 보상해 주려는 깊은 뜻이다. 현미의 속껍질은 그놈들 뱃속에 사는 미생물에겐 천상의 먹잇감이다. 그럼, 그 미생물도 행복하고 덩달아 인간도 건강해진다. 그렇게 챙겨줘도, 속껍질까지 그냥 홀랑 다 벗겨 먹어야 직성이 풀리나 보다.

끝내 주제를 모르고 분수를 못 지키는 인간에겐 나도 하는 수 없이 복수한다. 그래서 우리 아이들 속살만 발라먹고 피둥피둥 살찐 자들에게 당뇨라는 병을 안겨준다. 그게 얼마나 무서운 병인지는 당해본 자들은 잘 안다. 남의 사정 살피지 않고 자기 뱃속만 채우려 들면 어찌 되는지 배우면서 죽어가겠지. 나는 그래도 그들에게 이 세상 구경은 하고 죽을 시간은 준다. 청산가리 먹고 죽는 것보다 그편이 더 나을지 아닌지는 잘 모르겠지만. 어떤 길을 택할지는 인간 각자에게 달렸다.

나는 모든 생명체가 공존하는 세상을 꿈꾼다. 나는 식물로 태어난 것이 좋다. 자랑스럽다. 그래도 솔직히 다리 가진 존재들이 부러운 건 어쩔 수 없다.

2. 치타 이야기

나더러 세상에서 제일 빠르게 뛸 수 있으니 부럽다는 동물들이 많다.

'그렇게 빠르니 맘먹으면 못 잡을 동물이 없겠구나!'

사정이 꼭 그렇지 못하단 건 그놈들도 잘 안다. 실은 먹잇감을 놓치고 헐떡거리며 주저앉은 날 놀리려고 한마디씩 그렇게 내뱉는 짓거리다. 그냥 무시하려 하지만, 어떨 땐 내 속을 정말 뒤집어 놓기도 한다. 그러니 괘씸할 수밖에.

내가 엄청난 속도로 달릴 수 있다는 건 맞는 말이다. 그러나 세상에 공짜는 없다. 그러기 위해 나는 여러 가지를 희생해야 했다. 몸매가 날렵해야 하니까 결코 우람할 수는 없다. 그래서 잡을 수 있는 먹잇감도 작은 영양류에 그친다. 최고 속도로 달릴 수 있는 시간도 얼마 되지 못해서, 불과 십여 초 안에 결판을 내야 한다. 내 근육부터가 그렇게 생겨 있다. 영양들은 그걸 잘 안다. 그래서 사방이 탁 트인 개활지를 찾아 늘 경계를 늦추지 않고 풀을 뜯어 먹는 것이다. 그러다가 살

살 다가가는 날 보기만 하면 소리를 지르며 냅다 달아난다.

“아, 영양들이 얼마나 민첩하게 사방팔방 방향을 바꾸며 뛰는지 당신들이 어떻게 알 수 있을까?”

일단 달리기 시작하면 그 짧은 시간 넘기지 못하고 잡힐만한 건 어린 새끼들이나 거동이 시원치 않은 늙은 영양들이 대부분이다. 실상 그들이 우리 가족을 먹여 살려주는 셈이다. 사냥의 성공은 열심히 관찰하여 미리 목표를 잘 설정하고 은밀하게 단 한 걸음이라도 더 가까이 접근하는 데 달렸다. 그러자면 바람의 방향까지 세심하게 챙겨야 한다. 덩치가 어른만큼 커졌더라도, 경험 없는 아이들은 성공하기 어려운 게 바로 그 때문이다. 내가 사냥할 때 뒤에서 소리나 내지 않으면 다행이다. 뭐, 나라고 성공률이 특별히 높은 건 아니다. 실토하자면 그 무엇보다 중요한 건 운이다.

어쩌다가 운이 좋아 사냥에 성공해도 정작 문제는 그다음부터이다. 속도를 위해 희생한 체격이 결국 문제다. 내가 가진 힘은 먹잇감을 잡는 데만 충분할 정도다. 나는 잡은 먹잇감을 멀리 끌고 가거나 나무 위로 높이 올릴 힘이 없다. 덩치 큰 사자나 하이에나 떼들과는 도저히 대적할 수 없다. 그래서 그놈들이 주로 돌아다니는 야간을 피해 낮에만 사냥하지만, 그래도 애써 잡은 먹잇감을 송두리째 그놈들에게 빼앗기는 경우가 한두 번이 아니다. 그 날강도들이 냄새를 맡고 나타나면, 아무리 속이 뒤끓어도 빨리 자리를 피해줘야 한다.

그래야 다음을 기약할 수 있으니까.

"아, 안타깝도다!"

결국 먹이를 잡으면 잽싸게 먹어 치우는 길밖엔 없다. 그런데 거기서 아이들의 협조가 필수적이다. 젖먹이 때 같으면 나 혼자 빨리 먹을 수 있는 만큼 먹고 가면 되는데, 젖을 갓 뗀 아이들이 넷이나 식사만 기다리고 있다면 상황이 아주 달라진다. 낮은 소리로 불러도 금방 와주면 다행인데, 서툴게 시간을 끌면 끌수록 먹잇감을 통째로 빼앗기거나 심지어 아이들이 위험에 빠질 수도 있다. 어미는 먹잇감을 지키고 있다가 아이들이 와야 비로소 고기를 뜯는다. 일단 피 냄새가 나기 시작하면, 먹는 것도 시간과의 싸움이다. 아이들 먹는 것도 챙겨주며, 어미도 먹이가 코로 들어가는지 입으로 들어가는지 모르고 먹는다. 그러면서도 혹시 위험이 다가오는지 계속 경계한다. 그러니 어미는 늘 소화불량에 시달릴 수밖에. 그래도 배고픈 것보단 낫다. 맛을 음미한다는 건 적어도 어미 치타에겐 사치다. 다만 배불리 먹고 행복한 애들을 하나씩 핥아줄 때면 어미는 비로소 사는 보람을 느낀다.

사냥이 잘 안되거나 사냥감이 뜸해지면 다가오는 초조, 불안은 이루 말할 수 없다. 아이들을 놔두고 어디 멀리 가서 사냥하기도 어렵다. 그럴 땐 내가 어미 노릇을 잘못하는 것 같아서 자괴감도 든다. 먹이지 못하면 아이들도 없다. 엄청난 두려움이 몰려온다. 그럴 땐 수컷들이 부럽기도 하다. 그들은 자기들끼리 몰려다니며 먹고살면 되는 거니까. 얼마나 홀가분할까?

그래도 있는 힘껏 열심히 살아가지만, 가끔 사는 데 회의가 들기도 한다.

"아, 고달프다! 꼭 이렇게 살아야 하나?"

누군가의 숨통을 끊어놓아야 간신히 먹고 산다는 게 참 고달프다. 그게 바로 원죄인가? 어떨 때는 솔직히 다 그만두고 싶은 생각도 든다. 그러나 어쩌겠는가? 아이 달린 어미에게 선택의 여지는 없다. 어서 무럭무럭 커 주기만 바라며, 그때까진 이를 악물고 달릴 뿐이다. 나머지는 다 사치스러운 생각이다. 그래도 계속 떠오른 생각은 어쩔 수 없다.

"남의 살 말고 다른 걸 먹고 살 수는 없을까?"

그렇다고 풀을 뜯어 먹으며 우리 같은 놈들에게 쫓겨 다니는 신세가 되고 싶지는 않다. 만일 다른 기회가 주어진다면, 아예 뿌리를 가진 존재가 되고 싶다. 정말이다.

3. 노인 이야기

장코치가 미소 지으며 다가와 인사했다.

"안녕하세요?"

헬스클럽에 새로 온 젊은이인데 참 친절하고 점잖은 분이

다. 실내 자전거를 타고 있던 나도 웃으며 인사했다.

"네, 안녕하세요?"

장코치가 말했다.

"오늘도 운동 열심히 하시네요."

"이거요? 그냥 눈속임이에요."

그러자 코치가 놀라서 눈이 휘둥그레졌다.

"예? 이렇게 땀 흘리며 운동하시는데 눈속임이라니요?"

"아니 그런 뜻이 아니라…."

"혹시 어르신 육체미 대회라도 나가시게요?"

그가 '설마 그런 건 아니시지요?' 하는 의아한 눈길로 나를 훑어보며 다시 물었다.

"아니, 그냥 내 몸을 속이는 거예요."

놀란 그의 당혹한 표정을 보며 내가 말을 이었다.

"말하자면 내가 꼭 필요한 사람인 것처럼 내 몸이 느끼도록 속이는 거예요."

이쯤 되자 그는 그냥 가버릴 수도 없고 계속 있을 수도 없이 몹시 난처한 표정을 지었다. 그 표정을 보고는, 설명을 시작했다.

"생명체의 최우선 과제는 자손을 퍼뜨리고 이어가는 거잖아요. 그렇지요?"

"아, 예…."

장코치가 마지못해 대답했다. 노인이 이상한 소리 시작하는데 딴청 부리거나 슬그머니 사라지지 않는 걸 보면 그는 요즘 드물게 보는 훌륭한 젊은이다.

"연어들을 한번 보세요. 온갖 역경과 위험과 희생을 무릅쓰고 강을 거슬러 자기가 태어났던 곳으로 기를 쓰고 올라가 기어이 수많은 알을 낳지요. 그런 다음엔?"

이젠 더 이상 할 말을 잃고 자포자기한 장코치를 바라보며 내가 말을 이었다.

"만신창이가 된 몸으로 할 일을 마친 연어들은 조용히 마지막을 맞이해요. 장엄한 죽음이지요. 그들의 유전자가 후대로 이어지도록 비로소 할 바를 다한 거니까요. 생물학적으로 보면 개별 개체는 하나하나 별 의미가 없거든요. 보기에 따라 아주 잔인할 수도 있지요. 그런데 인간은?"

장코치가 비로소 아주 약간이나마 흥미를 보이는 듯했다.

"인간을 위시한 포유류는 아기를 하나 아니면 아주 소수만 낳고 젖을 먹여 길러야 하니까 부모가 연어처럼 즉시 죽어버리면 안 되지요. 그럼 대가 끊길 테니까요. 그래서 다음 대를 이어가는 데 '필요한 만큼'만 더 살도록 허락받는 거예요. 그런데 그 시간이 얼마만큼 '필요한지' 어떻게 알까요? 이렇게 생각해 보세요. 젖을 먹여 키우려면 열심히 뛰어다니며 일해야 하지 않겠어요? 나도 잘 먹어야 젖도 잘 나올 테니까요. 그래서 '필요한 만큼'이란 건 실상 '열심히 움직일 수 있는 만큼'이란 뜻과 마찬가지가 돼요. 그게 안 된다면 그때부턴 '필요 없는' 거지요. 우리 몸 구석구석에 이미 그렇게 각인되어 있다는 거예요."

장코치가 관심을 조금 보이며 고개를 조금씩 끄덕였지만, 아직 아리송한 표정은 그대로였다.

"생물학적으로 보면 노인들은 사실 별 쓸모가 없잖아요? 그래서 나이를 먹을수록, 생명의 시계가 더 빨리 돌아가도록 세팅되어 있어요. 기력이 떨어지고, 근육이 빠지고, 대사 효율은 떨어지지요. 그러니 이제 내 몸이 스스로 결정적 단계를 넘어섰다고 판단하기 전에 부지런히 움직여서 '눈속임'을 하면 노쇠의 시계를 어느 정도 늦출 수 있게 돼요."

그러자 장코치가 미심쩍게 고개를 갸우뚱하며 말했다.

"아, 무슨 말씀인지 알 것도 같습니다. 그런데… 실제로 자식 하나 잘 키우는 게 얼마나 어려워요? 어머니는 물론이지만, 아버지 할 일도 많고, 또 할아버지 역할도…."

그 말을 듣고 내가 웃으며 물었다.

"할아버지 재력? 아이고, 큰일 났네."

그러자 장코치가 마주 웃었다. 긴장했던 그의 얼굴이 비로소 활짝 펴지는 걸 보며 내가 말을 이었다.

"그래요. 아까는 생물학적 원칙이 그렇단 얘기고, 인간이 모여 사는 사회현상은 훨씬 더 복잡하지요. 아이들 양육 잘하려면 정말 온 가족이 힘을 합쳐야 해요."

장코치가 큰소리로 맞장구쳤다.

"그러기에 말입니다!"

"아까 '필요한 만큼' 살게 해준다는 것도 여러 의미로 살펴볼 수 있어요. 육체적 의미만이 아니라 정신적인 의미, 사회적인 의미도 잘 생각해 봐야 해요. 이를테면, 꼭 내가 낳은 자식만 내 자식일까요? 남의 자식들이나 다음 세대 전체를 위해 뭔가 하나라도 도움이 되도록 애쓴다면, 그게 유전자 입장에서 보더라도 '필요한' 삶이 아닐까요? 자기밖에 모르는 편협한 생각에 갇혀 살면, 그야말로 '필요하지 않은' 삶이 될 수도 있지 않을까요?"

"맞아요!"

장코치가 큰소리로 대답했다.

"우리 사회가 생명의 원칙에 맞게 움직이는지 돌이켜 볼 필요가 있어요. 이를테면 사회복지도 다음 세대를 위한 투자에 중점을 두는 게 더 타당할지 몰라요."

"적극 찬성입니다! 요즘은 잘 기르고 말고에 앞서서, 우선 낳질 않으려고 하잖아요. 왜 그러겠어요? 정말 힘들거든요."

장코치의 눈빛이 반짝였다. 그는 머잖아 결혼을 앞두고 있었다.

"그래요. 개인이나 사회나 생명의 원칙에 맞는 삶이 어떤 건지 잘 생각해 볼 필요가 있어요. 그 안에서 삶의 의미 추구는 각자의 몫이겠지만요."

그러자 장코치가 물었다.

"아무튼 운동은 열심히 해야 하겠지요?"

"그건 자기 몸만 속이면 되니까 나쁠 게 없어요. 코치님들 하실 일도 많아지지 않겠어요?"

노인과 코치는 함께 큰 소리로 웃었다.

치유의 문

칠흑같이 어둡다. 사방을 둘러보니 저 멀리 아주 작은 실낱같은 빛살이 하나 보인다. 혹시나 해서 눈을 감았다가 다시 떴다 반복해 본다. 그래도 그 자리에 계속 보인다. 빛이라곤 오로지 그 하나뿐이다. 나는 기를 쓰고 그 불빛을 향해 나아간다. 꽤 간 것 같은데, 불빛은 그대로다. 아주 멀리 있는 모양이다. 계속되는 오르막에 숨이 차오른다. 그래도 한 걸음씩 계속 오른다. 얼마를 갔을까, 비로소 불빛이 조금 커지며 밝아진다. 일단 그걸 깨닫자 힘이 더 솟아오른다. 사각형 공간에서 빛살이 새어 나와 퍼져나가는 게 보인다. 다가갈수록 그 공간이 점점 더 커지며, 가운데 검은 그림자가 보인다. 이제 살짝 열린 문과 그 앞에 버티고선 거구의 수문장이 보인다. 그의 뒤쪽에서 새 나오는 빛줄기가 너무 강렬하고 눈부셔서, 똑바로 바라보기 힘들다. 그래도 나는 계속 앞으로 나아갔다. 드디어 그 앞에 섰다.

"여기가 어딘가요?"

수문장에게 내가 물었다.

"'치유의 문'이다."

수문장이 묵직한 목소리로 대답했다.

"치유? 그럼, 저쪽은 완치의 세계?"

내가 그의 뒤쪽을 가리키며 물었다.

"그렇다."

순간 나는 자기도 모르게 두 팔을 들고 펄쩍 뛰며 소리쳤다.

"야, 찾았다! 드디어 찾았어!"

그러자 수문장이 불호령을 내렸다. 천둥소리처럼 들렸다.

"이 무슨 해괴한 짓거리냐? 여기가 어딘 줄 알고?"

귀가 먹먹했다.

"'치유의 문'이라면서요?"

"그런데 웬 호들갑이냐? 당장 멈추지 못할까!"

그의 위세에 눌려 나는 슬며시 팔을 내리고 꾸벅 인사하며 말했다.

"예. 인사가 늦었습니다. 저는 아픈 사람들 모아서 치유를 찾아가는 가이드를 하는데요, '치유여행사'라고 합니다. 명함 한 장 드릴게요. 잘 부탁합니다."

그러자 그가 손을 내저으며 대답했다.

"시끄럽다! 네가 저 아랫동네서 누굴 어떻게 등쳐먹고 사는진 내 알 바 아니다."

나는 열받는 걸 꾹 참고 말을 이었다.

"그런데 여태까지 한 번도 목적지에 도달한 적이 없었거든요. 이제 비로소 거길 찾아오니까 얼마나 흥분되겠어요? 이해되시지요?"

"자칭 가이드란 놈이 여행 목적지가 어딘지도 몰랐다? 그거 말이 한참 되네! 나름대로 한가락 하는 놈이로구나."

수문장의 호쾌한 웃음소리가 우렁차게 들렸다. 그러고 보니 그도 말귀가 조금 통할 것 같았다.

"그러니까 여기 온 김에 잘 챙겨봐야 해요. 우선 궁금한 것부터 몇 가지 여쭤볼게요. 완치라면, 일단 저기 들어가면 영원히?"

내가 말을 끝내기도 전에 그가 코웃음을 치며 말했다.

"영원? 흥. 그게 무슨 뜻인지 알고나 하는 말이냐?"

남이 심각하게 물어보는데, 그가 어이없다는 듯 코웃음을 쳤다. 정작 어이없는 건 누군지 모르겠다.

"저 안에서 위로 올라가는 길이 있나요?"

내가 그의 옆으로 비켜서며 안쪽을 들여다보려 하자, 그가 팔을 벌려 막아서며 말했다.

"알 것 없다!"

그렇다고 기죽을 순 없다. 내가 다시 물었다.

"저 가이드니까 잠깐 들어가 봐도 되지요?"

그러자 그가 손을 가로저으며 단호하게 말했다.

"안 돼! 여긴 아무나 들어갈 수 있는 데가 아니다."

"요 앞에만 조금 살펴보고 올게요. 금방 돌아와요."

그러자 그가 다시 우렁차게 고함쳤다.

"어허! 안 된다니까!"

내가 찔끔해서 작은 목소리로 물었다.

"그럼, 누가 들어갈 수 있나요?"

"이미 모든 게 완치되었거나 그 직전에 있는 자들."

그가 단호하게 말했다.

"모든 게요?"

"그렇다. 육체, 정신, 영혼, 그리고 존재 그 자체까지."

도대체 무슨 소린지 모르겠다. 갈수록 태산이다.

"'완치된 존재'란 게 뭐예요?"

"말귀도 못 알아듣는 놈에게 애써 설명해 준들 뭘 깨닫겠느냐?"

그 말에 내가 되물었다. 기를 쓰고 여기까지 왔는데 거저 물러날 수는 없다.

"그럼 완치 직전이라는 건, 어떤 사람들인가요?"

"그건 당사자들만 엄정 심사를 받을 거니까, 넌 알 거 없다. 해당 사항 없음!"

"그래도 어떻게 심사받는지 알아야 미리 준비하지요!"

그러자 그가 한심하다는 듯 혀를 찼다.

"쯧쯧! 그 꼴로 준비하긴 뭘 준비해? 꼭 너희들 세상에서 불쌍한 아이들 입시 공부시킨다고 달달 볶듯 보채는구나."

이런 대우를 받는 게 분했지만, 꾹 참았다. 이건 나만의 문제가 아니지 않는가?

"어떻게 해야 저길 통과할지 알아야, 아픈 사람들 제대로 도와주지 않겠어요, 네?"

그가 고개를 가로저으며 말했다.

"정말 딱하구나. 오케이! 한 가지 알려줄 테니까, 자꾸 귀찮게 굴지 말고 냉큼 돌아가거라. 내가 여기 서 있는 동안, 이 문을 지나간 인간은 없었다."

나는 깜짝 놀랐다.

"예? 한 명도?"

"그렇다니까."

그 말을 듣고 나는 제대로 열받았다.

"그럼, 사람들 못 지나가게 막고 있는 게 바로 당신이로군요?"

그러자 그도 발끈해서 준엄하게 꾸짖었다.

"어허, 이러니 인간은 안되지! 남 탓하기 전에, 자기부터 돌아봐야 할 것 아니냐! 그럼, 네 주위에서 여길 지나갈 만한 자격이 있는 인간을 본 적 있단 말이냐?"

그 말을 듣고 할 말이 없었다. 스스로 엄청 건강하다고 믿는 사람들은 종종 보았지만, 그것도 내막을 잘 살펴봐야 했고, 더구나 그들의 정신과 영혼은 실상 알 길이 없었다. 존재? 그건 가늠조차 할 수 없었다. 나는 풀이 죽어서 물었다.

"여긴 얼마나 오래 계셨는데요?"

"너희들 시간과 우리 시간은 단위부터 다르니까 말할 필요조차 없지 않겠느냐?"

허탈했다. 그래도 대들었다. 대들지 못하면 원래 인간이 아니지 않는가?

"아무도 지나가지 못할 문이라면, 이 문은 왜, 뭐 하러 만들었나요?"

"아무도 못 지나가다니? 난 여길 지나간 인간은 없다고 말했을 뿐이다! 네 눈엔 인간 말고는 생명체가 하나도 안 보인다는 말이더냐?"

"예?"

"수많은 생명이 여길 지나갔다."

"인간만 빼고요?"

"그렇다."

나는 크게 상심했다.

"아! 그렇다면 저 문은 인간에겐 '절망의 문'이로군요."

"아니다. '희망의 문'이다."

그 말에 나는 발을 구르며 분개했다.

"결코 지나갈 수 없다면, 어떻게 '희망의 문'입니까? 희망이 없잖아요?"

"정 그러면 진짜 '절망의 문'을 한번 보여줄까?"

그 말에 나도 모르게 손사래를 쳤다. 말만으로도 끔찍했다.

"그건 싫어요. 그만!"

"희망이 없다니! 너는 어떻게 해서 여기 왔는지 벌써 잊었더냐? 저 빛살을 보고 기어 올라온 것 아니더냐?"

그가 손으로 자기 어깨너머를 가리키며 물었다. 나는 고개를 끄덕이지 않을 수 없었다.

"그러면 아예 저 문을 닫아주랴? 아무것도 안 보이는 암흑 속으로 다시 돌아가서 헤매도록? 덕분에 나도 좀 쉴 수 있게끔?"

나는 고개를 가로젓지 않을 수 없었다.

"그 가이드인가 뭔가 하는 짓거릴 제대로 하려면, 병든 이들 모두 이 빛을 보게 해줘야 하지 않겠느냐?"

나는 고개를 끄덕이지 않을 수 없었다. 그러자 그가 준엄하게 말했다.

"당장 돌아가라!"

이젠 나도 더 이상 버틸 수 없었다.

"알았어요. 갈게요. 가면 될 거 아니에요?"

그리고 하릴없이 돌아서려는데, 그가 다급하게 외마디 소리를 질렀다.

"잠깐!"

내가 귀를 막으며 말했다.

"소리 좀 지르지 마세요! 귀먹겠네, 정말. 간다는데 왜 그래요?"

"방금 한 말 취소다."

그가 풀이 죽어 말했다.

"예? 무슨 말이요?"

그가 등 뒤를 가리키며 말했다.

"이 빛을 병든 이들 모두 다 보여주라는 말."

그 말에 내가 발끈했다.

"그런 법이 어디 있어요? 여태까지 그렇게 잘난 척하고, 무게 잡으면서, 인간들 싸잡아 욕하더니, 이제 와선 다 취소?"

그러자 그가 한숨을 푹 내쉬며 말했다. 말꼬리가 쳐졌다.

"아, 그렇게 과묵하고 점잖던 내가 오늘 완전히 스타일 구기는구나. 그러기에 처음부터 인간과는 말을 섞지 말고 딱 잘라버렸어야 하는 건데."

나는 정말 어이가 없었다.

"또 그러네! 대체 왜 그러는 거예요? 에?"

"아휴, 오늘 너 같은 놈 하나 상대하고 내가 이 모양 이 꼴이 되지 않았어? 그런데 여기 소문이라도 나면 어떻게 되겠냐? 너도나도 SNS 올리고 떼거리로 몰려와서 달려들면, 그걸 어떻게 감당하겠어? 내가 '너희들은 여기 해당 안 된다.' 하면 얌전히 돌아가겠어?"

그건 맞긴 맞는 말 같았다. 살짝 측은한 마음이 들긴 했다.

"그러기에 누가 문지기 하랬어요? 정 힘들면 대신 내가 해

드릴까요?"

그러자 그의 목소리가 다시 높아졌다.

"헛소리 마라! 너희 놈들이 몰려와서 이 앞에 죽치고 앉아 촛불 켜고, 북 치고, 꽹과리 치고, 안 들여보내 주면 날 탄핵하겠다고 난리 칠 게 뻔하잖아? 난 그렇다 하더라도, 그러면 저 안은 어떻게 되겠어? 그 난리통에 치유고 뭐고, 다 물 건너가는 것 아니냐?"

말하는 걸 들어보니, 수문장도 근무 시간 중에 살짝살짝 유튜브로 볼 것 다 보고 있는 모양이었다. 안 그러면 어찌 그리 눈앞에 보듯이 속속들이 알까? 아무튼 나는 목에 힘주고 있다가 돌아서서 호박씨 까는 자들은 아주 질색한다.

"그러니까 좋은 말로 할 때 다 들여보내 주면 될 것 아니에요? 우선 나부터 좀 들여보내 봐요, 예?"

그러자 그가 갑자기 친밀한 듯 다정한 목소리로 말했다.

"쓸데없는 얘기 또 꺼내지 말고, 우리 이러면 어떨까? 당신 여행사 목적지를 한번 바꿔보는 거야, 응?"

'이놈, 저놈' 하더니 웬 '당신'일까? 내가 어이가 없어서 물었다.

"그건 왜요?"

"어차피 되지도 않을 걸 허튼 꿈에 들떠서 이리로 몰려올 게 아니라, 누구나 한 번씩 꼭 가야 하는 곳으로 전부 다 데려간단 말이야. 정말 필요한 일을 대신 맡아서 해주는 거지.

소문이 나면 다들 알아서 제 발로 모여들 거야. 안 그래? 여행객 따로 모집할 필요도 없고, 사업도 완전 대박이고, 응?"

내가 눈을 깜빡이며 말했다.

"아하, 무슨 수작인지 알겠다."

"어허, 수작이라니!"

말은 나무라듯 하면서도, 마치 혼잣말하듯 나지막한 목소리였다. 아까랑 완전히 달랐다.

"그건 안 돼요."

"왜?"

"우리가 '치유여행사'잖아요. 그런데 여기 버젓이 '치유의 문'을 놔두고 다른 데 어딜 가요?"

"그까짓 이름이야 새로 지으면 되지. 으음, 어디 보자, '천국여행사'는 어때?"

"그건 이름부터 너무 촌스럽네. 차라리 '완치여행사'로 바꾸면 모를까."

그러자 수문장이 펄쩍 뛰었다.

"그건 안 되지! 누구 잡으려고?"

나는 어이가 없었다.

"이보세요! 공공기관에서 이렇게 개인 비즈니스에 이래라저래라 노골적으로 참견해도 됩니까?"

수문장 눈이 휘둥그레졌다.

"우리더러 '공공기관'이라고?"

"아님, 뭐예요? 이게 다 수문장 개인사업 하는 거였어요?"

"아니, 그게 아니라… 아이고, 내가 또 걸려들었네."

그가 두 손으로 자기 머리를 감싸며 고통스레 푸념했다.

"그런 거예요?"

나는 그를 계속 몰아붙였다. 그러자 그가 날 달래듯 말했다.

"잘 생각해 보라니까. 그랬다가 '완치'시킨다고 사기 쳤다며, 당신 멱살 잡히고 고발당하면 어쩌려고?"

"그건 댁에서 신경 쓰실 것 없고요. 아무튼 안 돼요!"

내가 단호하게 말했다. 그러자 그가 사정하듯 말했다.

"그쪽은 찾아가기도 아주 쉬워. 입장료도 무료!"

아무래도 낌새가 좀 수상하단 느낌이 들었다.

"혹시 거기 문 여럿 있는 거 아닌가요?"

"문은 하나뿐이야. 안에 들어가면 나중에 몇 갈래로 나뉘는데, 당신은 거기까진 신경 쓸 거 없어."

음, 그럼 그렇지! 나는 속으로 쾌재를 불렀다.

"그럼 최종 목적지가 어딘지 모른다는 건데, 그런 채로 어떻게 들여보내요? 그러다가 정말 멱살 잡히려고?"

"그건 걱정 없음. 일단 들어가면 절대 못 나옴. 당신은 그냥 문간에서 한 명씩 번호표 뽑아서 들려 보내 주기만 하면 되는 거야."

"만일 안 들어간다고 하면?"

"일단 그 앞에 가면 다들 말 잘 들어. 그래도 혹시 삐딱한 사람 있으면, 좋은 데 가는 거라고 잘 구슬려서 들여보내면 되지 않아?"

내가 고개를 가로저으며 말했다,

"안 되겠어요. 아무래도 수상해."

그러자 그가 간절한 목소리로 물었다.

"뭐가?"

나는 그의 뒤를 가리켰다.

"아까는 저 빛이 없으면 어두워서 아무것도 안 보일 거라고 했잖아요? 날 막 겁주면서."

"아, 그건, 그러니까…."

그가 말을 살짝 더듬었다. 급소를 찔린 모양이었다. 내가 즉시 말을 이었다.

"그런데 어디가 어딘 줄 알고 찾아가요? 내가 회원들 데리고 엉뚱한 데 가서 헤매게 만들려는 거지요? 예?"

"좋은 길이 다 있다니까! 그럼, 아예 저 문을 활짝 열고 더 환하게 해 줄까?"

수문장이 등 뒤 문을 가리키며 말했다. 난 즉시 찬성했다.

"그거 좋지요! 여기 오는 길이 환하게 잘 보이겠네요."

"그건 안 돼!"

나는 두 귀를 막았다. 천둥 같은 소리에 귀가 머는 것 같았다. 이번엔 나도 열받아서 있는 힘껏 소리 질렀다.

"나도 안 된다고요!"

단칼에 잘라버렸다. 속이 아주 후련해졌다. 아까 당했던 그대로 되갚아 주었으니까.

'흥, 그러기에 하찮은 인간이라고 우습게 알고 못되게 굴면 안 되지!'

내 속내를 아는지 모르는지, 멈칫하던 거구가 천천히 한 걸음 다가섰다. 그의 얼굴도 비로소 조금 엿보였다. 두툼한 입술이 씰룩씰룩하는 게, 나름대로 꾹꾹 참고 있는 모양이었다.

"네 딴엔 그게 무슨 자존심인지 오기인지 몰라도, 과연 그들을 어디로 데려가는 게 좋을지 그 입장에 서서 다시 한번 잘 생각해 보렴, 응?"

나는 그냥 말없이 돌아섰다. 내 등 뒤에서 앞쪽으로 빛살이 퍼져 나갔다. 이번엔 마치 내가 수문장이 된 듯한 기분이 들었다. 아무래도 여기 다시 오게 될 것 같은 예감이 들었다.